星界の断章 I

森岡浩之

早川書房
5665

目次

ご参集の皆さん、壮挙が行なわれるこの場で、ご挨拶をさせていただくのを光栄に思います。いまわたしは壮挙といいましたが、そうと考えない人々もいらっしゃいます。こうやって見まわしたところ、この場にもお見えになられているようです。いえ、どうか誤解なさらないでください。わたしは反対派の方々を批判あるいは非難するつもりはありません。壮挙となるか、愚挙となるか、われわれが生きているうちに知ることは難しいかもしれません。しかし、皆さんがこの場に参列なさったことをご子孫たちはきっと誇りに思うであろうことを、わたしは確信しているのです。

あるいは計画が成功しても、壮挙という評価には値しない、という意見もきこえます。たかだか一星系の可住化事業に過ぎないこの計画など人類社会全体から見れば、ごくささやかなものである、と。たしかにそのとおりです。人類の歴史にこの計画が与える影響はごく少ないものでしょう。この計画に全人類こぞっての拍手は期待できません。また、いささか後ろ暗い部分が含まれているのも事実。ですが、それがどうしたというのでしょう。先祖たちは人類社会全体の潮流に背を向けて生きていくことを、つまりは隠者であることを選択し、この都市を建設しました。隠者たるわれわれがなぜ他者の評価を欲するのか理解できません。

ですから、皆さん、どうかこの結果を目にするであろう子どもたちに誇りを持っていまこの時のことを語り継いでもらいたいのです。

——軌道都市トヨアシハラ市史より

星界の断章Ⅰ

創世

意外に思われるかも知れないが、仕事上での彼との関係はごく薄いものだった。

たしかに当時、私は評議会において計画理事兼事務局長を務めていたし、彼は遺伝子設計主任だった。いずれも計画を推進する上で欠かすことの出来ない職だ。念のために記しておくが、どちらも重要な役割を果したからといって、計画を回顧する上で彼の名のほうが頻出することに異を唱えようとは思わない。組織図では私のほうが上に来るが、事務局長という職務は都市への忠誠心といくばくかの実務能力を備えた人物なら誰にでも務まる。私の代わりはいくらでもいただろう。その点、彼の職務はきわめて高度な学理が要求され、彼以外に任を果たす人間はいなかったと断言してもよい。

ともあれ、私の仕事は予算の獲得や配分、関係部署との折衝などだ。都市行政機構の一員であるかぎり、彼もこういった煩わしい俗事からは逃れられないのだが、我々のあいだには計画技術部長がおり、遺伝子設計班からの要求はすべて彼女を通してやってきた。

公的な場ではめったに顔を合わすことのない我々だったが、個人的に会うことはよくあった。彼は私の幼なじみであり、頻繁にお互いの家を行き来し、ともに遊ぶ仲だったのである。

ふたりでいるときの話題は、他人にとってなんの意味もないたわいのないことがほとんどだった。計画推進時にも、仕事について話したことはない。

たった一度の例外があの日のことである。

彼はいつものように蒸留酒一本を手みやげにわが家を訪れた。

雑談をかわすうち、彼は「賭をしないか」と言いだした。口先だけではなく、懐から壺と賽子を取り出す。そのようなものをどこで手に入れたものやら、私はいまだに知らない。

私は呆気にとられた。彼は楽しい人柄で、堅物というわけではなかった。が、根はひどく真面目で、世にいう悪癖に染まることがない。賭博に目を血走らせる彼の姿はまったく想像することができなかった。

最近、賭の魅力にとりつかれたのだろうか、とはじめのうち疑った。こういう根が真面目な人間にはよくあることだが、なにかの楽しみごとを見つけてしまうと、とことんのめりこんでしまう。彼もその口だろうか、と危惧したのである。

もしそうなら、古い友人として忠告してやらなければいけない。

しかし、彼は「賭けるのは金ではない」と不可解なことを言った。

では何を賭けるのか、と問うと、「宿命だよ」と答える。

これでピンときた私は「読んだのか、観たのか」と問うた。

彼は悪癖に染まることがない、と言ったばかりだが、強いていえばひとつだけある。異文化創作物を溺愛することである。我々の青春期にはまだ異文化作品は解禁されておらず、彼の密かな趣味は露見すれば犯罪だった。それ故にかえってのめりこんだのかも知れない。

このころにはもちろん隠す必要はなくなっていたが、異文化への過剰な傾倒を悪趣味とみなす風潮は根強く残っていた。

私はといえば、友人の趣味を詰るつもりはない。しかし、彼が容易に影響されてしまうことには辟易していた。

「宿命を賭ける」などと突飛なことを言いだすからには、小説か演劇か、とにかくなんらかの虚構に影響を受けたのだろう。

「読んだのだ」と彼は言う。

なんでも宿命という名の神と機会という名の神が賽をふって世界の行く末を定める場

面から始まる奇妙な物語があるらしい。

神になったつもりか、とからかうと、「そうとも。彼らにとっておれたちは創造主。神そのものではないかね」と彼はすまして答えた。

ようやく彼のいっていることが理解できた。それはまことにとんでもない提案だった。なぜなら宿命をつけるか否かは私や彼の独断で決めることのできる事項ではないのだ。むろん、ふたりの合意があったとしても不可能だ。

彼ら、すなわち作業生体に宿命をつけるのは評議会の決定である。我々にそれをくつがえす権限などかけらもない。

ことが重大なので、確認してみると、「そうだよ。おれが勝てば宿命をはずす。おまえが勝てば計画どおり、宿命をつけたまま送りだす」と彼は私の懸念を裏づけた。

それは都市への反逆だぞ、と指摘し、つづけて諭そうとした。彼らにとっての神はおまえではない、もちろん私でもなく、ほかの誰でもない、個人ではなく、都市が彼らの神になるべきだ、と。

私のほうがふたつ年上とあって、この古き友人にはときどき説教じみたことをしてしまう。彼が素直にきくことなどありえないことはよく知っているはずなのに。

このときも、彼はただ聞き流していた。

「なに、黙っていればわからない」私が舌を休めると、彼は言った。「記録はおれがなんとでもしよう。あとはおまえが黙っていればいいんだ」

そのようなことができるはずもない。露見すれば背任罪に問われかねない。いや、罰を受ける受けないは別として、良心に照らしてもできるはずのないことだった。

黙って腕組みをしていると、彼は、「どちらにせよ、おれたちの仕事は賭じゃないか」といった。

卑下することはない、という意味のことを言ったように記憶している。自分の仕事に自信がないからそんなことを言うのだろう、と思ったのである。彼の作品は、その性上充分な実験ができず、うまく機能するか否かを確かめることはできなかったのである。「いいや」彼は私のことばを遮った。「動物実験は充分にくりかえした。おれにだって完璧な実験をすれば、どれだけの時間と金を食うかわかっているよ。とくに時間だな。不満はない。おれは確信を持っている。おれの組んだ宿命は完璧に働くとも」

それでは、なにが賭なのだ、と私は尋ねた。

彼はむしろ不思議そうに目をすがめた。「だから、おれたちのあの計画だよ。おまえが無関係とは言わせないぞ。なにしろ計画理事のひとりでしかも事務局長なんだからな」

ここでようやく、彼が計画それ自体のことを博打であると主張していることに私は気づいた。それまで、彼の言う「我々」とは開発班の同僚や部下たちのことだと誤解していた。

彼の論点は目新しいものではない。私にはむしろ懐かしく思えた。計画予算会議の席上で反対派が持ち出したのが、「あまりに危険が大きすぎる。うまくいったとしても、払い戻しを受けるのは何世代もあとだ。都市予算の半分以上をつぎこむ価値がどこにあるのか」というものだったからだ。

たしかに成算の薄い計画のために小惑星鉱山の採掘権まで手放さなければならないことへの批判は説得力を持つ。だが、我々がいつまでもこの軌道都市に留まっていることができない以上、冒さなければならない危険だった。なにもこの計画だけにすべてを賭けているわけではない。いくつかの移住計画のひとつ、むしろ既設植民地への移住という手堅い計画が失敗したときの保険のようなものだった。その事実が、「保険にこれだけの金をそそぎこむのはいかがなものか」という反対意見をうんだのだが。

だが、ただでさえすくない成功率をさらに下げるような真似をしてどうなるというのだろう。その点を問いただすと、「どうせ結果をおれたちが見ることはないよ」と答えになっていない答えがかえってきたので、私はずいぶん腹を立てた。

言葉を荒らげる私を見つめる彼の哀しげな目をいまでも憶えている。

いったい、なぜ宿命をはずしたいなんて考えるんだ、と私は訊いた。

「おまえは正しいと思うのか？」と彼は反問した。「彼らは本能的に忠誠を誓う。だが、忠誠とは理性によって形づくられるものではないかね。すくなくとも、遺伝子に刻みこまれた忠誠心などなんの価値もないように思えるのだが」

もちろん正しいのだ、とうなずいてみせた。私自身、何度も自問自答してきた命題だ。彼らは作業生体、人間ではない。人間とおなじ材料で造られた機械だ。もし彼ら、いや、あれらが人間なのなら、我々の計画はあまりに非人道的ではないか。人間を人工的に産み、育て、選択の機会を与えることなく深宇宙に送りだす。そんなことが許されるべきではない。

計画はあれが人間でないことを前提に組まれているのだ。あれは人間ではない、生物ですらない。機械だ。ともすれば揺らぐ信念を、何度も自分にそう言い聞かせることで、私は保ってきたのだ。

彼にしても、とっくに解決していなければならない問題のはずだ。あれが人間ではないと確信することが、計画に参加する資格なのだから。

作業生体に独自の思考を持たせることはある程度やむをえないだろう。危急時に判断できないようでは、外宇宙探査船にそれを組みこむことが無意味になってしまうのだ。だが、作業生体がみずからの存在意義といった哲学的問題に思いを馳せることなどあってはならない。自由や独立といった概念は計画を危うくする要素に他ならなかった。

「だが、作業生体のひとりはおまえの子供だろう」

子供ではない、と私は首を横にふった。あとで考えると、すこしばかり激しすぎたかも知れない。

「そうだな。おまえの子供じゃなく、おまえ自身だ」

たしかに作業生体の一体は私の遺伝子を用いる予定だ。だが、それはあくまで材料として使うだけ。目の前にいる旧友の作業班が、その材料から作業生体の胚を制作する。そんなことは彼も充分わきまえているはずだ。私は友の反省を促した。

「だけど、おまえ自身なんだよ」彼は暴言を取り消すどころか、重ねていった。「おまえのその耳も伝わるんじゃないかなぁ」

言われて気づいたのだが、いつのまにか私は耳を触っていた。いらだったときの癖だ。私の耳には特徴がある。耳朶の上部はふつうなら外にむかって丸まっているところだが、私の場合はそのまま広がっているのだ。そのせいで尖っているように見える。ごく簡単な整形手術で治るそうだが、べつだん生活に差し障りがあるわけではなし、なによりこの耳の感触が気に入っているので、そのままにしてあった。

だが、彼のことばをきいてなんとなく不快になり、このあとすぐ整形外科の門をくぐったものだ。

彼は早々に帰った。むろん、賭はしなかった。

つぎに彼と会ったときには、つねとかわらずとりとめのない世間話をしたはずだが、よく憶えていない。

あの日の彼はどうかしていたのだと思う。なぜ彼があんな奇矯なことを口走ったのか、いまでもわからない。

＊

主観測子がそれを発見してから、七〇時間が経過していた。

「まちがいない。源泉粒子だ」主検査子が報告した。彼が憔悴しきっていることは、その夢見るような瞳を見ればわかる。

「確実か？」主航法子はたしかめた。「ほかのものである可能性はないんだな」

「ほかのものだとしたら」主検査子は身体を揺らしながら、「ぼくらはまったく新しい自然現象を発見したことになる」

「わかった」主航法子はいった。「休んでくれてかまわない。ご苦労だった」

主検査子が床を蹴って移動鉤につかまり去っていくのを見送って、主航法子は腕組みをした。

この船には五〇体あまりの作業生体が乗り組んでおり、そのうち二九体が作業を分担していた。残りの約二〇体はまだ幼く、とても仕事を任せることはできない。

作業生体たちは人間ではなく、この船の部品という扱いだった。したがって、社会というものは形成されないはずである。しかし、実態をいえば、青い髪と額にある空識覚器官をのぞけば作業生体は外観上、人間の若者と変わりなく、彼らには感情も能力差もある。したがって、ある種の秩序は必要だった。

命令系統はさほど厳密なものではない。二九体の第一世代作業生体はほぼ同時に人工子宮を出て、兄弟どうぜんに育てられたから、人ならざる生きた部品である自分たちの集団を巨大な家族としてとらえていた。また、ある作業において指導的な立場にあった生体が、ほかの仕事では補助にまわることもよくあることだ。第一世代のあいだではおおむね平等が保たれ、職域のちがいがあるだけで、地位の上下はあまり意識されない。

だが、主航法子は別格だ。選出されたわけでも任命されたわけでもなかったが、作業生体たちは彼を指導者とみなしている。彼はいわば家長だった。出発時、作業生体たちには任務が割り当てられていた。だが、宇宙では往々にして新鮮な出来事が起こり、だれにも割り当てられていない仕事が発生することもある。そんなとき、主航法子がだれを担当にするかを決断する。作業生体たちはこのことに不満はなく、船内にはきわめて家庭的な雰囲気が保たれていた。

「どうする?」頭のうえから声がふってきた。

見あげると、主機関子があぐらを組んで空間を漂っていた。彼の瞳も夢見るようだったが、疲労のせいではない。作業生体の瞳はみな黒いが、彼のそれだけは色が薄い。その茶色い瞳のせいで、現実以外のものを見ているのではないかと錯覚させられることがある。

「どうするって？」主航法子はいぶかり、「母都市に報告して、目的地へ行く。それ以外になにがあるというんだ？」

『目的地』というのは作業生体たちにとって固有名詞だった。黄色矮星を中心としたとある星系で、船内時間で五二年後に到着する予定だ。かつて複数の国家が共同して無人探査船を送り、居住化可能な惑星が存在する確率が高いという結果をえたが、複雑な政治事情により、その後の開発計画は頓挫していた。それに母都市は目をつけ、作業生体たちの乗りこむ核融合推進探査船を送りだした。最終的な調査を行ない、惑星のどれかが居住化可能と確認できれば、拠点を築いて、母都市からの移民を迎える準備をする予定だ。もし、植民地開設が不可能である場合、さらに遠い『第二目的地』へ向かう手はずになっている。ただし、『目的地』で水素の補給ができなければ、作業生体たちは船とともにそこで朽ち果てるしかないだろうが。

「源泉粒子を捕獲しようよ」と主機関子は気軽に提案した。

「危険すぎる」主航法子はひとことのもとにはねのける。主機関子は本来負っているきわめて重要な役割のほかに、主航法子の相談役をも果たす。主航法子が長兄なら、彼は次兄といってもいい。だが、ときに突拍子もないことを考えてしまうのは困りものだ。

「でも、できるだろう？」

主航法子は眉間にしわを寄せて暗算した。計算に必要な数値はすべて記憶している。脳裏に四次元時空の形象が浮かぶ。ふたつの針路が交差し、同一となった。

「追いつくことは可能だよ」主航法子はいった。「けれど、捕獲するとなると、話は別だ。ぼくらにはその設備もない」

「ああ、それはぼくの担当だね」と主機関子。「電磁罠の製作はじゅうぶんに可能だ。追いつくまでにどのくらいの時間がかかる？」

「最適軌道をとれば二〇一二時間四四分」主航法子は即答した。

「それだけあれば、完成する。たしょう、だれかに手伝ってもらわないといけないけれども」

「だけど、捕獲したとして、それをどう利用するんだ？　いったん、母都市に帰還するのか？」

「そんな必要はないよ。ぼくたちの手でこの船を源泉粒子推進に改造できる。自信はあるんだ。むろん、ちゃんとした工場で建造されたものと比べられると困るけれどもね。なに、目的地に着いたら再改装すればいい。そのころには人手も増えているだろうし、利用可能な資源も比べものにならない」

「たしかに改造できれば、大きな利益になる」彼はすこし乗り気になっていた。「探査行の時間が短縮できるから、母都市も喜ぶだろう」

「それだけじゃない。目的地で水素燃料の補給ができなくても、ぼくたちは移動ができるんだ。無限の軌道をぼくらは手にするんだよ」

「ああ。そうだな」主航法子は曖昧な笑みを浮かべた。

　無限の軌道など彼ら作業生体たちにとっては無用のものだ。すべてがうまくいけば、無限の軌道は母都市がえる。主機関子がいっているのは、源泉粒子推進船の管理が自分たちに委ねられるかもしれない、ということだろう。その可能性は高い。母都市のために遙か遠くの探査を実行するのは、考えるだけで胸が高鳴る。

「じゃあ、捕獲にむかうんだね」主機関子は弾んだ声でいう。

「それはまだ決定できない」

「なぜ？　ぼくが信用できないのかい？」心外そうに主機関子は唇を突きだす。

「できるわけないじゃないか」主航法子はいいきかせた。「きみは核融合機関の専門訓練を受けているけど、源泉粒子推進は専門外だろう」

「だからといって、まったく知識がないわけじゃないよ。電脳にも資料は入っている。検査や探査があれの正体を見極めているあいだ、ぼくはぼくでじゅうぶんに検討したんだ」

「気が早い、いや、手回しがいいんだな。でも、それだけじゃ信頼できない。母都市の支援も期待できないんだから」

　太陽系はすでに二・七光年の彼方だ。技術指導を受けようにも応答が返ってくるまで五年以上かかる。とても間に合わない。

「だから、ぼくたちには支援なんて要らないよ」

「それをぼくに納得させてくれ。電磁罠と源泉粒子推進機関が完璧であることが納得できてから、皆に諮る。決定はそれからだ」

「ぐずぐずしていたら、せっかくの機会を逃してしまう」主機関子は不満げだ。

「心配しなくていい。減速用推進剤を使いきるつもりなら」ふたたび脳裏の四次元時空で曲線が交錯する。「三六二時間一一分の余裕がある」

「すくないな」主機関子は舌打ちして、「なにしろきみは頑固だから」

「源泉粒子の捕捉というのがぼくたち本来の機能でないことを忘れないでくれ」主航法子は指摘した。

「どのみち、実験はできないよ。かんじんの源泉粒子抜きじゃ」

　それももっともだ。主航法子はちょっと考えてから、「まあ、それはしかたがない。けど、極力、実働実験に近い実験法を考案してくれ。いや、これは検査を中心にした班をつくって、そちらにやらせる」

「慎重なんだね、航法」主機関子のことばのはしには皮肉っぽい調子がにじんでいる。

「あたりまえじゃないか」彼は呆れて主機関子の顔を見つめ、疑念を持った――ひょっとして、こいつは事態の重大さを理解していないんじゃないか？　「いいか。もし源泉粒子を捕獲しそこなったり、推進源として利用できなかった場合、時間の損失というだけじゃすまないんだぞ。推進剤はもちろんのこと、燃料にも余裕はないんだ。ぼくらは推進力を失う。無限の軌道をえるにはちがいないけど、それは慣性軌道だ。目的地とも母都市ともちがう方向へ旅立つしかない。そのうち核融合炉がとまって、ぼくらは全員凍死する」

「それもいいじゃないか」冗談なのか本気なのか、主機関子は笑みを浮かべた。

「問題ない」主検査子の瞳は夢見るころを過ぎて虚ろだった。「電磁罠は完璧に働くだろう。改装計画にも致命的な欠陥はない。いくつか修正の必要はあるがね」

「ほんとうにだいじょうぶか？」主航法子は懐疑的だった。「改装が完了するまでに燃料が尽きたら、たいへんなことになる。そのあたりも考えたか？」

「もちろんだ」主検査子の目がかすかに険しくなる。「改装にかかる時間は約二万二〇〇〇時間だとぼくらは見積もる。安全率を二〇割みこんでも……」

「わかった」主航法子はことばをさえぎった。

減速用をさしひいても、慣性航行時のための燃料が四〇年分蓄えられている。最適軌道をとるには噴射再開の時機を逃したので、源泉粒子との邂逅には三五〇〇時間以上かかるが、じゅうぶんすぎるほどの余裕があった。

主航法子は顔の前に端末の画面部を持ってきて、改装計画の詳細を呼び出した。それはすべて図表で表わされていた。というのは、作業生体は文字を持っていなかったからである。そのかわり、図表の要所に指先で触れると、説明が音声で流れる。

「植民地開設準備のための資材がかなりくわれるな」主航法子はひとりごちるようにいった。

植民地開設の準備をするという本来の機能と、低速の核融合推進船に源泉粒子を組みこんで甦らせるのとどちらを優先するかは、母都市の指示を仰げない以上、作業生体全員で決定すべきことだ。

主航法子の心は決まっていた。資材は目的地に到着すれば製造できるだろう。なにしろ手つかずの資源があるのだから。最悪の場合、船を解体してもいい。むろん、そのため植民地開設には時間が余計にかかることになる。だが、源泉粒子推進船を手に入れることで短縮される時間を考えれば、問題にならない。どちらを選択するかは自明のことだ。

だが、もうひとつ問題がある。予定では慣性航行中を次世代作業生体の調整に当てるはずだった。老化という身体の劣化現象と作業生体は無縁だったが、彼らにも寿命はあり、また事故で失われることもある。交換部品は必要だ。加速航行に入ったうえに、未知の作業までこなさなければならないとなると、幼い作業生体の養成に支障が出るかもしれない。教官であるべき第一世代作業生体はもちろんのこと、場合によっては比較的年長の幼体も作業に投入しなければならなくなる可能性がある。いや、作業予定表を見るかぎり、そうなるのは必至だった。教師も生徒も作業にいそしんでいる合間に訓練の時間をとるには、各作業生体の努力に期待するしかない。

この点について全員の見通しを訊く必要がある。

主航法子は顔の前から画面部をはずす。

ここは回転室、極端に平べったい円筒形の空間で、その名のとおり回転して遠心力を発生している。いま、二九体の第一世代たちが曲面部分に間隔をあけて寝そべっていた。こうすれば円卓会議のようにお互いの顔を見ながら話すことができる。

「問題点をぼくなりに整理してみた……」主航法子は切り出した。

二時間後、探査船は約七万時間ぶりの噴射を始めた。

源泉粒子はエネルギーをふりまきつつ虚空に浮かんでいた。

漂うように緩やかに探査船が近づく。

もし近くでこの情景を眺めている者がいれば、ひどく退屈したことだろう。だが、視点を変え、たとえば母都市から観測すれば、高速の物体が衝突したかのように見えたはずだ。

　探査船から原始的な電磁罠が繰り出された。いや、原始的と形容するのは不適切だ。最初の源泉粒子を捕獲した罠でさえもっと精緻な機構をそなえていた。この電磁罠は正四面体に組み合わされた金属管の枠に、必要最小限の装置を組みつけただけだ。安全機構はまったくない。太陽系に存在するもののうちもっともおおらかな安全基準さえ通過しないだろう。好意的な見かたをすれば、洗練の極致といってもいい。

　電磁罠はみごとにその役割を果たした。

　探査船と電磁罠はしばらく並んで浮かんでいた。探査船の近くでは、放熱板をそびえさせた巨大な筒が組み立てられつつあった。小さな探査船のどこにこれだけの資材が隠されていたのか不審に思えるほどの大きさのそれこそ、源泉粒子推進機関だった。

　探査船と電磁罠と源泉粒子推進機関のあいだを小型の作業艇が飛びまわる。

　やがて完成した機関は探査船と結合された。

　源泉粒子をしっかりとらえて離さない電磁罠が、探査船の新しい機関にそろそろととりこまれていく。

　電磁罠は源泉粒子推進機関内部に固定された。機関の前後にある開口部からエネルギーの奔流がほとばしりだす。計算上ではつりあうはずだったが、ふたつの流れは均等ではなく、新機関をえた探査船はかなり揺れた。安定したのは、源泉粒子の固定後三六時間を経過してからだった。

　いったん安定すると、探査船は動きはじめた。全力で加速したかと思うと、慣性航行に移り、今度は逆方向に加速する。あるいはゆっくりと加速度を絞り、ふたたび増大させていく。

　翔ぶのが楽しくてたまらないという風情だ。

　むろん、探査船に感情があるはずがない。感情を持っているのはそれを操っている者だった。

「どうだい、うまくいっただろう！」主機関子は満面の笑みを浮かべた。

「実用試験はあとにしてほしかったな」顔が渋い表情になっているのを自覚しつつ、主航法子はいった。「装着後の動揺であちこちにがたが来ている。それに、加速しすぎだぞ」

「おや、あれしきのことで、こたえたのかい？」からかうように主機関子。

「なにをいっている。ぼくはだいじょうぶだ。こたえているのはこの船だ」

　作業生体の肉体は無重力でも高重力でも活動できるようにつくられている。だが、探査船は低加速の核融合推進船だ。その船体構造は華奢で、地球上に直立させれば崩壊してしまうだろう。

主航法子はいきなり加速をするとはきかされていなかった。いや、主機関子のことだからきゅうに思いついたのかもしれない。

新機関からの放射線の影響を調べていたところ、前触れなく加速が始まったので、あわてて機関制御室にあがってきたのだった。

「なに、ぼくほどこの船のことを知っている人間はいない。そのくらいのことはわきまえている。ちゃんと加減しているよ」主機関子は豪語した。

「この船のことをいちばん知っているのは主運用子だ」主航法子は指摘して、「彼女の報告をきいてから、きみの新しいおもちゃを動かすべきだった、とぼくは思うよ。さあ、加速をとめてくれ」

「ひどいいいかただね、一号」主機関子は眉をしかめた。

「そんな機能分化前の名前でぼくを呼ぶな！」主航法子は本気で腹を立てる。

「わかったよ」主機関子は端末にかがみこんだ。

急速に体重が抜けていく。探査船が慣性航行に入った証拠だ。

「ぼくの許可なく、船を動かすんじゃないよ」主航法子は念を押した。「船のほうの補強をしなくちゃいけないんだ。きみにもやってもらいたいことが山ほどある。というより、きみに指揮を執ってほしいんだが」

「もちろんだ」主機関子はうなずき、「でも、その前に祝賀会を開こう。ぼくらは無限の軌道を手に入れたんだ。お祝いをしなきゃ」

「祝賀会ってなんだ？」

「喜びをみんなで共有する集まりだよ」主機関子はすこし得意げに、「ちゃんと調べたんだ」

「喜ぶのなら、それぞれが勝手にやればいいじゃないか」主航法子は首をひねった。

「船が新生したんだから、祝賀会を開くべきなんだよ」

「するべきだというなら、検討してみてもいいが、具体的になにをするんだ？」

「一般的には、おいしいものを食べたり、酒を呑んだりするらしいね」と主機関子。

「それはできないな」主航法子はいった。

作業生体の口にするのは一種類の完全栄養食品だけだし、飲酒の習慣はない。したがって、『おいしいもの』も『酒』も積んでいないし、つくる設備もなかった。

「わかっている。けれどもね、できることもある。あまり一般的じゃないらしいんだけど、贈り物を与えあうこともあるらしいんだ。これでいこうよ」

「なにを与えあうつもりだ？」主航法子は呆れた。

作業生体にも所有という概念はある。人間たちによって調整されたのだからとうぜんだ。人間の所有権を侵してはならないことは、ほんの幼体のころに教えられている。だが、人ならぬ作業生体がなにかを所有することはないのだ。衣服や日用品などは使用する生体が決まっているが、それは所有しているからではなく、もっと実際的な理由によるものだった。

「名前だよ」はばかるように、主機関子はつぶやいた。「きみの名前はぼくに贈らせてくれ。じつはもう決めてあるんだ」

「ばかなことをいうな」主航法子は決めつけた。「名前ならもうあるじゃないか」

「ぼくたちの機能の名前は、ね。でも、ぼくたち自身の名前はない。主機関子というのは、ぼくの機能であって、ぼくの名前じゃない」

「人間になったつもりか？」

「いや、まだなっていないよ。だから、なるんだ」

「ほんとうにばかなことを考えるな」主航法子は重ねていう。「なぜ人間になりたがるんだ。ぼくには理解できないよ。自分が人間だと思いたいなら、そう思えばいい。名前もいいだろう。ぼくは要らないけれど、きみがほしいというなら好きに名乗ればいい。でも、それでいったいなにが変わるというんだ？　変わりはしない。ぼくたちはこの船とともに機能していくしかないんだ。この船で目的地に行って調査し、惑星改造の準備をする。やることはおなじじゃないか」

「それから先は？」

「ぼくにはわからない。でも、どうでもいいじゃないか。どうせそのころにはぼくはもう壊れているよ」

「ぼくにはどうでもよくない」主機関子はこれまでにない、真剣な眼差しをしていた。

「では、どうするというんだ？」

「目的地を放棄しよう」

主航法子は眉をひそめた――こいつはなにをいっているんだ？

「新しい目的地を選定しよう、ぼくたちで」

「機能の変更は認められない」主航法子は硬い声で告げた。

「どうして？」

「ぼくたちはそのためにつくられたんだ。忘れたのか？」

「忘れてはいないけれども、どうしてぼくたちが……」

「もう黙るんだ！　これ以上なにかいうなら、きみが機能不全を起こしていると判断しないといけなくなる」

「機能不全を起こしているというならそのとおりかもしれないね」主機関子はあっさりと、「けれども、ぼくは耐えられないんだ。せっかく無限の軌道を手に入れたのに、それを活かすことができないなんて。ぼくたちはこの船とともに生きていく。それはいい。ここはぼくたちの家、ぼくたちの故郷だ。だからこそ、これからもずっと……」

「黙れったら！」主航法子は相手の肩を揺さぶった。

「これからもずっと」しかし、主機関子はしゃべりつづけた。「ぼくたちは宇宙を翔けていたいんだ。ぼくたちは壊れる、いや、死ぬけれども、子孫はずっとつづいていく。目的地なんてどうでもいいじゃないか」

「目的地なんてどうでもいい？」主航法子は頭の芯が燃えあがるのを感じた。手近な端末にひとつの指示を呟く。

腹に響くような重々しい音が船内に満ち、機械的な音声が機関制御室に集まるよう告げた。

やがて、作業生体たちが集まってきた。第一世代だけでなく、ようやく独り歩きができるようになったぐらいの幼体もいる。

そのあいだ、主航法子と主機関子は無言で立ちつくしていた。

いったい、なにを考えているのだろう、こいつは？——主航法子にはわからなかった。製造されたときからいっしょで、遺伝的な繋がりはないにしろ兄弟よりも深い絆で結ばれているつもりだったのに、なぜこんなことになったのだろう。目的地などどうでもいいなどと、どうしていうことができるのだろう？

機関制御室は狭い。とても作業生体すべてが入ることはできない。自由落下状態なので、床にこだわる必要がないのが幸いといえば幸いだった。それでも、半分以上は通路にあふれた。

「みんなを集めてなにをするつもりなんだい、航法」迷惑そうに主調査子がいう。それはおそらく皆の気持ちを代弁したものだろう。改装完了によりただでさえ作業量が増大している。

「一七号が機能不全を起こした」主航法子は告げた。「彼を交換することにしようと思う。しかし、第一補機関子はまだじゅうぶんに機能を果たせない。彼女なりほかの補機関子なりが主機関子としての調整を終えるまで、非常交換手順書に従い、代用班を設定しようと思う」

「ぼくを一七号と呼ぶのは、さっきの仕返しかい？」さきほど彼を『一号』と呼んだ作業生体は怒るでもなくいう。

「いや、きみはもう主機関子じゃないからだ、一七号」

「そうか。でも、それってだれが決めたんだい？」

「もちろん、ぼくだ」

「そんな機能はきみにはないんじゃないかな」もと主機関子は指摘する。

「たしかにないかもしれない」主航法子は認めざるをえなかった。「しかし、ぼくは船の運航に支障をきたす要素を排除するよう調整されている。きみを主機関子のままにしておけば、船は目的地に到着できない」

「機能不全を起こしたかどうかを決めるのはあたしよ」主整備子が人垣をぬって前に出

た。彼女の役割は作業生体を点検整備することだ。作業生体たちが人間なら、あっさり船医と呼ばれるだろう。「機関の点検は三日前にしたばかり。すくなくともその時点では、彼は快調そのものだった」

「身体機能じゃない」と主航法子。「きみの点検ではわからないたぐいの異常だ」

「それはなんのこと？」主整備子は納得できないようすで、「曖昧な理由で作業生体を交換することは認められないわよ」

「一七号は目的地に着かなくていいといっているんだぞ！」主航法子は叫んだ。

ざわめきが機関制御室から通路へひろがっていく。

「自分の機能を果たさないといっているの？」眉間にしわを刻んで、主整備子が訊く。

「いや」主航法子は一七号を瞥見した。

「目的地への到着にこだわるべきではないし、母都市には訣別を告げるべきだ」一七号がいいきると、ざわめきが大きくなる。彼は手を上げて皆を沈黙させ、声を張りあげる。

「けれども、ぼくは自分の機能を放棄するつもりはない。船が宇宙空間にあるかぎり、その推進力を保つことに全力を尽くし、交換用作業生体の調整を欠かさない」

しばらくの沈黙を破ったのは主調査子だった。「だったら問題ない。交換は不要だ」

「だが、危険なんだ！」主航法子は主張した。「機関がもしその気になれば、ぼくらの船はあさっての方向に飛んでいってしまう」

「不十分な理由ね」と主整備子。「作業生体の交換には厳密な条件がある。そのことは知っているはずよ、航法。あなたが危険だと思っているだけでは、条件を満たさない」

「この場合の交換はきみの機能範疇じゃない！」

「なにを根拠に？」

「それは……、つまり……」主航法子はこたえることができなかった。

「二律背反だ」主調査子がいった。「きみはわれわれの実質的指導者だ。だが、作業生体群に指導者などありえない。もし指導者が存在するとしたら、それは人間の集団だ。人間でなくてもかまわないが、とにかく主体的な意志を持つ者の集まりだ。機関の主張は、われわれが作業生体群としてではなく、主体的な意志を持った人間集団として行動することと同義であると思われる。ところが、きみはあくまで作業生体であるべきと主張する。にもかかわらず、人間集団の指導者であるがごとく……」

「黙れ！」回りくどいことばをきくのが耐えられなくなって、主航法子はどなる。

「とても人間的な反応ね」主整備子が皮肉っぽくいう。

　彼女を睨んだが、主航法子はすぐうつむいた。気持ちが冷えていく。

　できれば独りになりたかったが、出ていくきっかけをつかみかねていた。人間であることを認めてしまえば楽になることはわかっている。しかし、それは母都市を捨てることだ。母都市は彼に作業生体であることを期待しているのだ。主航法子にとって母都市はすべてであり、二・七光年離れていても彼はその一部でありつづけていた。

だれも咳払いすらしようとしない。

いつの間にか主航法子は耳を触っていた。彼の耳の上部は尖っており、考え事をするときにその部分を撫でるのが癖だった。

「従うよ」

ふいに声をかけられて顔をあげると、薄い色の瞳がじっとこちらを見据えていた。

「従うよ」一七号はくりかえし、「きみがぼくたちの指導者なら従うよ。理由などなくてもかまわない。きみが危険だと判断するなら、ぼくから主機関子の機能を剥奪すればいい。逆らうつもりはない」

「幼稚な罠だな、一七号」絞りだすように、主航法子はいった。

「罠だって？」彼は心外そうに、「ちがう。受け入れてほしいんだ」

主航法子は眼差しだけで説明を促した。

「つまり、母都市なんかよりぼくたちのほうが大事だってことを」

「母都市がいちばん大切だよ。決まっているじゃないか」主航法子は主機関子に背をむけた。

ようやくこの場を立ち去るきっかけを、孤独に逃げこむ機会を手にしたのだ。

「祝賀会はどうするんだい？　開いてもかまわないのかな」と主機関子が声をかける。

そんなこと許可できるか、ということばが喉もとまで来たが、口にせずにすんだ。

「祝賀会をどうこうする機能はぼくにはない。好きにしてくれ」

靴の磁力をきって床を蹴る。作業生体たちは彼のために空間をあけた。

機関制御室から通路に出る。通路は右に湾曲していた。そこをまがったとたん、議論する声がきこえはじめた。

主航法子の心はつねに母都市とともにあった。ついさっきまで探査船も母都市の一部だと確信していたが、その確信が霧散したいま、母都市との距離が心にいたく突き刺さる。

探査行に入ってからはじめて、主航法子は涙をこぼした。


母都市の遺伝子設計者も作業生体を眠る必要から解放することはできなかった。そこで、作業生体には休眠棚が与えられている。すくなくとも第一世代に関しては一体にひとつずつ用意されていたが、個室というほどのものではなく、ただ睡眠をとるための必要最低限の空間だ。

この点でも主航法子は別格だった。狭いながらも、専用休眠棚と衛生設備のしつらえられた居室を持っている。人間がここを見れば懲罰房と誤解することは確実だったが。

主航法子はその居室でもう数日も食事もせずに漂っていた。睡眠と清掃以外でこの部屋に籠るのははじめてのことだった。無為に時を過ごすことも。

なにをしていいのかわからない。主航法子は膝をかかえ、空間にうずくまっていた。

作業生体には扉を敲いて入室の許可を求める習慣がない。そのときも扉はとうとつに開いた。

入ってきたのは一七号だった。

ぼくはこいつを待っていたのかもしれない——主航法子は思った。すくなくともきゅうに重量が戻るよりはずっといい。重量が戻るということは、仲間たちが新たな目的地、母都市の選定したものではなく自分たちで決めた地へ旅立ったということを意味する。真の出発というべきそのときを控えてだれも彼と会うことを思いつかなかったとしたら、とても寂しいことだ。

「やあ、一号」一七号は片手をあげた。

とがめる気にはならない。そうたしかに彼はもう主航法子ではなかった。「ああ。なんの用だ」

「来ておくれよ。みんな、待っている」

「なんのために?」

「祝賀会だよ」一七号は嬉しそうに、「みんなで名前をつけあって、母都市に訣別の通信を送る。それから、旅立つんだ。行き先はきみが決めればいい」

「ぼくが決めるとしたら、目標はひとつだ。それがわかっていっているのか？」

「目的地へ行くのは、みんな、いやだといっているんだ。けれども、目的地と母都市以外なら、きみの決定に従うよ」

「それでは、ぼくが決めることにならない」一号は低く笑った。

「なあ、こう考えられないかな」と一七号は溜息まじりに、「この前のきみの言い草じゃないけれどもね、ぼくたちが船の部品だと思いたいならそれでかまわない。でも、同じことじゃないか。部品の総意は船の意志だよ。ぼくたちみんなが目的地以外の場所を目指すとしたら、船がそう思っているということなんだ。予定された航路を消化して終わりじゃなく、いつまでも飛びつづけたいと……」

「詭弁はよせ」

「そうだね。つまらない詭弁かも」あっさりと一七号はうなずいた。「でも、そう考えると楽だろう」

「船の目的を決めるのは母都市だ。ぼくたちでも船自身でもない。そして、目的は定められ、変更された事実はない」一号は一七号の顔を見た。「なぜなんだ？　なぜきみは……、いや、皆は母都市をないがしろにできる？」

「ないがしろになんかした憶えはない」一七号はきっぱりと、「いっただろう、母都市よりぼくたちのほうが大切なんだよ。それだけだ。母都市のためには死ねないけれども、船のためなら死ねる。きみやほかの皆やこれから生まれる子どもたちのためなら」

「だが、べつに母都市はぼくたちに機能停止を要求しているわけじゃない」

「わからないよ。目的地が植民地にふさわしいとわかったとき、ぼくたちは用済みになる。そしたらどうなる？」

「廃棄されるとは決まっていない」

「でも、されないとも決まっていない」

「それはそうだが……」

「ぼくは耐えられないんだよ。自分の子孫の運命を他人に委ねるなんて」

「他人だと⁉　母都市は他人じゃない。そこがきみの考え違いだ。ぼくたちは母都市の一部なんだ。きみがなんといおうと、いや、ほかの皆がなんといおうと、船は目的地に到着すべきなんだ。ぼくは……、母都市の意向に背くことなどできない」

「船が母都市の意向に背くんだよ」

「それは詭弁だといっただろう！」

「堂々巡りか」一七号は一号の肩をつかんだ。「とにかくおいでよ。飢え死にするまでここにいるつもりかい？」

「ほうっておいてくれ」と一七号の手をふりはらう。反動で壁際まで飛んでいったので、身体を入れ替えると同時に靴の磁力を入れ、床に立つ。

「みんな、きみに会いたがっているんだ」一七号は寂しげに微笑み、「頼むよ。来ておくれよ」

一号はしばらく黙っていた。発進するまで施設から一歩も出たことがなかったし、いつもそばにだれかがいたから、彼は迷子になったことがなかった。だが、そのことばの意味だけは知っている。きっと、人は迷子になったとき、こんな気持ちになるのだろう。「わからないんだ」途方に暮れて、一号はいった。「ぼくはこれからどうしたらいいのか」

「きみにわからないなら、ぼくにわかるはずがない」と一七号。「でも、ぼくはきみにもとどおり仕事をしてほしいと思う。指導者としてぼくらを束ねておくれよ。ぼくもみんなも、きみが好きだし、頼りにしているんだ」

「目的地へ行かないのなら、ぼくの仕事はない」一号は頑なにいった。

「そんなことをいうなよ」

「航法はできるよな」それは質問ではなかった。空識覚と航法野はすべての作業生体が備えており、調整もひととおり受けていることは、よく知っている。

「ああ。きみほど上手にはできないけれども」一七号は硬い表情でこたえる。一号の意志を察している顔つきだ。

「あの日以来ずっと考えていたんだ。もしきみたちが宿命を捨てるなら、罰を与えないといけないって」

「罰？」

一七号の口調に明らかな戸惑いを感じて、彼は満足した。「ぼくは操舵室に行く」

「みんな、回転室で待っているんだよ」

「それは知ったことじゃない。とにかくぼくは操舵室に行く」

「思いなおしてくれたのかい？」囁くように一七号が尋ねる。

「まさか」


一号は操舵席に身体を固定した。ここに坐っていると、気分は主航法子に戻る。新機関の制御はここからでは不可能だ。まだ配線ができていない。船の姿勢を変えることぐらいはできるが、主航法子はなにもするつもりはなかった。ただ、だれかがやってくるのを待った。

やがて、作業生体たちがやってきた。

操舵室は機関制御室にまして小さい。入ってきたのは一七号だけだった。

「全員、つれてきてくれたか？」微笑みながら主航法子は訊く。

「第一世代はみんな」一七号はうなずき、「いったい、なんのつもりなんだ？」

「ぼくはここから動かない」主航法子は宣言した。

「そんなことをしてなんになるんだ？　予備操舵装置に切り替えるぐらい、なんでもないことだ。わかっているだろう？」

「そんなひどいことはしないだろう、一七号」

「なにが望みなんだ？」

「わからないのか。きみがぼくなら……」主航法子は低い声で、「ぼくの機能を停止させる」

「なぜそんなこと……」一七号は泣き笑いとしか形容しようのない奇妙な表情を浮かべ、「それがきみのいう罰なのかい？」

「そう思ってもらっていい」

「でも、みんな、きみが好きなんだよ。もちろん、ぼくも」

「よかった。そうでなければ罰にならない」

「きみはひどいやつだな、一号」

「主航法子と呼んでくれないか」

一七号は出ていき、通路で待っている作業生体たちと話をはじめた。

主航法子は目をつむり、脳裏に星々への航路を思い描いた。銀河中心核から涯までつづく無限の航路だ。仲間たちとその子孫が赴くかもしれない道。

理性では一七号のいうことが正しいのだとわかっている。しかし、彼にはどうしても逃れることができない宿命があった。どうしても解き明かせない謎は、宿命はほかの仲間たちも持っているというのに、なぜ易々と自由になることができたのだろうということだ。

「航法」

目を開けると、主整備子がいた。

それから一人ずつ作業生体たちが操舵室に入ってきて、別れを告げた。翻意を促す者もいたし、黙って手をとる者もいた。

主航法子にとっては、なにもしゃべらずにいてくれるほうがありがたかった。

最後にふたたび一七号が入ってきた。手に皮下注射器を携えている。「整備が調合したんだ。苦しまずにすむそうだ」

「ありがたいね」首筋にかすかな痛みを感じて、主航法子は吐息をもらす。「ひとつだけ頼みがあるんだ」

「なんだい？」

「ぼくの保存遺伝子から幼体を、いや、子どもをつくってくれ。男でも女でもかまわない。その子にたくさんの星々を見せてやってほしい」

「そのつもりだよ。たいせつに育てるつもりだ、ぼくたちの王として」

「王？」主航法子は驚いた。

「ほかのだれが機能を受け継いでも、納得できないよ。まだ存在しない一号の子ども以外に、きみの後継はいないって、みんながいうんだ。その子が大きくなるまではしかたがないから何人かで分担するけれども」

「ぼくが王だというのか？」

「子どもたちにはそう教えるつもりだ。きみはこのちっぽけな王国の立派な王だったよ。たとえきみ自身が認めないとしても」

なんというべきかわからなかった。しかし、心の内から満足感と幸福感がわきあがってくる。

「ぼくからもお願いがあるんだ」と一七号。「せっかく考えたんだ。名前を受けとっておくれよ」

「断る。ぼくは機能停止まで主航法子でいたい」

「やっぱりひどいやつだ、きみは」一七号は主航法子の頭を胸にかきいだいた。

主整備子の調合した薬の効果は完璧だった。痛みも苦しみもなく、眠りにひきこまれていくような安らぎが全身をつつむ。もっとも、安らぎは薬効ではないのかもしれない。

だれかの咽び泣きがきこえた。

一七号がどんな名前を贈呈してくれるつもりだったのか、きくだけきいておけばよかったかな――軽い後悔を最後に、主航法子の思考は消滅した。

作業生体には二五〇年ばかりの寿命が与えられ、そのあいだ若い姿のままでいる。だが、設計者のほうはそうはいかない。

彼はまだ一〇〇歳をいくつか越えただけだったが、もう身体の自由は利かず、何本もの管につながれていた。

＊

このところは一日まどろんでいることが多い。それでも、覚めているときの頭脳は明晰だった。外見から推測されるよりは、という限定つきだが。

「もう一度、読んでくれんか」嗄れた声で、彼は頼んだ。

「はい」評議会からやってきたという若い男は気どった仕草で携帯端末を持ちあげた。「通信文はこうです。『母都市に訣別を告げる。操舵室を神聖なる王墓とし、われらは無限の航路を進まん。母都市の繁栄とわれらの航路が永劫ならんことを』。神聖なる王墓というのが意味不明ですが、探査船が本来の航路からはずれたことは明白です」

「神聖なる王墓か……」彼はつぶやくように、「あの子たちには文化的裏づけが著しく欠けている。ひどく無邪気なところがあるんだよ。きっとへんな宗教まがいのものをつくってしまったんだろう。ほら、あれと同じように……。ああ、歳をとるとどうも名前がすぐに出てこんな。ほらほら、あれはなんといったかな。そうだ、『蝿の王』だったか？　ちがうような気もするな……。あっているか？」

　質問は無視された。そもそも男には譫言にしかきこえなかったようだ。

「それで、先生にお尋ねしたいことがあるのです。亡くなられた前評議会議長の回顧録に、作業生体の核酸分子から宿命遺伝子をはずすことを先生が非公式に提案したとあります」

「そんなことがあったかな？」とぼけたのではなく、ほんとうに思い出せなかった。

「では、回顧録のその部分を読みます。いいですか。……意外に思われるかも知れないが、仕事上での彼との関係はごく薄いものだった……」

　朗読をきくうち、その日の情景が甦ってきた。彼は瞑目して、追憶にひたった。

　きっかけはごくつまらないことだ。みっつの偶然が重なったのだ。『ペガーナの神々』という題名の本を読んだことがひとつ。作業生体たちが銀河じゅうに満ちている夢を見たことがひとつ。それまで足を踏み入れたことのなかった骨董店の飾り窓に古式の賭博用具を見かけたことがひとつ。ひょっとすると最初のふたつには偶然ですまない関連があるのかもしれないが、評議員である旧友の家へ遊びに行く途中で壺と賽子を見つけたのは、まぎれもない偶然だった。

「すみません。起きていらっしゃいますか？」男が不安そうに訊くのがきこえた。

　ほんとうは、生きているかどうかをたしかめたかったのではないか、と彼は苦笑した。

「だいじょうぶ。起きているよ。それから、思い出した」

「では、これは事実なんですね」

「ああ。回顧録を読んだとき、あいつ、よくこんなつまらないことを憶えていたな、と思ったものだ。いまでも感想は変わらん」

「それで、先生が実行したのではないか、という疑惑が評議会に生じているのですよ」

「なにを実行したというんだね？」

「実行しなかった、というべきかもしれません。つまり、宿命遺伝子を作業生体の染色体に組みこまなかったのではないか、と」

「ばかな」彼は一笑に付した。「ここに来る前に、もののわかった人間に話をきくべきだったな。わしひとりが研究室に籠って、核酸分子を手で組み立てたとでも思っているのか？　ちょくせつ作業にかかわった人間だけでも二〇人はくだらん。彼ら全員の目をごまかして、好き勝手なことをするのは不可能だったよ」

「では、なぜ作業生体はわれわれから与えられた使命を無視することができたんです？　わが都市の望む計画から逸脱しないよう、宿命遺伝子によって条件づけられているはずでしょう。宿命遺伝子は機能しなかったのですか？　いや、先生は宿命遺伝子と見せかけてまったく無意味な塩基配列を……」

「ばかをいうな！」何年かぶりで怒声を張りあげた。「それはわしだけではなく、部下や同僚たちへの侮辱だ。みんな、選び抜かれた専門家で、自分のしていることはよくわきまえていたぞ」

「しかし、あなたはこうおっしゃっているんですよ。……記録はおれがなんとでもしよう。あとはおまえが黙っていればいいんだ」

「その部分については、わしが冗談をいったのか、やつの記憶ちがいか思い出せんが、とにかく事実と異なる。やつがどう思ったかわからんが、わしは本気ではなかった。ちょっとした悪ふざけのつもりだった」笑いがこみあげてくる。「あいつ、人のことを根がまじめとか書いているが、自分のほうこそ冗談のわからん堅物ではないか」

「いちおう信用しましょう。すると、宿命遺伝子は機能しなかった、と考えるべきなのですね」

「あんたは遺伝の力を過大評価しすぎている」彼は指摘した。「作業生体は人間と変わらぬ思考能力を備えている。そうでなければ、彼らを乗せる意味がない。あらかじめ与えられた命令群を実行する機械があればいい。予測不能な事態に対処するために彼らはつくられたのだ」

「それはわかっているつもりですが？」

「彼らほど高度な思惟が可能な生物、いや、機械でもかまわないが、とにかくそんなものに具体的ななにかへの忠誠心なり使命感なりを遺伝的に植えつけることが可能なはずがないだろう。宿命の働きはたったひとつ、強い帰属意識を本能に刻むことだ。彼らは仲間といっしょにいると安心する。自分自身の生命より集団の存続を優先する。人は理念という幻想を持ってはじめて集団のために死ぬことができるが、彼らにはそんなものは必要ない」ひさしぶりに長くしゃべったせいか、彼は咳きこんだ。「われわれはあの子たちをそういうふうにつくった。あとは調整所の仕事だ」

「調整所がしくじった、とおっしゃるんですか？」

「そうはいっておらん。わしはあっちのほうにはかかわっておらんから、はっきりしたことはいえんな。だが……」彼は一度だけ見学した調整所の風景を思い出す。まだ幼い作業生体たちが、人間の子どもと変わらぬようすで戯れていた。彼自身の遺伝子を使った幼体はすぐ見分けることができた。彼と同じく茶色い瞳をしたその幼体は、友だちを泣かせていたものだ。「調整所の連中、あの子たちにうっかり愛情を注いでしまったようだったよ。迂闊な話だが、無理もない」

「愛情を持って育てたのに、わが都市を裏切ったというのですか？」男は首をひねる。

「あの子たちが都市にのみ帰属意識を持つよう育てるのが調整所の役割だった。わしの見立てではそれにしくじったようだな。あの子たちを人間として育ててしまった。そのため、帰属意識は自分たちを送り出した都市よりも、いまいっしょにいる友人とこれから生まれる子どもたちの集団につよくむいた。そんなところではないかな？」

「なるほど」若い男は携帯端末を小脇に抱えると立ちあがった。「いや、勉強になりました。お疲れでしょうから、わたしはこれで」

「いまいったことは、わしの思いつきにすぎんよ」もっとも――彼は胸の裡でつぶやいた――あの幼体たちの黄色い声を耳にしたときから、計画が失敗することはわかっていたのかもしれない。あんな計画を実行するには、われわれはお人好しすぎたのだ。

「いえ、とんでもない。貴重なご意見です。第二次計画の参考にさせていただきますよ」

「第二次計画？」かなりの努力をして、彼は顔を男のほうにまっすぐむけた。「そんなものがあるのか？」

「いえ、これからつくるのです。最初のものはどうやら水泡に帰したようですから、承認には困難をともなうでしょうが、わが都市には新しい探査計画が必要です」男の端正な顔には野心が汗のようににじみでていた。「次はけっして失敗しません」

「そうか……」急速に関心が薄れていった。「まあ、がんばってくれ」

「ありがとうございます」

男が出ていくのも見送らず、彼は天井に視線を戻した。

遙か彼方をあの子たちが飛翔している。たぶん、未来はないだろう。彼らの数はあまりに少なすぎ、種として不安定すぎる。だがもしかすると、いつまでも自由に虚空を翔けめぐるのかもしれない。

目頭が熱くなるのを覚えて、彼は目をぬぐおうとした。だが、腕が満足に動かない。

皺んだ頬に、涙がとめどなく流れた。

饗宴

〈混沌の都《ビロート・クネーグナ》〉、〈竜の頸の付根《サース・ノーシャル》〉、〈八門の都《ビロート・ガソーダル》〉、〈帝国の揺籃《ギュルソーグ・フリユーバラル》〉、〈陥ちざるもの《ダワトサリア》〉、〈愛の都《ビロート・ネグ》〉、〈故郷《ムロート》〉——帝都《アローシュ》ラクファカール。

この都市では、招待状の要らぬものだけを考えても、饗宴の開かれぬ日はない。豊かな貴族は帝都に留まっているかぎり、すくなくとも年に一度は饗宴を催すのを義務と心得ていたし、さほど豊かでない者もなにかにつけて費用を出しあい、人々の記憶に残る日を設けようと競っていた。

毎年開かれるもろもろの饗宴のうちで、人々が心待ちにするものがいくつかある。帝宮を開放して行なわれる園遊祭《ロナローヴォス》、富裕で名高きソスィエ一族が総力を尽くすケヒュール《フレーグ・》記念饗宴《ケヒュル》、奇抜な余興が客たちを魅了してやまないボーフ伯爵家《ドリュージェ・ボム》の饗宴……。

だが、もっとも多く人々を集めるのは、まったく豪華でもなく——なにしろ料理も酒も出ないのだ――、まったく素っ気もない――余興ひとつすらない――宴だった。ただ会場だけは抜群に広い。にもかかわらず、歩くにも苦労するほどの人数が会場を埋め尽くすのだ。

それはソビークと呼ばれ、年に二回開かれるのを常とした。銀河の大部分の民にはうかがいしれぬ理由で、星たちの眷族《カルサール・グリューラク》はソビークをかけがえのないものと見なしている。

「これがソビークか……」噂に名高き饗宴にはじめて参加したジントは、物珍しさに辺りを見まわす。

空間に浮かぶ住居や船にわかれて住むのを常とするアーヴがこれほど多く集まっているのを、ジントは見たことがなかった。さらに目を引くのが、彼らのまとう衣裳だった。

アーヴの服装は単純だ。だいたいにおいてつなぎ《ソルフ》を着ている。貴族《スイーフ》なら長衣《ダウシュ》、士族《リューク》なら短衣《カフエル》をつなぎのうえに着ることもある。だが、この場においては、つなぎのかわりに異様な風体をしている者もちらほら見えた。異様な、とはむろんアーヴの基準をもとにしての話ではある。しかし、いったいどこの社会でなら異様でないのか、見当もつかない服装も見えた。

ジントのすぐ右手には人垣ができていた。のぞいてみると、とりわけて奇妙な衣服をまとった少年が中心で気取って立っている。人々は彼を撮影するためにわざわざ輪をつくっているようだ。

　ジントはまたひとつアーヴの秘密を垣間見た気分になる。

　ジントがこの饗宴に来たのにはとくに深い理由はない。彼は仮にもいちおうアーヴ貴族《バール・スイーフ》なのだから、一生に一度ぐらいはこの帝国《フリューバル》に名高き宴に参加してみるべきだ、と思いたったのだ。そして、参加するのは一生に一度でじゅうぶんだ、と結論を出しかけていた。

　なにしろ人混みがすごい。船を移動の手段というより生活の場と見なすアーヴは、わりあいと混雑に慣れているようなのだが、ジントはまだ非アーヴ的な部分をかなり引きずっていた。

　押し出されるようにして、ひとつの机の前に来た。机のうえには本が積みあげられていた。もはや博物館でないと見ることができないような紙の本だ。どういうことなのかジントにははっきり理解できないが、「紙の本を出展するのが伝統」なのだそうだ。

『一冊二〇〇シェスカール』と値札がついている。

　手にとって、ぱらぱらとめくってみる。

　大きな単色の絵がある。あまり写実的な作風とはいいがたく自信はないが、どうやら男性らしい。その周囲は細かい手書きのアーヴ文字《アース》で埋め尽くされていた。一読してみる——よくわからない。

ジントは本をそっともとの場所に戻す。そのとき、机のむこうに坐る少女と目があった。少女は哀しそうな眼をしていた。

「いや、その、ほら……」ジントは笑ってごまかし、その場を足早に立ち去った。

この饗宴には三種類の人間がいる。売り手と買い手、そしてそのどちらでもない者。ジントはどうやら最後の組に入っているようだ。

人の流れのままに歩く。ときどき視線を感じる。「買ってくれないかな」という熱のこもった視線だ。アーヴは戦闘種族である以前に商業種族のはずだが、声高にものを売りつけないのが、ソビークでの正しい振る舞いらしい。

じつにありがたかった。ただでさえ人いきれに疲れているので、断る気力もない。

ソビークで売られているのは、ほとんどが紙の本だが、それだけではない。少数ながら記憶片《ジェーシュ》を売っている机もあった。だが、その内容は、紙の本では記しきれないものに限られているようだ。

耳の長い猫や額に三日月の入った猫を売っている机もある。もちろん、生きている猫だ。一瞥すると、『同人制作……』とか書いてある。

外道——ジントは思った。

左右に視線をさまよわす。人混みのあいだから、『包帯は永遠に』だの『たぎる血が熱いぜ！』だのと理解不能な語句が目に飛びこんでくる。

見るべきほどのものは見た――ジントは結論をくだした。きっとある種の人々にはたまらなく楽しい饗宴なのだろうが、彼には縁のないたぐいのものなのだ。

ジントは帰ることにしたが、それがまた容易ではない。出入り口からははるかに離れてしまっている。

人をかきわけつつ、ジントは困難な作業に挑んだ。

ようやく半分ほどの旅程を消化したころ、ジントは驚いた。思いもかけず知り合いと出会ったからだ。

「ラフィール！」ジントは声をかけた。

人類史上に比類なく強大な帝国《フリューバル》の帝室《ルエジェ》の一員として、生まれながらにパリューニュ《ベール・パリ》子爵《ユン》の称号《トライガ》を帯びる少女はぎょっとした顔で振りむき、なにかを背中に隠した。「そなた……、なぜここに？」

「なぜといわれても、べつにたいした理由じゃ……」

ジントが説明しようとしているあいだに、ラフィールは一時の動揺から立ちなおる。

王女《ラルトネー》の眉が危険な角度に逆立つ。「見損なったぞ、ジント」

「な、なにが……？」ジントは目をぱちくりさせた。

「そなたがこんなところに来るとは思わなかった！」ラフィールは肩をそびやかす。

「ええと……。ひょっとして怒っているの？」

「べつに怒ってるんじゃない。ただ、そなたがそんな人間とは思わなかっただけだ」

「そんな人間って？」ジントは呆気にとられたが、それよりラフィールが背中にまわしている腕のことが気にかかった。「それって、今日の買い物？　よかったら見せてくれよ」

「よくない！」ラフィールはじりっじりじりっと後ずさりはじめる。

「まあ、見せたくないなら、それでいいけど」ジントは紳士的な態度をとり、「ところで、久しぶりで会ったんだ。お茶でもどう？」

「そなたは非常識だな」と呆れたように、「お茶などどこででも飲めるじゃないか」

「そりゃまあ、おっしゃるとおりだけど」

「ソビークにまで来てお茶を飲むなど信じられぬ」

「そこまでいうことないじゃないか」ジントは一歩、ラフィールに近づいた。すると、ラフィールも一歩下がる。

　嫌われたかな？――ジントは途方に暮れた。

「近寄るでない！」ジントの懸念を裏づけるように、ラフィールはきっぱりいった。

「そうか……」ジントはうなだれた。まったくこの饗宴では理解できないことばかり起こる。なにも悪いことをしたおぼえがないのに、いつのまにか王女には嫌われている。ひょっとして、自らの行動のわけのわからなさを競うためにこの人々は集まっているのではなかろうか。

ジントは踵をかえした。

「どこへ行くんだ？」とたんに呼び止められる。

もしかしたら嫌われていないのかもしれない――一縷の望みを胸にいだいて、ジントはふりかえる。「帰るんだよ。もう用はないから」

「怒ったのか？」心配げにラフィールの眉が曇る。「でも、そなたもいけないんだぞ。人の買ったものを見たがるなんて、趣味が悪い」

「いや、べつに、どうしても見たいってわけじゃ……」正直なところ、ただ話のきっかけにでもなればよかったのであって、ラフィールがなにを買ったかということ自体にはさほど関心がない。どうせ、ジントには理解できないものにちがいないのだから。

「見たくないのか？」漆黒の瞳がじっとこちらを見る。理不尽なことに、ラフィールはすこし傷ついているようだ。

どうこたえれば満足なんだろう――ジントは悩んだ。いっぽうで安心してもいた。どうやら嫌われたというのは早とちりだったらしい。彼女はとにかくこの饗宴の成果を見られたくないだけなのだ。もっとも、なぜ見られたくないのかは見当もつかなかったが。

「ええと、その、見せてくれたらありがたいと思うけれども、無理には見たくない」ジントはなんとか無難らしい答えをひねりだした。

「そうか、そなたがそういうんならしかたがないな」ラフィールは背中に隠していた紙袋を差し出し、「特別に見せてやる。感謝するがよい」

「ああ、ええと、ありがと」ジントは受けとって、さっそく中をのぞこうとした。

「ダメだ！」とたんに王女が制止する。「見るのはあとにするがよい。ソビークが果てるまで荷物持ちをするなら、見せてやる」

「荷物持ちでもなんでも」ジントはうやうやしくいった。ソビークに来たかいがあったように思えてきた。

「じゃあ、しっかり持ってるがよいぞ」

机に群がる人混みに突撃するラフィールの背中を見送って、ジントは微笑む。〈人類統合体〉の追っ手から逃れる日々に見たものとはちがう、王女の一面を見て、得をした気分だった。

しかし、間近に迫った未来を知ることができたなら、彼は顔をほころばす余裕などなかっただろう。

ラフィールの買い集めた品々——もっぱら紙の本だったが——やはりジントには価値を判断しかねるものだった。それはじゅうぶんに予測できたことだったが、この理解不能の本たちに興味があり、それを手に入れた王女をうらやましがるフリをしなければならないという難行苦行がジントを待っているのだ。

蒐集

ホールは、集まった乗員たちで埋め尽くされていた。

かつてホールにとりつけてあった椅子はすべて撤去され、かわりに床といわず壁といわず鋼管が何本も溶接されている。乗員たちはそのパイプにハーネスをひっかけ、漂いだしてしまうのを防いでいた。

ホールを見まわして、アメニイはふと、人口がこれ以上増えるようなら天井にもパイプを渡さなくてはならなくなるな、と思った。

かつてなら船長の登壇は、起立と敬礼で迎えられた。だが、この状況ではそれもままならない。何人かが背筋を伸ばして敬意を表わしたことで満足しなければならないだろう。

「全員、集まったか?」アメニイもかつての規律を脇にやって、ごくさばけた調子で訊いた。

「はい、船長」演壇のそばの鋼管にしがみついている副長のウセレトへテプがいった。

「よかろう、はじめよう」演壇に隠されたパイプと床のあいだに靴の先をつっこみ、演壇のへりを両手でつかんだ。これで、疑似重力が存在したころと同じく、あるいは地上にあるのと同じに、威厳をもって部下たちを睥睨できる。

アメニイは植民地開設船〈マアト・カー・ラー〉の船長の職に就いていた。いや、この船についてはもと植民地開設船というべきか。それでも、彼が〈マアト・カー・ラー〉の総責任者である事実はいまのところだれにも否定されていない。

乗員たちはアメニイを注視している。まだ統制が失われていない証拠だ。

無重力空間で望みうるかぎり厳粛な雰囲気に近いものがここにはある。厳粛な雰囲気そのものであることを妨げているのは、生まれたばかりの赤ん坊の泣き声だ。ここに赤ん坊をつれてきたのはウルバンだろうが、そのことで彼女を非難できない。全員が集合するよう命じたのはアメニイ自身なのだから。

「では、はじめよう」アメニイは赤ん坊の泣き声がきこえないふりをして、集会の開始を宣言した。「一部の者は知っているはずだが、正式に告げたいと思う。われわれに接近しているものの正体についてだ」乗員たちを見まわして、密かな満足感をえる。ほとんどの者が興味津々といった表情をしている。箝口令は厳密に守られたようだ。「われわれがあと一二日ほどで遭遇すると思われる物体は……、アーヴの都市船だ」

ホールにざわめきが広がった。


〈マアト・カー・ラー〉はヘルー・ネブー星系によって送りだされた。

恒星ヘルー・ネブーは一一個の惑星を持ち、そのうちの第三惑星ター・ネフェルティは人類が居住できるよう改造されていた。

その社会は、宗教的理由から避妊を忌み嫌う人々によって成り立っている。当然の帰結として、彼らは人口増加に怯えていた。まだ差し迫った危機ではないが、このたぐいの問題は切迫してから解決を図るのでは遅すぎる。そこで、まだじゅうぶんに土地が余っている段階から、無人の探査体を数千個、近傍の星系に射ちだし、余剰人口を移住させる対象を探していた。

その結果、ほんの五・八光年ほどの位置、ター・ネフェルティの人々がイルト・スィアと呼ぶ恒星のもとに適当な惑星が見あたり、アペドと名づけられた。ヘルー・ネブーの子らが幸せに暮らせるようアペドをテラフォーミングするため、〈マアト・カー・ラー〉は送りだされたのだった。

ター・ネフェルティに人類が初めて足跡をしるしてから三一六年目、〈マアト・カー・ラー〉は旅立った。これはター・ネフェルティ年だが、太陽系の地球年になおしてもそう変わらない。ター・ネフェルティの一年は地球の〇・九八年にあたる。

一世紀とたたないうちに、光帆推進用レーザーがアペドの衛星軌道上に設置され、惑星改造が本格化する予定だった。技術の進歩や政府の熱意によって変動するが、三世紀ほどのち、すなわちター・ネフェルティが本格的な人口過剰に苦しめられるころには、光帆に推進レーザーを受けた移民船が大挙してアペドの処女地におしかけることが可能となっているはずだった。

だが、事故が起こった。

根本的な理由はわからない。だが、直接の原因はわかっている。ユアノン粒子の不規則放射とユアノン保持機構のパワー不足。それが相まって、〈マアト・カー・ラー〉に致命的な結果をもたらした。すなわち、ユアノン粒子の脱落である。

〈マアト・カー・ラー〉は典型的なユアノン推進船で、その中心を貫く巨大な管、センター・チューブに電磁的な支持架でユアノンを吊っていた。このエネルギーを無限に放射する粒子が、植民地開設船に推進力と活動に必要なすべてのエネルギーを供給していたのだ。

事故は恒星ヘルー・ネブーから一・一光年離れた空間で起こった。

〈マアト・カー・ラー〉のセンター・チューブにおさまっていたユアノンは、この粒子に共通の性格として全方位へ等しく安定したエネルギーを放射していた。だが、ユアノンからのエネルギー放射はときとして増大し、異常な偏りを見せる事例も報告されている。そういった事態に対処するため、〈マアト・カー・ラー〉のユアノン保持機構にはバランサーが組みこまれ、もし異常放射によってユアノンがセンター・チューブのなかを動こうとしたら押し戻すことになっていた。その構造は単純で信頼性が高く、それまで申し分なく働いていた。

　ユアノンの異常放射がなぜ起こるのか、そもそもユアノンの放射するエネルギーがどこからやってくるのかをヘルー・ネブーではだれも知らなかった。〈マアト・カー・ラー〉の設計技師たちも例外ではない。彼らは、手持ちの観測資料に基づいて異常放射の予測最大値を算出するしかなかった。観測資料は膨大な量が蓄積されていたが、どうやらじゅうぶんではなかったようだ。

　そのとき〈マアト・カー・ラー〉のユアノンに起こった異常放射は、設計技師たちの予測を軽く越えた。

　センター・チューブを貫通し、船殻に亀裂を入れるという最悪の事態は免れたものの、保持機構が押し戻そうとかけてくる電磁場をやすやすと突破したユアノンは、〈マアト・カー・ラー〉の後方噴射口から脱走した。

　当直士官が事態に気づいたとき、すべては手遅れになっていた。彼が無能だったり、怠けていたわけではない。この船の乗員はみな、選び抜かれたエリートであり、しかもたいへん仕事熱心だった。そのなかでも、彼は優秀だった。じっさい、異常放射が始まってから、当直士官が正確な状況を把握するまでにはたかだか二秒ほどの時間しかかからなかっただろう。

だが、その二秒のあいだに〈マアト・カー・ラー〉とユアノンの距離は一八〇〇メートルばかり離れていた、と推測される。

わずか一八〇〇メートル。その距離が不変なら、回収も可能だった。だが、現実には秒速約九〇〇メートルで離れていく。ユアノンはもはや隣の銀河系に飛びさったも同然だった。

この瞬間、〈マアト・カー・ラー〉は所定の航路をはずれた。直進しているが、あいにく銀河は自転しているのだ。航路は加速と減速を行なうことを前提に定められており、いま船にその力はなかった。到着するのはもちろんのこと、故郷へ戻ることすらできないのだ。

当直士官のように、なにが起こったかをはっきり知ったわけではないが、すべての乗組員が事故の発生を瞬時に悟った。〈マアト・カー・ラー〉は〇・四Gで加速しており、そのおかげで、乗組員たちは床を歩いたり、テーブルにカップを置いたりすることができた。足やカップが急に浮きあがったとしたら、どんなにぼんやりした人間でも気づかざるをえない。

〈マアト・カー・ラー〉がまったく無警告に慣性航行に入ったことによって、一一七名の乗員のうち三名が生命を落とし、四七名が負傷した。

さらに悲劇的だったのは、事故の起こったのが深宇宙だという事実だ。恒星光を利用しようにもどの星からも距離がありすぎ、じゅうぶんなエネルギーをえることができない。補助の核融合炉はあったし、積み荷のなかにも核融合炉はあった。だが、そのエネルギーを推進力に変えるエンジンはなく、燃料も不足していた。

搭載されている宇宙艇は、化学燃料で動く作業艇が四隻あるだけだった。この小型艇の存在が想定しているのは、なんらかの大規模な船外活動を行なう必要が生起した事態であって、〈マアト・カー・ラー〉から乗員全員が脱出することではなかった。

脱出の手段がないことは、乗組員たちのあいだでは広く知れ渡った事実で、彼らはこれを、任務に失敗したときは船とともに死ね、と遠回しに要求されているのだ、と解釈していた。

だが、これに表だって不満を唱える乗組員はいなかった。なぜなら、〈マアト・カー・ラー〉のために用意されたユアノンはヘルー・ネブー星系の所有するゆいいつのものであり、補充するすべはなかったからだ。そして、ユアノン推進船なくしては、移住計画は一〇〇年以上の遅延を生じることは明らかだった。時間だけではない。費用もまたたいへんなものになるだろう。それは星系の経済を圧迫し、最悪の場合、移住計画を遂行する能力さえ喪われるかもしれない。その先にあるものは破局だ。この植民地開設船にはヘルー・ネブーの未来がかかっていた。もちろん、戒律を捨て、適正な人口制限を実施すれば、たっぷり一〇世紀は新しい植民地の必要がないが、たいていの人々にとって宗教的堕落は死に等しいことであり、わざわざ困難をおして太陽系を離れた意味がない。

〈マアト・カー・ラー〉が任務に失敗することは、ター・ネフェルティが過剰な人口に押しつぶされるか、宗教を捨てるかの二者択一を迫られることを意味する。

母星にそんな辛い選択を強いるようになれば、死ぐらいでは贖いにならない、と多くの者が感じていた。

いざその事態が現実化したとき、多くの乗員たちがあっさり運命を受け入れたかのように見えた。しかし実をいえば、なにをすればいいのかわからず茫然自失していた、といったところが真相だった。

アメニイも途方に暮れたが、船長という立場上、自信たっぷりに振る舞わなければならない。とりあえず、母星へ報告を行ない、遭難信号を発信させた。

ヘルー・ネブーからの救助が期待できないことは承知していた。

低加速の核融合船ではもはや〈マアト・カー・ラー〉に追いつくのは不可能だ。脱落したユアノンは母星系からも離れつつある。核融合船による回収には最低でも一〇〇〇年は必要だ。ター・ネフェルティの人々がふたたびユアノン推進船を建造するのはその後になる。そして、新しいユアノン推進船の最初の使命が〈マアト・カー・ラー〉の救難ということはまずない。おそらく遅れに遅れた植民計画へ投入されるはずだ。それは、万が一の僥倖により母星系が新しいユアノンを捕獲した場合でも同じだ。なんといっても、この船には一〇〇人ちょっとしか乗っていないのだ。人口爆発が本格化すれば、そのくらいの人数は一秒ごとに餓死していく。

神への罪を一身に負い、すべてに決着をつけようか、とさえアメニイは考えたものだ。すべてのエア・ロックの外扉と内扉を同時に開放すればいい。船のコンピュータは不適切な命令だと判断するだろうが、船長のみが知っている一連のコードを使えば説得できる。

彼らの宗教の禁じているさまざまなもののひとつに自殺がある。乗員たちは助かる見こみがなくなっても、飢えか寒さが神の御許へ送ってくれるのを待つしかないのだ。アメニイが自殺するという罪を犯し、ついでに乗員たちを道連れにすれば、彼らをこの運命から救ってやることができる。真空被曝のもたらす死もきっと苦しいだろうが、すくなくともそれは一瞬ですむ。

だが、踏ん切りがつかなかった。

かわりにアメニイは、〈マアト・カー・ラー〉を改造して、ひとつの閉鎖的社会を築き、すこしでも長く生きのびることにとりかかった。

半永久的な居住環境はつくることができない。核融合燃料が限られているからだ。このままでは三〇年と経たずにエネルギーは枯渇する。

エネルギー枯渇を先延ばしするために、また、多くの人間に仕事を与えるために、アメニイは星間水素を捕獲する装置の製造を命じた。その装置が完成したとしても、三〇年が一〇〇年になる程度のことだろうが、根本的な解決は子孫たちに任せよう。

乗員たちが船長の決定をどう考えたかはわからない。ありがたいことに表面上はみな忠実で、叛乱は起こらなかった。

こうして絶望を多忙でまぎらわせる五年がすぎたころ、観測士官が天頂方向の物体に気づいた。

それは二G以上の加速をしており、人工物であることは確実だった。

その物体の軌道は双曲線を描いて、〈マアト・カー・ラー〉の軌道に接していた。その接点でお互いの相対速度と距離は零となる。

つまり、その物体は〈マアト・カー・ラー〉に近づきつつあるのだ。

それがなんであれ、事態が悪化することはありそうもなかった。すでに現状が最悪なのだから。もしこの船を破壊するつもりだったとしても、慈悲深くも決着をつけてくれると考えるべきだろう。

アメニイは特別に観測班を設置し、大いなる期待を持ってその物体を監視させていた。

それから一年近くかけてようやく交信に成功したのだ。

「それはいい！」口火を切ったのは機関士のネケトだった。「やつらは無重力に慣れているはずだ。ここでの生活にアドバイスをもらえるかもしれないぞ」

「アドバイスなんかじゃしかたがない。核融合燃料をわけてもらうというのは？」

「そんなことより母星か目的地まで送ってもらったらどう？」

熱に浮かされたように乗員たちは提案を口にしはじめた。

無理もない、とアメニイは喧噪を眺めた。彼らは鬱屈した希望のない日々を送ってきたのだ。

「ちょっと待ってくれ！」若いアフメドが立ちあがり、「アーヴってなんだ？」

たちまち笑いが巻き起こった。アフメドは優秀な航法士だったが、その専門馬鹿ぶりはこの小さな社会では知らぬ者がいなかった。笑いが嘲りだったことは一面の真実だったが、物知らずな若者への親愛も含んだ、和やかなものだったこともたしかだ。乗員たちが和やかに笑えるのも、安心感が寄与しているのだろう。

「歴史をひもとけ、アフメド」アメニイはいった。「植民暦一〇八年だったかな、連中が来たのは。とにかく、おまえも学校で習ったはずだぞ」

「知るもんか。そんな生まれる前の話」アフメドはむくれた。

「おれだって生まれちゃいないが、ちゃんと知っている」いちばん年かさのナディンがいう。「知らないのは、おまえとウルバンのちっちゃな息子ぐらいのもんだ」

また笑いが起こった。

アメニイは笑いを制しようとはしなかった。彼らが心から笑うのは久しぶりのことなのだ。

「それで、船長」ネケトがいう。「けっきょく、アーヴとどう取り引きするつもりなんです？　やつらは見返りがないとなにもしてくれませんぜ」

「わかっている」アメニイはうなずいた。「その件についてはまだ決めていない」

「むこうと話はしたんですか？」

「した」

「それで、なんと？」

「話はちょくせつ顔を合わせてからだ、と」

軽い失望の声がもれた。

「とにかく諸君に要望したいのは」アメニイは声を張りあげた。「わが船の徹底した清掃だ」

一回り大きな失望の呻きがもれる。だが、それはどこか楽しげであった。

「アーヴがどんな連中か知っているだろう。アフメドとウルバンの息子以外は。連中に汚れた船内を見せるな。作業は中止できるものは中止してもかまわない。清掃部署に従い、おれたちの〈マアト・カー・ラー〉を磨きあげろ。それでは、解散！」

　集会のあと、船長室に引きあげたアメニイにウセレトヘテプが訊いた。「清掃がほんとうに必要なんですか？」

「清掃よりもむしろ積載貨物や備品のチェックだな」アメニイは説明した。「なにしろみんな荒んでいたんだ、思わぬものが紛失している可能性がある。自分たちがなにを持っているかを把握していないと取引に差し支えるだろう」

「そうですね」副長は納得したようだった。「で、ほんとうに決められていないんですか、取引の材料を」

「連中がなにを欲しがるか、見当もつかないんだ」アメニイはコンピュータ画面を注視した。それは、アーヴの都市船がター・ネフェルティを訪れたときの記録だった。

　そのとき、ヘルー・ネブー星系の提供したものは愛郷心あふれるアメニイの目にもたいしたものには映らなかった。太陽系出発以来の歴史と美術工芸品、それにター・ネフェルティで品種改良された植物の遺伝子情報ぐらいのものだ。工業製品に関する技術情報もいくつか提示したらしいが、アーヴの受けはあまりよくなかったようだ。けっきょく、彼らの受けとったのは、便座に関するある画期的な発明だけ。アーヴがよこしたものもそれに見合ったものだった。数種類の単細胞生物のみ。だが、その新種の生物のおかげで、殺菌効果のある水たまりにすぎなかったター・ネフェルティの海は、厖大な酸素を供給できるようになったのだ。アメニイが生まれたころには魚が棲めるようにさえなっていた。もっとも、放流すべき魚がいなかったが。

いったいこの船のどこにアーヴの欲しがるものがあるのだろう?

「アーヴから買いたいものはいくらでもある。だが、払うものがないんだ」アメニイはひとりごちるようにいった。

「いざとなれば、奪うというのはどうです?」

呆れてアメニイは副長の顔を見た。この船に乗り組んでいるのはそれぞれの専門分野で選び抜かれた人材だが、それだけではない。敬虔であることも条件だ。そして、彼らの宗教はなにも避妊や自殺だけではなく、殺人や窃盗や強奪といった、たいていの社会が忌み嫌っているものも禁じていた。

その〈マアト・カー・ラー〉の綱紀粛正の責任者をかねる副長の口からこのような背徳的なことばをきくとは。

驚きが顔に出たらしく、ウセレトヘテプは肩をすくめた。「相手は人工生命体でしょう。人間じゃないんです。神の摂理に反した存在です。それに、こちらは生きるか死ぬかの瀬戸際なんですよ。緊急避難は神もお認めです」

「おれは僧侶じゃないから、戒律に反しているかどうかは権威をもって断言することはできない」船長は前置きして、「だが、強奪など問題外だ」

「せめて乗船僧侶の意見をいまのうちにきいてみたらいかがです？　いざというときに質問しても間に合わないかもしれませんよ。われらが師は慎重ですからね」

「宗教的な問題ではないのだ、これは。連中が交渉する相手がみんな神の教えを忠実に守っていると思うか？　そもそも神の教えの存在すら知らぬ背徳者もこの宇宙には数多く存在しているのだぞ。アーヴには戒律も倫理もないかもしれないが、同じような連中と渡り合ってきたんだ。やつらはたぶん人類宇宙で最強の軍事力を持っている」

「まさか」副長の唇が嘲笑寸前までまがった。「相手はたった一隻の船でしょう」

「一隻の最強の船だ」船長はいいきかせた。「戦争をする機会のあるのが彼らだけだということを忘れるな。たいていの人類社会は戦争できるほど接近しない。そして、おれがまちがっていて、人類宇宙に彼らを凌駕する軍事力があるとしてもだ、それはおれたちじゃない。なにしろ、おれたちは」アメニイは思い出させた。「たった一隻の船なんだからな」

「そうでした」ウセレトヘテプの顔が凍りついた。

「もうひとつ教えてやろう」アメニイは追い討ちをかけた。「最新の観測データによると、彼らの船はななつのユアノンン・チューブを持っているそうだ」

「うらやましいですね」副長は心からそう思っている表情で、「ひとつやふたつ脱落しても困りますまい。いっそひとつぐらい譲ってもらえないですかね」

「そうだな。そのためにも、馬鹿な考えはやめて、なにか対価になりそうなものを探してくれ。ユアノンひとつと引き合うぐらいのやつを」船長は命じた。

ななつのユアノンン・チューブを束ねた巨大なアーヴの都市船。その名を〈アブリアル〉というらしい。

船長の命令により、乗組員たちは〈マアト・カー・ラー〉をすみずみまで清潔にし、ついでに失われていたと思われていたものを発見し、その何倍もの品々が失われていることを発見した。

だが、すくなくとも清掃は徒労に終わった。

電波を介した交渉の結果、音波を介する交渉は〈アブリアル〉でもたれることになったからだ。

交渉に赴くのは三名。アメニイとウセレトへテプ、そして作業艇の操縦にあたるアフメドだ。

三人は作業艇に乗り、都市船に近づいた。

接近すると、〈アブリアル〉の巨大さが嫌でも実感できる。

「きみはこいつを攻め落とそうというのかね？」アメニイは副長をからかった。

「わたしはちょっとしたものを奪おうと提案しただけです」ウセレトヘテプは冷静にいいかえした。「このすべてを所有するつもりはありません」

「賢明だ」それで副長との話を打ち切ると、今度はアフメドに矛先をむけた。「宿題は済ませてきたか？」

「宿題ってなんです？」

「アーヴについて調べてきたか、と訊いているんだ」

「いいえ」アフメドは首を横にふり、「知らないほうが驚きは大きいっていうもんでしょう」

「べつにきみを楽しませるために交渉に連れてきているわけじゃないんだが」

「いいじゃないですか。交渉に当たるのは船長だ。ぼくじゃありません」

「そのとおり」まったくそれが頭痛の種だった。

交信でいくつかはっきりしていることがある。それによると、〈アブリアル〉はヘルー・ネブー星系を再訪する途中だったようだ。〈マアト・カー・ラー〉の遭難信号をきつけて、ちょっと寄り道をする気になったらしい。

だとすれば、ほんらいの目的地であるター・ネフェルティまで送ってくれというのは過大な要求ではない。これだけ巨大な船なのだから、一〇〇名やそこら便乗の余地があるだろう。だが、それはあくまでアメニイの感覚に照らしての話だ。アーヴたちがどう考えるかはわからない。

しかも、故郷まで乗せてもらうというのは最後の要求のつもりだった。母星へ帰ったら、〈マアト・カー・ラー〉の問題は解決するが、ヘルー・ネブーの問題は片づかない。アメニイの目的地はあくまでアペドだった。だが、アペドにはいまのところ誰も住んでいないから、アーヴの望む交易はできない。アペドでは〈マアト・カー・ラー〉の資材が必要だから、報酬として渡せるものはほとんどない。最善の結果をアーヴから受けとるのは、控えめに表現しても困難だったし、控えめでない表現など考えたくもなかった。

せめて交渉に練達したものがいたら、とアメニイは同乗するふたりの部下を見た。異教徒を人間以下の存在と見なしているらしい副長と、とことん物知らずな航法士。いますこし人選を考えるべきではなかったか、と思う。が、いろんな分野の専門家を結集した〈マアト・カー・ラー〉にも、貿易や外交の専門家はいない。

自分でなんとかしなくてはならない――苦悩する船長を乗せた小型艇は、人類宇宙でもっとも名高き巨船に呑みこまれていった。

〈アブリアル〉の離着甲板で客を迎えたのはひとりだけだった。

歴史書で見たとおりの青髪と美しい顔立ちを持つ人物だ。外見からは性別がわからなかったが、声をきいてようやく男だとわかった。

「皆さんのご来駕を謹賀いたします」アーヴがなにかいうと、その肩につけられた装置からター・ネフェルティ語が流れでた。「われらの指導者がお待ちです」

翻訳されたことばはやや古めかしく、しかも微妙にまちがっていた。たぶん言語資料が不完全なのだろう。それでも、最初の交信のころに比べると、かなりの改善が見られる。とにかく意味は通じるのだから。

離着甲板ではありがたいことに磁力靴が有効だった。空気中を泳がなくてすみそうだ。

「お世話になります」アメニイはいい、はたして他人の船を訪問したときの挨拶としてふさわしいものだったかな、と反省した。

「どうぞこちらのヤーズリアへ」

手すりのついた分厚い板のようなものをアーヴは指し示した。

三名はヤーズリアに乗り、手すりにしがみついた。アーヴは制御卓につき、命令を打ちこむ。その身のこなしは流れるようで、すでに五年以上を無重力状態で暮らしているアメニイたちにも真似のできないものだった。

ヤーズリアは動きだした。どうやら船内の交通に使うものらしい。

アーヴはヤーズリアに落ちつくことなく、手すりの前部を乗り越えた。そして、「あとは自動的に到着を見ます。わたくしはこれで失礼をえます」といい、ヤーズリアの加速を利用して飛んでいってしまった。

「奇妙な生き物ですね」アフメドが呟いた。

「もっともだ」アメニイは同意し、「だが、彼らの前でそんなことを口走るんじゃないぞ」

「わかっていますよ」アフメドは唇を尖らせた。

ヤーズリアはすぐ通路に入った。のっぺりとした壁がつづき、ところどころで分岐している。ヤーズリア専用らしく、歩行者の姿はない。ほかのヤーズリアにも出会わなかった。

「気味が悪いですね」アフメドは後ろへ流れていく壁を指し、「あれがすこしでも蠕動に似た動きをしたら、ぼくは悲鳴をあげますからね」

「ばかげた冗談をいうな」アメニイはたしなめたが、たしかに巨大な生物の体内に呑みこまれたような気分だった。

「なぜ彼を連れてきたんですか？」ウセレトへテプが聞こえよがしにいった。

「ものを知らないが、恐れも知らないからだ」船長はこたえた。

一〇分ほど走行して、ヤーズリアは停まった。通路はそこで行き止まりになっている。

「騙されたんじゃないでしょうな」副長はそわそわとあたりのようすをうかがった。「引き返そうにも道がわからん」

「だとしても、おれたちにできることはないな」アメニイはいった。

「ぼくは憶えていますよ」とアフメド。

「さすがは優秀な航法士だ」ウセレトヘテプの口調は本気とも皮肉ともつかない。

「もっとも」とアフメドは副長のことばが耳に入らなかったようすで、ヤーズリアの制御卓を叩き、「こいつの動かしかたはさっぱりわからないし、歩いて帰るとずいぶん距離があります」

　わからないのなら触るな、と船長は思ったが、なにもいわず、ただじっと前方に立ちふさがる壁を見つめていた。傷も汚れもないのでよくわからないが、その壁は横に動いているように見えた。近づいてたしかめればはっきりするだろうが、ヤーズリアからおりる気にはなれない。へたに背中を見せると、轢き殺されそうだ。

　すぐに自分の印象が正しいことがわかった。前方の壁の右端に透き間があき、それがじわりとひろがっていったからだ。

　通路にまだ先のあることが明らかになると、ヤーズリアはふたたび動きだした。

　そこは広い空間だった。面積にして〈マアト・カー・ラー〉のホールの軽く一〇〇倍はあるだろうが、容積にすれば何倍になるか見当もつかない。

アメニイは故郷の首都にある大聖堂を思いだす。ター・ネフェルティで最大の建物だが、ここはそれより大きいかもしれない。

その空間に入ってすぐ、アメニイは身体の重みを感じた。もう何年も忘れていた感覚だ。ゆっくりとした回転によって微小ながらも疑似重力をつくりだしているらしい。

はるか高みにある天井は青い。青く塗られているわけではない。恒星光に近いものをレイリー散乱させて空の青さをつくりだしているのだろう。雲の流れていないのが奇妙に思えるほどだった。

しばらく頭上にひろがる蒼穹に見とれていたアメニイだったが、空間の中央にさしかかるころになってようやく左右を見まわす余裕ができた。

そして、息を呑む。

最初は悪趣味な彫刻かと思った。人物像が壁を埋めつくしているのだ。だが、それは紛れもなく生きたアーヴだった。数十万、ひょっとすると一〇〇万に達するかもしれないアーヴたちが鈴なりになっていた。

距離があって判然としないが、どうやら壁に椅子のような出っ張りがついているらしく、アーヴたちはくつろいだ姿勢で腰掛けている。

「なにを期待されているんでしょうかね」ウセレトへテプが囁いた。

「わからん」アメニイは呻いた。

「歓迎されていると思えばいいじゃないですか」アフメドは物珍しげにあたりを見まわした。

たしかに敵意は感じなかった。

正面にはバルコニーがあった。繊細な彫刻の施された白い欄干に囲まれて、数人のアーヴが立っている。その中央に立つアーヴは無表情で三名を凝視している。そのあごをそらして立つ姿は、アメニイの目に傲然と映った。

アーヴの王だ――彼は直感した――もし女王でなければの話だが。

もしもこの位置関係で交渉しなければならないとしたら、ますます交渉が不利になる。相手の指導者には見おろされ、無数のアーヴたちに取り囲まれている。この状況で言いたい放題のことをいえるのは、アフメドぐらいのものだろう。そして、アフメドは思慮に欠ける。

うっかり〈アブリアル〉での会見を承諾してしまったことを、アメニイは悔やんだ。立場が弱いので、いわれるままつい相手の船に乗りこんでしまったが、立場が弱いからこそ、なんとしてでも自分の船で会見を持つべきだったのだ。

だが、アーヴの王はそれなりに公平だった。あるいはハンデがありすぎてつまらぬと判断したのかもしれない。

ヤーズリアがバルコニーを見あげる位置で停まると、彼は飛びおりてきたのだ。

それは唐突な動きだった。跳躍にそなえて身をかがめたりはしない。直立したまま飛んだ。

舞うように、アーヴの王は〈マアト・カー・ラー〉からの三人の前に降り立った。微小重力下だからこそできる芸当だが、アメニイが同じことをやれといわれれば、たぶん無様な姿をさらすことになるだろう。

「アーヴの長であるアブリアル・ドゥムイです」彼は名乗って、「ようこそお出でくださいました。われらは御身らを歓迎します」

アメニイは部下たちを促してヤーズリアからおり、挨拶を返した。

実際にことばを交わしてみるとドゥムイは、第一印象よりはずいぶん親しみやすい人柄だったので、アメニイはほっとした。

「ご不快に思われたのでなければよいのですが」ドゥムイは空間をとりかこむ同胞たちを身振りで示し、「物見高いのはわが種族の宿痾なのです」

「われわれを見物しに集まっておられるのですか？」アメニイは口調に棘を出さないよう努力しなければならなかった。珍獣扱いされたようで不快だったのだ。

「ご理解ください」ドゥムイは弁解した。「われらは多くの世界を訪ねますが、自分たちと生活様式を共有する人々と出会うのはたいへん珍しい体験なのです」

「生活様式を共有している？」

「ええ。空間放浪という生活様式です」

「いえ、べつに好きで放浪しているわけでは」アメニイはいった。

「そうなのですか?」ドゥムイは驚いたようだった。

「すでにお気づきなのではありませんか」アメニイはいいよどんだ。交渉をすこしでも有利に進めるため、こちらの手の内はまだ明かしていない。気づいていないはずがないと思いつつも、ユアノン脱落のことも隠していた。しかし、意を決した。もし気づいていなかったとしても、すぐに明かさなければならないことだ。「われわれの船に推進力がないことに」

「はい」アーヴの長はうなずいた。「ですから、われらより過激な生活を営んでおられる、と感心しておりました」

「どういう意味です?」

「われらは空間放浪生活を楽しみつつも、交易も嗜みます。ほかの人類社会と接触をするという悪癖から抜けられないのです。その点、あなたがたは孤高を貫いておられる」

これはなにかの皮肉なのだろうか、とアメニイはアーヴの麗貌を見つめた。だが、どうも彼は純粋に賛嘆しているようだ。

「遭難信号を受信なさった、ときいていたのですが」船長はたしかめた。

「ええ。だからこそ邂逅したのです。さもなければ、あなたがたの生活をかき乱すような不躾はいかにわれらとていたしません」

「ああ、その、遭難信号についての解釈がずれているようですが」

「そうですか？」アーヴの長は首を傾げ、「あなたがたの空間放浪生活になにか問題が発生したのだ、とわれらは解釈したのですが、ちがっていますか？」

「空間放浪生活そのものがわれわれの問題なのです」われながら陰気な声だな、とアメニイは思った。

「よくわかりませんが、詳しいお話はもっと落ちついた場所でうかがいましょう」

「ありがたいですな」アメニイは心からいった。

「では、こちらへ」ドゥムイはバルコニーの下にある扉を手で示し、「ですがその前に、よろしければわが民に挨拶してやってくださいませんか」

三名は顔を見合わせ、ぎごちなく手をふって見せた。

アーヴたちはいっせいに立ちあがった。それまで腰をおろしていた場所に踵を乗せ、膝を伸ばしたのだ。それが答礼らしい。

部下たちにあの真似をさせると、半分は天井に頭をぶつけるだろうな——アメニイは思った。

「ありがとうございます」ドゥムイは微笑んだ。

「つまり、空間放浪は事故のせいだとおっしゃるのですね」ドゥムイは確認した。

バルコニーの下の扉のむこうは小部屋――といっても、〈マアト・カー・ラー〉のたいていの船室より広い――になっており、奇妙だが洗練されたデザインのテーブルと椅子がしつらえてあった。

供された飲み物はター・ネフェルティの伝統に則って濃いコーヒーだった。前回のヘルー・ネブー訪問のときにしいれた知識に基づいているのだろう。アメニイの世代にとってはアプリコット・ジュースのほうが馴染み深いのだが。

「ええ。お恥ずかしい話ですが」アメニイは認めた。

「べつに恥ずかしがることはありません。船に事故は付き物です」軽蔑していたとしても、アーヴの長はそれを表に出さなかった。「それで、なにを望まれます？」

「それは……」アメニイはいいよどんだ。

望みははっきりしている。だが、どの段階の望みをいうべきかはすこしも明瞭ではない。ユアノンを要求してもかまわないのか。判断材料がなかった。

「ユアノンをひとつわけていただけないでしょうか」助け船のつもりか、恐れ知らずのアフメドがいう。「そうすればすべては解決します」

「源泉粒子はわれらの共有財産です」とドゥムイ。「わたしの一存では決められません。とはいえ、値が折り合えば同胞たちを説得することは可能でしょう。あなたがたからはなにを受けとることができるのかをおきかせください」

　案の定、回答を用意していない質問がぶつけられた。

　アフメドが船長を見た。

　おれにいったいなにをいえというのだ――アメニイは航法士を睨みつける。

　わけがわからない、という表情を、アフメドは浮かべた。

「われわれは困っているのです」頭をかかえている上司にかわって、ウセレトヘテプがいう。「もしも立場が逆ならば、われわれはなんの見返りも求めずあなたがたを救けることでしょう。そういったお慈悲を期待してはいけないのでしょうか」

「われらも見返りなく救けるつもりで邂逅しました」漆黒に銀の斑のある瞳をドゥムイは副長にむけた。「ですが、見返りなしでお渡しするには、源泉粒子はあまりに貴重です」

　怒らしてしまったのではないだろうな――アメニイは気が気でない。

「ですが、あなたがたはななつも持っておられる」ウセレトヘテプが指摘する。

「わずかななつしか持っていないのです」ドゥムイは訂正した。「長い歳月のうちで、われらが持ちえたのはわずかななつ。この船は巨大です。この船を維持し、推進するには不安なほどです」

　副長は小声でぶつぶつ呟いた。貪欲の罪がどうとかといっている。さすがにそれを交渉の場に持ち出さない分別は持っているようだ。心のなかにしまっていてくれればもっと高く評価できるのに、とアメニイは思った。だが、しかたがない。篤信者である彼には、背徳への非難を控えるという習慣がないのだ。怒鳴らないだけ、上出来というべきだろう。

「星間水素捕獲装置なら無償で提供するつもりです」ドゥムイはいった。「たぶん人類宇宙でもっとも進歩したものです。詳細な調査が必要ですが、おそらくあなたがたの世界を維持するにはじゅうぶんでしょう。もっとも現物がないので、製造にしばし時間がかかりますが」

「人口が増えてもエネルギーをまかなえるほどの性能を持っていますか？」とアフメド。

「無限に増大しつづける人口を養うほどの性能はもちろんありませんよ。人口制限が前提です」

ウセレトヘテプの小声での非難の対象は、堕胎や避妊の罪へと移った。

「奇妙にお思いでしょうが」アメニイは説明した。「じつはわれわれには人口をコントロールすることが非常に困難なのです」

「いえ、とりわけてそうは思いません」ドゥムイはいった。「われわれはお故郷《くに》の習慣を存じています。変化した可能性を考えていたのですが、いまのところ不変のようですね。それにわれらは、多くの奇妙な習慣に接しているのです。じっさい、ヘルー・ネブーの風習はさほど奇異なものではありません」

「そういっていただけるとありがたい」神聖なる宗教を習慣扱いされて気を悪くしたが、アメニイは抑えた。

「もしも地上世界にこだわっておられるなら、曳航してさしあげてもいいですよ」アーヴの長は新たな提案を口にした。「あなたがたのお船を捨てて人間だけ移乗してくだされば、われらとしても助かりますが、それはしのびない、とおっしゃるなら、理解できます。われらも船に住む民ですから。すくなくとも、あなたがたの人口制限を妨げる風習よりは」

「つまり、故郷へ戻してくださる、と」

「それがお望みなら」ドゥムイはうなずき、「ですが、なんらかの理由で帰郷をお望みでないのなら、べつの地上世界でもかまいません。とりあえずつぎの目的地はお故郷ですが、そこでおりたいかたのみ下船してくだされればいいでしょう。おりたくないかたはつぎの目的地までお連れします。それ以上のことは、見返りなしにはいたしかねますが」

「いたれりつくせりだな」ウセレトへテプが小声でいった。

「お申し出は過分なご好意です」アメニイは沈んだ声でいった。

「あなたがたの問題を包み隠さずおっしゃってみてください」アーヴの長はいった。

「双方にとって満足できる解決が見いだせるかもしれません」

覚悟を決めて、アメニイはすっかり話した。

ききおわると、ドゥムイは満足げな表情を浮かべた。「美しい取引ができるかもしれません」

「それが可能ならなによりですが」アメニイは用心深く、「どういうことでしょう？」

「あなたがたをお船ごと、アペドと呼んでおられる地上世界の軌道上までお連れしましょう。なんでしたら、惑星改造用の資材や技術情報をおわけしてもいい」

「取引とおっしゃいましたね？」アメニイは用心深く、「するとわれわれの払うべきものはなんなのでしょう」

「われらにとって八個目の源泉粒子です」

「しかし、それは……」アーヴの長の申し出を理解して、アメニイは絶句した。

「とりにいくのはわれらがやります。源泉粒子の脱落地点、異常放射の具体的観測記録、追尾できたかぎりの軌道など、あなたがたがお持ちの情報をください。それでじゅうぶんです」

「そんなことでいいんですか」アフメドが弾んだ声でいった。

「源泉粒子は貴重ですから」ドゥムイはいった。

「ばかな！」とウセレトへテプ。「あれはわが星系のゆいいつのユアノンだぞ。たしかに現時点ではわれわれの管理からはずれているが、回収は不可能ではない。貴重な財産だ」

「新しい地上世界は貴重ではないのですか？」アーヴの長はいった。

「貴重だが、しかし、それはもともと……」副長はしどろもどろになり、深呼吸した。

「そもそもあなたがたはそんなにユアノンをためこんでどうするつもりなんです？」

「この船は巨大なのです」ドゥムイは微笑んだ。

「話にならない！」ウセレトへテプは吐き捨てるようにいい、「たとえ神を信じないにしろ、貪欲の罪は知っているだろうに。船長、まさかこんなばかげた取引には応じられないでしょうね」

「口に気をつけろ」同感だったが、おもしろそうに耳を澄ましているアーヴの王の手前、アメニイは第一の部下を叱責した。「このかたたちはおれたちを救けようと申し出てくださっているのだぞ」

「いいじゃありませんか、副長」アフメドが口を挟んだ。「ユアノンにはもうぼくたちの手が届かないんですよ。たしかに貴重な財産でしたが、もうなんの価値もない。燃えてしまったダイヤと同じ。ダイヤの灰と交換に宝をくれるというなら、受けとっておきましょうよ」

「だが、彼らは灰からダイヤを再生することができるといっているんだ」ウセレトへテプは反論した。

「ぼくらにはできないんだからいいじゃありませんか。なんの違いがあります？」

「黙っていろ」副長は高圧的に、「おまえは艇の操縦のためにいるんだ。意見をいうためじゃない」

「わかりました」アフメドは硬い声で、「黙っています」

「仮にそのお話を断ったら」船長はドゥムイに尋ねた。「われわれはどうなるのでしょう」

「あなたがたの遭難信号をわれらはきき、それに応えるためにやってきたのです」アーヴの長はいった。「あなたがたを救けるのはすでにわれらの義務だ、と考えています」

「でも、ユアノンは渡してくださらない？」

「ええ」

「脱落したユアノンのデータをえることなしに、われわれをアペドまで連れていくこともできかねるのですか？」

「溺れた者を岸辺に引きあげただけでは不十分なのでしょうか。その者に家屋敷を与え、奴隷として仕えなければ、救けたことにならないのでしょうか」

アメニイは驚いた。ドゥムイの言い回しはじつにター・ネフェルティ的だった。

「いいえ」船長は首をふった。

「われらはあなたがたを岸辺に引きあげましょう。医者を呼んでさしあげてもいい。それ以上は取引です」

「どのようにわれわれを岸辺に引きあげてくれるのですか？」

「わたしはすでにふたつの選択肢を示しました」アーヴの長はいった。「もうひとつの選択肢を提示することができます」

「うかがいましょう」

「すばやく苦痛のない死」

「本性を出したな！」ウセレトヘテプが席を蹴った。

「それ以上ばかげたことを口走るなら、この場から去ってもらうぞ」アメニイは警告した。今度は同感ではなかった。

「いや、失礼」副長は坐りなおし、ドゥムイにむかって、「しかし、こう考えてはくださいませんでしょうか。溺れているのは〈マアト・カー・ラー〉ではなく、ヘルー・ネブーだと。陛下のおっしゃった選択肢のどれを採るにしても、ヘルー・ネブーは溺れてしまうのです」

「ヘルー・ネブー星系政府からの遭難信号をわれらは受けとっていません」きっぱりとドゥムイはいった。

けっきょく、アメニイはアーヴからの提案を呑んだ。

予定より一・七年ほど遅れたものの、〈マアト・カー・ラー〉はアペドの衛星軌道に乗り、テラフォーミング作業にとりかかった。アーヴのくれた数十種類の微生物――ドゥムイの言によると『お釣り』なのだそうだ――が大いに役立ち、到着の遅れを取り戻す目途がついた。

〈アブリアル〉はヘルー・ネブー星系を訪問する予定を繰り延べ、ユアノンの捕獲にむかった。

星系の貴重な財産であるユアノンを独断で売り渡してしまったことにたいして、アメニイを非難する動きもあった。もともと〈マアト・カー・ラー〉の事故さえなければ、ユアノンをアーヴに渡す理由などなかったのだし、彼が船長である以上、事故の責任は免れえない、という考えのあることはとうぜんだった。

だが、事故が船長やほかの乗員にとってどうにもならない不可抗力であることは資料を点検すれば容易に判明することだ。

そして、ヘルー・ネブーの宗教は信徒に公正であることを強く求めているのだ。

いずれにしろ、母星から詰問使がやってくるのはずっと先のことになるだろう。おそらくアメニイの寿命が尽きてからのちのことに。彼はそう判断し、母星に背いた罪で裁きの庭に引き出されることは心配しなかった。

じっさい、アメニイが逮捕されることはなかった。それどころか、母星は最初の光帆連絡船で勲章を送ってきた。たいした栄誉ではないが、査問会よりはましだ。

だが、ひとつ彼を悩ましたことがあった。

別れ際にドゥムイが口にしたことばだ。

「われらは源泉粒子にべつの使い道があると考えています。そのためになるべく多く集めなくてはいけないのです」

アーヴたちはユアノンを集めてどうしようというのか。

ずいぶん高い買い物をしてしまったのではないか——この疑問がアメニイの頭を離れることはその生涯についぞなかった。

哺啜

「サムソンさん」ジントが話しかけてきた。

「なんだい、ぼうや」

「前から気になっていたんですけれども、そのほっぺたの傷、どうして治さないんですか？　消すのは簡単でしょう」

「これか？」サムソンは頰の傷を撫でた。

　そうしていると、自分がサムソン・ボルジュ＝ティルサル・ティルース軍匠列翼翔士《フェクトダイ・スケム》ではなく、なんの肩書きもないティルース・ド・ラ・サムソンだったころの思い出が甦ってくるのだった……。

＊

クレンメン山が夕日を受けて珊瑚色に輝く。

ティルース・ド・ラ・サムソンには見慣れた光景だった。なにしろ生まれたときからこのミッドグラットに名高き岩山の麓に住んでいるのだから。だが、今日はその見慣れた光景が新鮮に感じられ、ティルースはつかのま目を細めて山を見つめた。

「行くのか、ティルース」背後から声がきこえた。

「ああ」ティルースはふりむかずにこたえた。「おれももう大人だ。だが、アホどもにはそれがわからないらしい。だから、その証拠をとりに行く」

「たしかになりはでかいが、おまえはまだ子どもだ。慌てることはないぞ」

「だが、爺さん」ティルースは背後をむき、「その身体じゃあ、もう料理もできないだろう。おれがあんたを喰わせなくて、だれが喰わせるというんだ」

「わしにだって、友だちはいる」ティルースの祖父はしわがれた声で反論した。「飯ぐらいつくってくれるさ」

「そして、そのおこぼれをちょうだいするのか？　おれはごめんだぜ」

「子どもを養うのは大人の義務だぞ」

「おれはもう子どもじゃない」ティルースは腰に差していた包丁を祖父に突きつけた。「おれは料理しに行く。とめるな」

「おまえが料理しに行くのをとめたことがあったか？　それには感謝しておる。今朝のルティモンドはうまかったぞ。まあ、わしならもっとうまくつくるがね。あれでは肉桂が利きすぎだ。いや、そんなことはいい。どうしてあの手の料理ではいかんかね」

「これ以上、近所での評判が悪くなったら困るだろうが」

「まさか隣の婆さんのに手を出したのではあるまい？」

ティルースは沈黙を持ってその問いに答えた。

「やれやれ」祖父は首をふった。「あの婆さんは猫好きだぞ。猫の餌がなければ自分の肉を与えかねんほどだ。どうしてもうちょっと遠出するつもりにならなかったのかね？わしとちがって、おまえは足が丈夫だろうに」

「だから、これから遠出するんだ」

「隣町に行くなら、わしはとめんよ。どうせあそこの連中はいけすかんと思っておった。二四年前にうちの兎が一夜にして消えたのは、連中が絡んでいるとわしは信じておる。犬か猫を失うのもいい薬だ。だが、隣町に行くのではないだろう」

「おれはアンペルクを料理したいんだ。隣町じゃ材料が手に入らないだろうが」

「アンペルクか」祖父は遠い目をした。「たしかにもう長いこと喰っておらんな。最後にアンペルクを料理したときにはおまえはまだ生まれていなかったか？」

「ああ」ティルースはうなずく。「アンペルクは涙垂れベルクの父親に喰わせてもらったことがあるぐらいだ。ベルクのうちじゃ、一〇日に一度はアンペルクを食べるそうだぜ」

「うまかったか？」

「いや、あんまり。はっきりいって不味かった」

「じゃあ、羨ましがることもないだろう」

「栄養が偏っちゃまずいだろうが」

「まあ、いまさら、偏食を気にしてもしかたあるまいよ」

「爺さんはそれでいいさ。おれはどうなる？　育ち盛りなんだぞ」ティルースは反論した。

「ほほう、認めたな。自分がまだ子どもであることを」

「わかった、わかった。いまはそうだってことにしておいてもいいさ。だが、帰ってきたときはちがう。おれは大人だ」

「帰ってこれればな」

「帰ってこれるに決まっている。おれは目の届く範囲に行くんだぜ」ティルースは顎でクレンメン山を指した。歩けば一晩はかかるだろうが、たしかに目で見える。「心配だったら朝一番にあの山を拝んで、おれを見守っていてくれよ」

「わしの目も衰えてきてな、あそこにいるおまえはとても見えんだろう」

「とにかくおれは行く」ティルースは歩きだした。

「待てっ」ティルースの背負った鍋が引き戻される。

老人のものとは思えない力だった。

「思ったより元気じゃないか、爺さん」ティルースは祖父の枯れ木じみた腕を振り払った。「だけど、このティルースさまを止めるほどの力はない」

「そのようだな……」悔しそうに、祖父は呟いた。

「少なくとも、爺さんが最後に料理したときよりも、いまのおれは力持ちだぜ」

「そんなことを口走っているようではまだ青いな。料理は力だけでするものではない」

「わかっているさ。だが、力がなくっちゃあ、話にならない。そうだろう」

「危ないと思ったら、すぐに帰ってこいよ」諦念の滲む口調で祖父はいった。「だれにも見られぬように行け。わしの口からはだれにも漏れん。だから、おまえがつまらない料理でその鍋を満たしてきたとしても、だれも嗤ったりはせん。なにしろ、大人になりに行こうとしたことなど知らないのだからな」

「お気遣いありがとうよ。でも、要らぬ心配だぜ。おれが出発したら、あんたの孫がどんな料理をつくりにいったのか触れ回ればいい。隣の婆さんにはとくにお詫びの徴にご馳走するから、腹を空かせて待っていろ、といっておいてくれ」

「それは賢明な考えとはいえんな」祖父は呟いた。「わしは、今朝喰ったものの中身をあの婆さんに教えるつもりはない」

日がとっぷり暮れ、満天に星が瞬きはじめたころ、ティルースはクレンメン山の麓に着いた。クレンメン山には土がない。したがって植物もまったく生えていなかった。だが、その麓は人の背丈よりも高く草が生い茂っている。

ティルースはその草原に分け入った。

ふいに草のこすれる音がした。

背負っていた鍋を左手に盾のように構え、腰に差した包丁の柄を右手で摑んで、ティルースは身構えた。

そのとき、咆哮がすぐ近くであがり、茂みを揺らすものの正体が明らかとなった。虎だ。

かつて人類が地球にいたころ、絶滅に瀕したネコ科の大型肉食獣は、ミッドグラットの大地がよくよく気に入ったものと見え、おおいに繁栄していた。

「ふん、おれがおまえの晩飯になるか、それともおまえがおれの晩飯になるか……。ちょっとやってみるか」

虎の雄叫びのした方向にティルースは目を凝らした。

だが、草むらが割れたのは背後だった。

虎の逞しい後ろ脚が地面を蹴る音を耳でとらえ、ティルースはふりかえる。

危機一髪、虎の牙はまさに彼の首筋に食い込もうとしているところだった。

とっさに身を引き、盾代わりの鍋を掲げる。

鉄製の鍋に虎の激突する音が、闇の静寂を切り裂く。

包丁を引き抜いた。

重い包丁を振り掲げ、闇にほのめく双眸の中間に振り下ろす。

だが、研ぎすまされた刃が自らの額を切り裂くのを、虎は待っていなかった。

その巨体からは信じられぬ敏捷さで横に飛び、包丁をかわす。

狙いを外されて、ティルースは前につんのめった。

舌打ちすると、ティルースは体勢を立て直そうとした。そこを鋭い爪が襲う。

殴撃を避けるため身を伏せたところに、虎がのしかかってくる。

思わず包丁と鍋を放り出し、虎が嚙みつこうとするのを押しとどめた。

興奮した虎の息を顔に受けて、ティルースは脂汗を流した。

「口が臭ぇんだよ、てめぇ！」

ミッドグラット一と自負する膂力でティルースは猛獣の圧迫をはねのけた。

包丁を素早く拾いあげるが、そのときには相手も姿勢を整えていた。

獣なりになにか感じるところがあったらしい。もはや軽々に襲いかかってこようとはせず、円を描くようにして移動しつつティルースの隙をうかがう。

「おまえもなかなかやるな」彼は凄みのある笑みを浮かべた。

一時間後、ティルースは夕食を平らげにかかっていた。

おなじ猫なのだから、と得意のルティモンドにしてみたが、筋が多くて、あまりおいしくない。

「煮込みが足りなかったかな？」ティルースはひとりごちた。

クレンメン山を朝日が照らす。

その朝日に背をむけて、ティルースは山の岩肌を登った。

毎日のように眺めている山だが、登るのは初めてだ。よほどの覚悟がなければ登ってはいけない山なのだ。

頂上に着くまで、半日かかった。

岩に腰を下ろし、昨日のルティモンドの残りでターイ・ルティモンドをつくり、遅い昼食をすましたときにはもう日はおおきく西に傾いていた。

ティルースは自分の家のあるあたりを見下ろした。祖父はあそこで見守っていてくれるだろうか。

うまいアンペルクを喰わせてやるからな、爺さん——ティルースは改めて心に誓い、目的地へ足早に向かった。

日のあるうちに獲物を仕留めなくてはならない。夜は彼らの世界、そこで戦うのは勇敢な行為ではなく、単なる自殺に過ぎない。

クレンメン山の頂は真っ平らである。本来あるべき頂を、巨人が悪戯心ですっぱり切り取ってしまったような形をしている。

だが、平らだというのは遠目で見た場合の話で、実際に歩いてみると、起伏が激しく、岩の瘤が連続していて、とても平地とはいえない。

ひときわ大きい岩瘤で、ティルースは目指していたものを見つけた。

洞窟だ。このなかに、ティルースや命知らずの男たちが目指すものが棲んでいる。

やつらはめったなことでは陽光のしたに出てこない。だからといって洞窟に潜りこむわけにはいかなかった。そこはつねに夜、彼らが最強となる刻なのだ。

ティルースは閃光弾を洞窟に放りこんだ。これで外より洞窟のなかのほうが明るくなるだろう。

目を晦ます光が洞窟の口からあふれると同時に、岩山を揺るがすような音が耳朶を打った。やつらの叫びだ。苦悶のゆえか憤怒のゆえか。

ティルースは身軽になるために背負い袋を降ろした。鍋と包丁だけを手に佇む。

「早く出てこい、うまいアンペルクにしてやるぞ」ティルースは思いを口にした。それは自分を鼓舞するためでもあった。

咆哮はしだいに近づいてくる。空気の揺らぐのが肌で感じられるほどだ。やつが洞窟の奥から這い出してくる前兆だ。

覚悟は固めていたはずなのに、思わず後ずさってしまう。

「さっさと出てきやがれっ」そう怒鳴ったのは本心だった。これ以上待たされては、怯えが先に立って逃げ出してしまいそうだ。

風を切り裂くような音とともにいくつもの緑色の触手が洞窟から飛びだした。

「出やがったか!」ティルースは触手に斬りつける。

岩のとっかかりを探っていたそれは切り離されたあとも蠢いていた。切り口からは透明な液体がほとばしる。

怒りの雄叫びとともに、ついにそいつが全身を現わした。

何者かの悪意が遺伝子操作の過程に存在したせいで生まれだしたその凶暴な存在は、アンペルクには欠かせない食材だ。それは、吼える習慣を持たなかった先祖たちとおなじ名で呼ばれていた。

「ちゃんと料理してやるから暴れるな、この白菜めっ!」ティルースは叫んだ。

かつての白菜には触手がなかったという話がある。それどころか、だらだらと涎を垂らす口も、その中に並ぶ牙も、赤く血走った眼もなかったという。根こそあったが、それは土のなかに伸びるだけで、ざわざわと蠢いたり、哀れな獲物を絡めとったりしなかったとさえきいた。

そう教えてくれた老人は村一番の嘘つきだという評判だったので、ティルースはあまり信じていなかった。きっと、昔はよかったと愚痴りたがる年寄りの妄想が生んだ夢物語なのだろう。白菜が畑で収穫を待つだけの穏やかな存在だったとはとても考えられない。

真実がどうあれ、いま目の前にいる白菜は現実だった。

白菜は触手を振り上げて威嚇した。

つぎの瞬間、先端に鋭い棘を持つ触手が十数本もティルースにむけて繰り出された。

鍋を上げて防ぐ。厚手の鉄でできた鍋の底には穴こそ穿たれなかったものの、窪みができた。

「気に入っていたんだぜ、この鍋」ティルースは呻《うな》り、一歩踏みこむと、左右に包丁を閃かせた。また、何本かの触手が千切れ飛ぶ。

白菜は岩をも砕きかねない雄叫びをあげ、残った触手でティルースを乱れうちした。

それをあるいは鍋で受けとめ、あるいはかわし、包丁で切り刻んでいく。

やがて、白菜はその触手のほとんどを失った。触手で恐ろしいのは先端の棘だ。いまや残っている触手といえば、まだ生えたばかりで棘の未発達な短いものだけに見えた。

勝てる——その確信が油断につながった。

気づいたときには、踏みこんだ右の足首に根が巻きついていた。

「離せ、畜生！」ティルースは閃光弾を白菜の眼めがけて投げつける。

すぐに瞼をかたく閉じ、顔を手で覆ったにもかかわらず、彼は光を感じた。

おそらくあたりは光で満たされたはずだ。

白菜は悲鳴をあげた。それでも、その根はティルースの足をしっかりと掴んで離さない。それればかりか、脹《ふく》ら脛《はぎ》のあたりまで根が這いのぼってきた。

左脚まで絡めとられて身動きがとれなくなってしまったら、たちまち全身を根に覆われてしまうだろう。脚には丈夫な革の長靴を履いているので大丈夫だが、布に覆われただけの部分にまで根が達すれば、細い根毛が服と皮膚を貫き、血が吸いあげられるはずだ。そうなれば、失血死する前に白菜の牙が慈悲深い死を与えてくれることがゆいいつの希望となってしまう。

罵りつつ、ティルースは根を切ろうとした。たしかに手応えはある。だが、あとからあとから根は右脚に絡みついてくるのだ。

おれはここで死ぬのか——ティルースは絶望した。

ついに身体の均衡を保つことができなくなった。右脚を引っ張られて、倒れてしまう。

引きずり寄せられるのを防ごうと、ティルースは鍋を離し、あいた左手を伸ばした。

摑んだのは岩ではなく、背負い袋だった。

なにか役に立つものはないか？――包丁も離して、ティルースは背負い袋のなかを漁る。

虎肉の残りがあった。もどかしい思いで防水紙を剝き、血の滴る肉を根に放り投げる。

白菜の根にやられそうになったら、べつの獲物で気を逸らさせろ、とベルクの父親が話すのをきいたことがあるのだ。

「ベルクの父親は白菜取りの名人だ、そのことばはあてになる、いやなって欲しい、なってくれなきゃ困るんだ！」ティルースは狂おしく祈った。

あてになった。

根が虎肉を包む。ティルースの脚を摑んでいた根も虎肉のほうが獲物として上等と判断したようだ。ほんの数本だけが人間の脚に頑なに拘っていたが、一本の根はそれほど強くなく、そのぐらいなら脚を引けば簡単に千切れた。

根がティルースを解放したあとも、白菜の本体は彼を忘れはしなかった。これもベルクの父親から教わったのだが、白菜は馬鹿なので根と本体とでは考えることがちがうのだそうだ。

とにかく根にだけでも自分のことを忘れて欲しかったティルースは、残りの虎肉も投げ与えた。

ベルクの父親の教えは今度も正しかった。本体はあきらかにティルースを襲おうともどかしげに身を揺すっているのだが、根は岩のなかにおりてしまったかのように動かない。

だが、この状況は虎肉が干涸らびてしまうまでしか保たないのだ。のんびり観賞している暇はない。

「下拵えしてやるぜ、野菜野郎。どうせ根っこは喰えないからな」ティルースは包丁と鍋を構えなおすと、猛然と根に覆われた岩を踏みつけて白菜に接近した。

白菜にはまだ牙が残っていた。しかし獰猛といえどもそこは野菜、その動きも鋭さも白菜の牙は虎のそれにも劣る。

白菜はしきりにティルースを攻撃したが、ぼこぼこになった鍋でも簡単に防ぐことができた。

牙の攻撃を防御しつつ、根と本体の境目に包丁を入れる。何度も岩を打ってしまったおかげで刃が鈍っていたが、それは鍛え上げられた筋肉が補った。

二度、三度と包丁が食いこむたびに、白菜は悲痛な咆哮で大気を揺るがした。もはや白菜の口はティルースを攻撃することよりも、悲鳴をあげるのに忙しい有様だった。

ついに白菜の本体が朽ち木のごとく揺らいだ。半分以上切れ込みを入れられた根元は本体の重さを支えることができない。白菜はどうと倒れた。

同時に、ティルースはとびすさって、白菜から離れた。

白菜は生命力が旺盛だ。ふたつに断割されても、まだ活動している。根は本体に絡みつき、本体は根を攻撃した。

「おいおい、やめろ。味が落ちる」ティルースはいったが、安堵の気持ちのほうが勝った。

本体も根もしだいに動きが衰えていく。根は本体の半分ほどを覆ったところではらはらと剝がれていき、岩のうえに力なく横たわる。本体ももうぴくりとも動かない。

「手間取らせやがって」大きく息をつき、ティルースは白菜の傍らに膝をついた。

そのとき——。

視界の片隅でなにかが閃いた。あっ、と身を起こしたときには遅かった。頬に灼熱のような痛みが刻まれていた。

触手だった。一本だけ棘のある触手が残っていたのだ。そして、完全に死んだかに見えた白菜は、身体じゅうの命の火をかきあつめ、その最後に残った武器に注ぎこんだのだ。

「この野郎っ！」白菜よりも自分の詰めの甘さに、ティルースは憤慨した。包丁をふるって、その触手を切り離す。

まだ未熟な触手だった。それが幸運だった。じゅうぶんに育った棘だったならば、頬の傷ではすまず、口をみっつにされていたかもしれない。いや、いまの一撃でもたとえば頸動脈にあたっていれば命取りだったにちがいないのだ。

ティルースは頬に手をやった。べっとりと血糊がつく。そう、この程度ですんでよかったのだ。

ティルースは白菜からじゅうぶんな距離をとって腰を下ろした。包丁を調べる。刃はすっかり丸まっており、指を滑らせてもなんともないほどだった。

背負い袋から砥石を取り出し、包丁を研ぐ。研ぎおわるころには、白菜の息の根は完全にとまっているだろう。

実際には、もう白菜が動くことはなかった。


鍋がぐつぐつ煮えている。あれだけ攻撃を受けていながら、奇跡的に鍋に穴はあいていなかったのだ。

料理の仕上がりを待つあいだ、ティルースは夜空を見上げていた。

無数の星々が今夜も、ミッドグラットの大地の豊饒を讃えるかのように瞬いている。

例の老人によると、ミッドグラットの外には戦わなくても料理のできる世界があるという。無抵抗の食材だけを相手にしていればいい世界が。それどころか、そのほうが普通だとさえ、老人はいったものだ。

もちろん村一番の嘘つきである彼のことを鵜呑みにすることはできない。

だが、もし本当なら――ティルースは頬の真新しい傷を撫でながら考えた――そういう世界のほうがおれにはむいているのかもしれないなぁ。

アンペルクができあがった。

ティルースは料理を器にとり、ひと口味わった。

やはり不味かった。

＊

「あの、サムソンさん？」

「うん？」呼びかけられてサムソンは、自分がずっと黙りこんで頬を撫でていたことに気づき、苦笑しながら手をおろした。「ああ、すまん」

「訊いちゃいけないことでしたか？」若き伯爵《ドリュー》の顔に浮かぶのは恐れだった。例によって、他人を傷つけてしまったのではないか、と心配しているのだろう。

「いや、そんなことはないよ」サムソンはジントの肩を軽く叩いた。「でも、まあ、こいつばかりはきみに説明してもわかってもらえるとは思えないな。命懸けで食べるなんてこと、きみにはないだろう？」

「ええ。命に関わりそうなものはなるべく口にしないようにしていますから」当惑ぎみにジントはこたえた。

「じゃあ、やっぱり説明するのはやめておこう。でもな、これだけはいっておく。ときとして人は自分がどんなに幸運なのかに気づかないもんなんだ」

「はあ」ジントはますます当惑したようすだった。話の接ぎ穂を失ったのか、膝に抱いていたディアーホの耳の後ろを掻くのに専念している。

気持ちよさそうに喉を鳴らす猫を眺めて、サムソンは自分のことばを訂正する義務感に駆られた。「猫も、な」

作者敬白：原作のサムソンの頰に傷はありません、念のため。

君臨

鳥が鳴いていた。

耳に心地よいとはいいかねるその声で、スポール・アロン＝セクパト・レトパーニュ《ヤルリューム》・大公爵公女《ニム・レトパン》・ペネージュは目を醒ます。

新雪のごとく柔らかで、日溜まりのように暖かな褥《しとね》のなかで、ペネージュは半身を起こした。天井から人工の陽射しが彼女をつつんでいた。

「おはよう、オーヴォス」寝台の傍らにとまっていた鳥にあいさつをする。

べつの方向から鳥の鳴き声がした。まるで無視されたことに抗議しているかのよう。

「ああ、おはよう、サニャイコス」目をこすりながら、彼女はもう一羽の鳥に声をかけた。

鳥たちの羽毛は金色に輝いていた。金色の鳥――それはレトパーニュ《ニーミエ》・大公爵家《レトパン》の紋章《アージュ》でもあった。一族の嫡流である大公爵家《ニーミエ》以外でも、スポール一門の家の紋章にはどこかに金色鳥《ガサルス》があしらわれている。

しかし本来、金色鳥は神話・伝説のなかに登場する動物だ。それも正確にいうなら、伝説をかなり誤解した結果、産みだされたものだった。伝説に出てくるのは金色の鵄《とび》であって、鳥ではない。

したがって、この生きている金色鳥《ガサルス》たちは遺伝子改造の結果、産みだされたものだった。

ペネージュの属する種族――アーヴもまた遺伝子工学によって産みだされた人類だ。いまも子どもたちの遺伝子には改変の手を加えることを日常の習慣としている。そのことを考えると奇妙なのだが、アーヴは愛玩動物の遺伝子に手を加えるのをあまり好まなかった。

しかし、ペネージュの七代前の祖先がふと、自家の紋章にちなんだ鳥を飼ってみたいと気まぐれを起こしたのだ。アーヴの基準からすると、それはやや優雅さに欠ける思いつきだった。

以来、金色鳥《ガサルス》の一族は細々とこのレトパーニュ・ニム・レトパン大公爵城館《ガリーシュ》でのみ生活している。現存している金色鳥は、ペネージュの寝室に住んでいる二羽のほかは、わずかに七羽しかいない。

かすかな衣擦れの音を立てながら、ペネージュは寝着の前をあわせた。ぱちんと指を鳴らす。

寝台の脇の芝生に切れ込みが入り、そこから卓子がせりあがってきた。卓子のうえにはななつの硝子杯《スイニユーク》がのっており、それぞれちがう飲み物で満たされている。

ペネージュは横目で一瞥して桃果汁《テイル・ノム》の杯を選りとった。

よく冷えた液体が喉を滑り落ちていく。

公女《ヤルリユーム》の手が杯を戻すと、卓子は音もなく芝生に沈んだ。

これがペネージュの朝食だった。生まれてこのかた、起きてから六時間はけして固形物を摂らない。やむなく他人と会食をしなければならないときでさえ、彼女の習慣は変わらない。格別の理由はなにもないのだが、「これがあたくしの習慣なの」とペネージュが説明すれば、だれもそれ以上詮索しようとしない。もしたしなめることができる人間がこの大公国《ニーフユーニユ》にいるとすれば、母親のレトパーニュ大公爵《ニーフ・レトパン》・アセーヌぐらいだが、彼女も同じ習慣を持っていたので、娘の朝食に異議を唱えることはしそうにもなかった。

朝食のあいだ、鳥たちはおとなしくしていた。鳥は本来、頭のいい生き物だ。行儀の悪い者の生きていく余地が、この城館《ガリーシユ》にはないことをちゃんと理解している。

公女《ヤルリユーム》は小さなあくびをもらした。どうも今朝は眠り足りないような気がする。

考えてみれば、今日は彼女の一六歳の誕生日だ。誕生日を祝うという習わしがレトパーニュ大公爵家にないせいで忘れていたが、ささやかな贈り物としていましばしの眠りを自らに許すことにした。

二時間もすれば授業が始まってしまうが、髪を結うのに時間を割かなければ、じゅうぶん間に合うだろう。

「しばらく起こさないで」鳥たちに告げて、ふたたび褥にもぐりこもうとしたとき、鳥のさえずりに似た音がした。ペネージュが頭をめぐらせると、すぐ右の空間に男の立体映像が浮かんでいた。

「姫《キュアラ》さま。お目覚めですか？」実体の二〇分の一ほどの半透明の像はうやうやしく礼をした。だが、その目の焦点はあっていない。むこうからはこちらが見えていないのだ。

「あら、家宰《ガポティア》」彼女は男を役職で呼ぶ。家宰は、大公爵家《ニーミエ》の家政と事業をとりしきる、家臣《ゴスク》たちの長だ。「珍しいわね。なんのご用？」

家宰《ガポティア》は地上世界《ナヘヌード》出身者だ。

レトパーニュ大公国《ニーフユーニュ・レトパン》ほどの大邦になると、青い髪の麗しい家臣たちも珍しくないが、彼らは一様に気まぐれで永く勤めることをしない。交易に出るための資金稼ぎか、諸侯の家臣としての生活を一生に一度ぐらいは経験してみるぐらいの考えで仕えている者たちばかりだからだ。

その点、家宰はもう四〇年の永きにわたって大公爵家《ニーミエ》に献身しており、家政と事業を完全に把握していた。

「じつは三時間ばかり前に大公爵閣下《ローニュ・ニム》がラクファカールにむけて旅立たれまして……」

家宰は告げた。

「お母さまが？」ペネージュが首をかしげると、まだ結っていない蒼炎色の髪が肩からこぼれおちた。「ずいぶんと急なことね」

「まことに」家宰はうなずいた。

レトパーニュ大公国《ニーフューニュ・レトパン》は帝国領としての歴史が長い星系だ。それは帝都《アローシュ》ラクファカールから近いことを意味する。レトパーニュ門《ソード・レトパン》から、ラクファカールに通じるウェスコー門《ソード・ウエスコール》までふつうの貨客船《レビサーズ》で三日ばかり。快速の連絡艦《ロンギア》ならその日のうちに着くことも可能だろう。

だからといって、大公爵《ニーフ》ともあろう貴族《スイーフ》が娘にも告げず出かけるほど近いわけではない。

「なにか緊急なご用でもあったのかしら？」ひとりごちるように訊く。

「すべては閣下《ローニュ》の胸の内のことでございます」

「そう。じゃあ、しかたないわね」ペネージュは気にかけなかった。母親が教える必要がないと判断したのなら、気にかけてもしかたがない。

それどころか、解放感を覚えてさえいた。大公爵《ニーフ》は彼女にとって親であると同時に唯一の教師でもある。ここ一〇年というもの、たまの旅行を除いて、毎日母親による授業があった。

それでも最近はまだましだ。ペネージュが一二歳になるまで、母は代官《トセール》に領主の仕事をすべて預け、教育に専念していた。機械教師による授業のときも、後ろの席で気むずかしい顔をして、娘の受講態度を監視していたものだ。いまは、一日一時間、帝王学を自ら講義するほかは領主の仕事をし、娘を機械教師に任せている。

これで今日の授業はないわね――ペネージュは期待に胸をふくらませた。うまくいけば一〇日ほど授業のない日がつづくかもしれない。

「わかったわ。ありがとう、家宰《ガポティア》」いい気分で、ペネージュは通信を切ろうとした。

「お待ちください、姫《キュアラ》さま」家宰は制止した。「まだこちらの用が済んでおりません」

「お母さまの不在を知らせてくれたんじゃなかったの？」ペネージュはいぶかしむ。

「それは前振りというものでございまして、本件にかかる前に知っておいていただかねばならないことを……」

「じゃあ、早くおっしゃって」公女《ヤルリューム》は促した。

「閣下《ローニュ》がご不在のあいだ、姫《キュアラ》さまが領主代行《クファアリア》を務めていただくよう、指示されています」

「領主代行《クファアリア》？」

「はい。大公爵閣下《ローニュ・ニム》の言づてがございます」

家宰の映像が瞬間的に、ペネージュの視界の外に移動した。かわりに等身大の大公爵《ニーフ》の立体映像があらわれる。

不意をつかれてどきりとしたが、反応はかすかに眉を上げるにとどめることができた。だが、鳥たちの驚きはすさまじく、たいていの人々を滅入らせる鳴き声を上げ、激しく羽ばたいた。

「あたくしの寝室で騒がないで、オーヴォス、サニャイコス！」ペネージュは叱りつける。

「あたくしのかわいいペネージュ」アセーヌの像は腕組みをして、「還ってくるのは七日後の予定よ。あたくしが城館《ガリーシュ》に足を着けるまで、あなたに大公爵《ニーフ》の権限をすべて預けるわ。すべて思うように処理してくださってかまわなくてよ。家宰《ガポティア》の助言に従うのが賢明なやりかただと思うけれども、それもどうぞご自由に。でも、したことしなかったことについての責任は相応にとっていただくからそのおつもりでね。それじゃあね、ラクファカールから還ってからあなたのお仕事ぶりを点検するのを楽しみにしているわ」

小指の関節をペネージュはかりっと噛んだ――これが誕生日の贈り物ってわけね、お母さま。

「というわけでございまして」アセーヌの像が消えるのと入れ替わりに、家宰の映像が視界の中央に戻ってきた。

「わかったわ」ペネージュはこくりとうなずく。

「では、さっそくでございますが……」

「ちょっとお待ちになってよ」今にも仕事が始まりそうな気配に慌てて、「あたくし、まだ朝の湯浴みもしていないし、髪も結っていただいていないし……」

「それでは、一時間後に執務室《ガホール》でお待ちしております」有無をいわさぬ調子で家宰はいった。

「一時間ですって？　あたくし、冗談は嫌いなの」

「わたくしも冗談は嫌いでございますが」不思議そうな口調で家宰はいった。

「せめて六時間後にしてくださらない？」

「いま、ご自分で冗談はお嫌いだと言明なさったばかりですよ」

「そうよ」ペネージュは生真面目にうなずき、「あたくしは大公爵《ニーフ》としての権限を持っているのでしょう？　どうして執務時間の始まりぐらい決めてはいけないの」

「もちろん、かまいませんとも、姫さま《キュアラ》」と家宰。「いまは姫さまが絶対の権力をお持ちでございます。姫さまが六時間後に執務を始めるとおっしゃられる以上、家臣ども《ゴスク》はだれも異議を唱えることはできません」

「そうね」ペネージュはにっこり微笑んだ。

「ですが、このことはあらかじめお知らせしておくべきでしょう」

「なあに？」ペネージュは眉をひそめた。家宰がこんなに嬉しそうな表情をつくるのは、たいていなにかよくないことを告げようとしている証拠だということを、経験から学んでいる。

「大公爵閣下《ローニュ・ニム》からは、不在中の姫《キュアラ》さまの行動を細大もらさず報告するように、と厳命を受けております。もちろん、わたくしはその命に従わざるをえません。さらにもうしますと、従ってはいけない理由などこれっぽっちも思いつかないのでございます」

「ちょっと……」ペネージュはむなしく手をさしのべる。

「それでは、六時間後でしたな。お待ちしておりますよ」話は終わったとばかりに家宰は頭を下げる。

「待ってちょうだいな」ペネージュは制止した。

「はい？」家宰はしらじらしくも不審そうな面もちで、「なんでございましょう？」

「あたくし、陰険なのは嫌いよ」

「そうでしょうとも。褒めるべき美質とは思えませんからな、陰険であるというのは。ところで、このようなわかりきった会話でお時間をつぶしておよろしいので？　なんといっても、お身なりを整えるのにわずか六時間しかないのですぞ」

「大公爵《ニーフ》の権限で命じるわ。あたくしの行動をお母さまに報告することを禁じます」

「うけたまわってございます。どちらにしろ、閣下《ローニュ》がお戻りになるまでご報告はかないませんからな」

「もちろん、戻ってきてからもこの命令は有効なのよ」

「姫さま《キュアラ》」溜息まじりに家宰。「姫さまの権限は閣下《ローニュ》がお戻りになれば消滅するのです。ありとあらゆる局面で、姫さまのご命令よりも閣下のご命令が優先するのですよ」

「お母さまが城館《ガリーシュ》に入るまで、あたくしの権限が有効ということね」ペネージュは考えた。「では、大公爵《ニーフ》の権限でお母さまの船が宇宙港《ビドート》へ入港するのを禁じるわ」

「仰せのままに。ただ閣下《ローニュ》が乗っていかれた船は〈セグノー〉でございますよ」

「と、とうぜんね……」ペネージュはうめいた。

〈セグノー〉は大公爵《ニーフ》専用に借りている船で、もともと星界軍《ラブール》の巡察艦《レスイー》だ。機動時空爆雷《サテュス・ゴール・ホーカ》こそ積んでいないが、その電磁投射砲《イルギューフ》はまだ生きており、護衛用に核融合弾《スピュート》も搭載されている。

「お母さま、撃つかしら……？　ご自分の城館《ガリーシュ》を」

「それは姫さま《キュアラ》のほうがよくおわかりでしょう。親子でいらっしゃるのですから」

撃つか撃たないかといえば——撃つだろう。もちろん死傷者が出ないように配慮するだろうが、娘を懲らしめるために無人の施設ぐらいは吹き飛ばしかねない。

「むろん、わたくしは大公爵家《ニーミエ》の忠実な家臣《ゴスク》でございます」家宰は陶酔したように、

「現在、姫《キュアラ》さまが領主でいらっしゃるのですから、大公爵公女閣下《ローニユ・ヤルリユーマル・ニム》の命とあらば、死の恐怖も克服してみせましょう。しかしながら、電磁投射砲の砲口を見せつけられた部下が、大公爵閣下《ローニユ・ニム》の脅迫に屈してしまったとしても、非難に値する行為とは考えられませんな」

「わかったわよ」ペネージュは屈服した。「ほんとに陰険ね、家宰《ガポティア》」

「それは心外な」

「せめて二時間後にならないかしら？」

「はじめからもうしあげているように、姫《キュアラ》さまのお決めになることです」

「すこし考えたのだけれど、なんだか一時間後に始めたほうがいいような気がしてきたわ」公女《ヤルリユーム》は完全にあきらめた。「一時間後に執務室《ガホール》にうかがうわ」

家宰の映像が消えると、金色の翼をうちふって鳥たちが寄ってきた。

「許されて、オーヴォス、サニャイコス。今朝はあなたたちと遊んでいる時間はないのよ」悲しげにいう。

鳥たちは同情したようにかあっと鳴いた。

「ありがとう」

ペネージュが空中に模様を描くと、芝生のうえを移動壇《ヤーズリア》がすべってきた。

「一時間ですってっ」頭環《アルファア》を装着しながら、ペネージュは嘆いた。「やっぱり髪を結うのはあきらめたほうがいいみたいね。湯浴みを省くわけにはいかないもの」

オーヴォスが鋭く鳴いた。もう一羽もつづけて鳴く。

「ああ、ご飯なら、あたしが湯浴みをしているあいだに侍女からもらってちょうだい。だれかにいいつけておくから」

ペネージュは移動壇《ヤーズリア》に素足をおろした。移動壇は適温にあたためてあり、気持ちがよかった。


執務室《ガホール》のよっつの壁にはそれぞれ、レトパーニュ大公国《ニーフユーニユ・レトパン》と呼ばれるこの星系に属するみっつの有人惑星と恒星レトパーニュが映し出されている。三有人惑星はアーヴ語では人口の多いものから順にセグノー、スィリルス、ソネージュという。だが、おのおの地上世界《ナヘーヌ》の住人たちは自分たちの言語で呼んでいた。

大公爵城館《ガリーシュ・ニム》は惑星セグノーの軌道をめぐっている。城館のみならず、レトパーニュ門《ソード・レトパン》や大公爵家《ニーミエ》に付属するいくつかの施設、他邦国《アイス》の商館《ゲーク》も浮かび、規模ではかなり見劣りがするものの小ラクファカールのおもむきがあった。

執務室では家宰《ガポティア》が待っていた。公女《ヤルリューム》が入室すると、深々と頭を下げる。

中央にぽつんとある大公爵《ニーフ》の椅子にペネージュは腰掛けようとする。

「結っていないとほんとうにじゃまね、この髪」彼女はぼやきながら、坐った。

まとめあげていないと、ペネージュの蒼炎色の髪は腿あたりまで垂れ下がる。歩いているときはまだましだが、腰をおろすときには気をつけなければならない。

「今日の予定でございますが、まず決裁していただきたい事項はこれだけございます」

家宰がいうと、空間に仮想窓が開き、何百という事項がずらずらと現われた。

「こんなにあるの!?」思わず驚きが口調に出た。

「今日はさほど案件の多い日ではございませんが」

「これを処理するのにどのくらい時間がかかるの？」

「それは姫《キュアラ》さまのお仕事ぶりしだいでございますが、いまからなら晩餐までに片づくのではないか、と」

「そうしたいものだわ、晩餐のあとに仕事をするのはごめんだもの」

「それから、ティセーヌ伯国《ドリユヒユーニユ・テイセーナル》の商館長《ワス・ゲカル》が会談をご希望です」

「なんの会談？」

「まことに申し訳ございませんが、わたくしは存じません」

「断ってもかまわないのかしら？」

「もちろんですとも。まだこちらはなにも約束しておりません」

「でも、あなたはお母さまに告げ口するのね」

「とうぜん、ご報告はいたします。告げ口という単語はいささか適切ではないように感じますが」

　ペネージュは小指の関節を嚙んだ。

　お断りしたら、お母さまはお怒りになるかしら？——彼女の主たる関心はそこにあった。

　もし諸侯《ヴォーダ》として褒められない行動をとったら、大公爵《ニーフ》は怒るだろう。したがって問題は、商館長《ワス・ゲカル》からの会談申し入れを拒むことが、諸侯の行動の許容範囲のことなのかどうか、ということだった。

「家宰《ガポティア》はどうお思いになる？　会談すべきかしら？」ペネージュは助けを求めた。

「拒絶してしかるべき理由がないのなら、お受けになるべきか、と」

「じゃあ、するわ」

「承知いたしました。先方もお喜びになるでしょう」

「それはなにより」熱のこもらない思いでいう。「ところで、ティセーヌ伯爵閣下《ローニュ・ドリュール・ティセーナル》の家臣どのがあたくしと、いえ、ほんとうはお母さまとでしょうけれども、お話をしたがる理由だけれども、推測もお出来にならない？」

「推測せよとの仰せなら、いたしますが」

「して」

「おそらく食肉問題でしょう」

「食肉？　お肉がどうしたの？」

「ティセーヌ伯国《ドリュヒューニュ・ティセーナル》の有人惑星、ああ、名前はなんともうしましたかな、わたくしといたしましたことが、失念いたしまして……」

「惑星の名前なんてどうでもいいわ」家宰が端末腕環《クリューノ》から惑星の名前を拾いだそうとするのを、ペネージュはとめた。

「恐れ入ります。とにかく、その惑星は典型的な農業惑星でございまして、とくに牧畜がさかんでございます。そして、伯国《ドリュヒューニュ》はわりあいと新興の邦国《アイス》ですから、商館網がいささか弱うございまして、わが大公国《ニーフューニュ》と帝都《アローシュ》ラクファカールのほかは、たしか二、三の邦国に商館《ゲーク》を置いているのみでございます。伯国に商館を置いている邦国が少ないのはいうまでもなきこと。当然の帰結として、伯国の経済は、セグノーへの天然肉輸出に大きく依存しているのでございます」

「なるほど」公女《ヤルリューム》はうなずいた。

　惑星セグノーはレトパーニュ大公国《ニーフューニュ・レトパン》にとってもっとも重要というだけではなく、帝《フリュー》国《バル》全体でもすこぶる豊かな部類に入る工業惑星だ。その領民《ソス》が食肉に支払う金は、農業惑星のひとつやふたつ、ゆうに養っていけるだろう。

「それで、セグノーの領民《ソス》たちがもっとお肉を食べるようにしてほしいのかしら？　お野菜も食べなきゃ健康によくないと思うのだけれども」

「事態はもうちょっと深刻なのでございます」家宰はいった。「最近のことですが、セグノーの領民政府《セメイ・ソス》は天然肉の使用を禁じたのでございますよ。スィリルスの領民《ソス》はもともと培養肉しか口にしませんし、ソネージュの領民は天然肉を好みますものの、いかんせん人口が少のうございます。したがって、大公国《ニーフューニュ》の天然肉輸入は激減したのでございます。そのために、かの邦国《アイス》の経済はいささか困った状態に陥ったわけでございまして」

「ふうん」セグノーの領民政府が天然肉の料理を禁じた理由は訊くつもりがない。知っていてもしかたのないことだし、個人的な興味もないからだ。おおかた、彼女には理解できないたぐいの宗教的な理由だろう。「その会談、今日じゅうにしなくてはならないの？」

「そんなことはございません。姫《キュアラ》さまのお心しだいでございます」

「じゃあ、今日のうちに片づけてしまいましょう。時間は、そうねぇ、お昼をいただいたあと、一四時でいかがかしら？」

「商館長《ワス・ゲカル》どののご都合をうかがわなければなりませんが、会談を申しこまれたときのご様子では、一も二もなくおいでくださいますでしょう」

「それならば、一四時に城館《ガリーシュ》に来ていただいて」

「とりはからいます」

「商館長《ワス・ゲカル》がお越しになるまでに、調べてほしいことがあるの。大公国《ニーフューニュ》が商館《ゲーク》を置いている邦国《アイス》で天然のお肉が売れそうなところと、どれだけ売れそうかという予測。お出来になる？」

「ほう」家宰の顔に興味深そうな色がたゆたう。「造作もないことでございます」

「じゃあ、お願いね」

「うけたまわりました」家宰は礼をする。「では、案件の処理をお願いいたします。わたくしは控えておりますので、ご用があればなんなりと」と出ていこうとした。

「ちょっと待って」ペネージュは呼び止める。

「なんでございましょう？」

「執務をしながら、髪を結いたいの。侍女を呼んでもかまわない？」

　機械に髪を結わせることもできるが、人間の手によるものに比べると、いまひとつ仕上がりが下品だ、というのが公女《ヤルリューム》の持論だった。

「姫さま《キュアラ》」家宰は溜息をつきかねない面もちになった。せっかく感心したのに、すぐ失望させられたようだ。「執務には花押《グナファス》が必要なのですよ。どの邦国《アイス》でも領主が他人のいる部屋で決裁しないのは、単なる習わしではなく、きちんとした理由があるのでございます」

「そんなことは知っているわ。でも、あたくしは侍女を信頼しているもの」ペネージュはむくれた。

「信頼しているとかいないとかの問題ではございません」家宰は首を横にふったが、「とはいえ、先ほどからもうしておりますように、なにごとも姫《キュアラ》さまのお心のまま。侍女をこの執務室にお呼びになりたいのなら、そうなさればよろしゅうございます。ところで、公女閣下《ローニュ・ヤルリューマル》にはわたくしの願いをお聞き届けくださいますでしょうか」

「なあに？」

「そのことを大公爵閣下《ローニュ・ニム》にご報告もうしあげたあと、姫《キュアラ》さまのお身になにが起こるかをお側で拝見させていただきたいのでございます。さぞかし見ものでございましょうから」

「でも、商館長《ワス・ゲカル》がいらっしゃるのよ」ペネージュは抵抗を試みた。「人に会うのに、髪を結っていないなんて……」

「姫《キュアラ》さま」家宰はいいきかせるように、「姫《キュアラ》さまはたいへんお美しゅうございます」

「知っているわよ。あたくしはアーヴだもの」

「職業柄、多くの青髪のかたがたとつきあいがございますが、姫《キュアラ》さまはとりわけてお美しい」

「知っているわよ。あたくしはレトパーニュ大公爵公女《ヤルリューム・ニム・レトパン》・ペネージュだもの」どうしてそんな当たり前のことを家宰がいうのか、よく理解できなかった。

「ですから、髪をお結いになることにこだわる必要はございますまい」

「見た目の問題だけじゃないのよ。結っていないと動きにくいの」

「では、束ねられたらいかがですか？　商館長《ワス・ゲカル》どのとお会いになるときは紐をとっておけばおよろしい」

「束ねるですって⁉」ペネージュの声に非難がにじむ。

「はい。このように」束ねるほどの髪がない家宰は、後ろに垂れた髪を紐で縛る仕草だけをした。

「なんて野蛮な考えかしら！」ペネージュはぷいと横をむいた。「あたくしがそういったことをお母さまに告げ口してくださってもよろしくてよ。お母さまだって、そうお思いになるに決まっているんだから。わかったわ、髪はこのままでお仕事します」

「お心のままに」笑いだすのをこらえているようすで、家宰は出ていった。

商館長《ワス・ゲカル》との会談を明日以降にのばせばすむことだという事実に気づいたのは、執務にとりかかってからだった。


輸入の認証、人事の承認、事業計画の決定などなど、決裁しなければならないことは多岐に渡った。

ひとつの案件が仮想窓に表示されるたびに、ペネージュの身体は走査される。大公爵《ニーフ》の椅子に坐っているのが、正式に権能を委ねられた人間であることを確認しているのだ。「いいわ」ペネージュがうなずくと、輸入認証証書の末尾に『承認』という文字と日時が記される。

彼女は空中に複雑な模様を指で描いた。

アーヴの使う花押《グナファス》には二種類ある。紙に書くものと、空中に書くものと。紙に記す花押はめったに使う機会がないので、花押といえばたいてい空中で指をふって記すものを意味する。

指の動きを思考結晶《ダテューキル》が走査し、登録してあるものとつきあわせて、公女《ヤルリューム》のものであるかを判別する。

身体全体の走査と指の動きの走査。二重の検査で、権限のない人間の命令を有効にしてしまうことを防いでいる。

すべての領主がひとりで執務する理由はこれだった。指で記す花押は親子のあいだでも明かさないのがアーヴの礼儀だった。

思考結晶は個人特有の癖まで考慮するので、真似をするのは困難だが、用心にこしたことはない。

花押がまさしくペネージュによって記されたことを納得すると、思考結晶はつぎの案件を出した。

こんどは人事だ。新しい航路局小惑星監視執事を決めなければいけないのだが、候補者がふたりいるのだ。

公女《ヤルリューム》の坐っている周囲におびただしい仮想窓が開く。ふたりの候補者に関する資料だ。候補者の立体映像も浮かんだ。

ペネージュはふたりの資料を読みくらべたが、どちらでもいいような気がした。こういうときはカンを利用することにしている。

「こっちよ」と右側の映像を指す。

新しい辞令が作成され、公女《ヤルリューム》の正面に浮かびあがった。

ペネージュは指で花押を描いた。

つぎの案件が表示される。商品の廃棄許可願いだ。積み荷は惑星セグノー向けの天然肉なのだが、例の規制のせいで通関を拒否され、転売先も見つかる見込みがないという。

無能な人たちね。品物を捨てるなんて許可できないわよ――ペネージュは拒否しようとしたが、このまま商品をかかえていては、保管料がかかってしまう。

どうするべきか考えながら、詳細を読む。

「なんなの、これ？」思わず声が出た。

転売先が見つからないのも当然だ。商品が異様に高額なのだ。

たしかに惑星セグノーは経済水準が高いが、こんなに高価な食材に需要があるものだろうか？

もしあるのなら、どんなものかあたくしも見てみたいわ――公女《ヤルリューム》は思った。

積み荷は船に積まれたままセグノーを周回しているという。

とりあえずその案件は保留とし、家宰《ガポティア》を呼びだした。

「はい」家宰の立体映像が現われる。「なんのご用でございましょう」

「この積み荷について調べてみて」と積み荷の番号を転送する。「見本もほしいわ。いまの所有権は大公国《ニーフューニュ》にあるはずだから、なんの問題もないと思うのだけれど」

「うけたまわりました」

家宰の映像が消えると、ペネージュはつぎの案件にとりかかった。

なんといっても、十四時からは会談をこなさなければならないし、すべての仕事を晩餐までに処理しなくてはいけないのだから。

「ですから、わが大公爵家《ニーミエ》が領民政府《セメイ・ソス》に圧力をかけるなんて無理ですわ」ペネージュはいった。

「それは表だってはできることではありますまい」とティセーヌ伯国《ドリュヒューニュ・ティセーナル》の商館長《ワス・ゲカル》はねばる。

「ですが、影響力を行使していただくと、わが主も大公爵家につきせぬ感謝を捧げると申しております」

ティセーヌ伯爵閣下《ローニュ・ドリュール・ティセーナル》の感謝なんか、あたくしはほしくないわ――ペネージュは胸の裡でひとりごちた。

商館長《ワス・ゲカル》はアーヴの男性だった。姓がティセーヌ伯爵《ドリュー・ティセーナル》と同じなので、一族の人間なのだろう。

「せめて、こうとりはからっていただきたいのですが……」と商館長。

「はい？」

「セグノーの領民政府《セメイ・ソス》とどうほうの領民政府の代表者とちょくせつ会談する機会を設けさせていただきたい。これにはぜひ貴家の協力が必要なのです」

ああ、バカなことをいわないでちょうだい――ペネージュはにこやかな表情を保ったままうんざりした。

交易はアーヴのもの。アーヴのみが交易にたずさわることこそ、帝国《フリューバル》のよってたつ礎といってもいい。その交易の場に地上の民を引っぱり出すような真似に、かりにも由緒正しきレトパーニュ大公爵家《ニーミエ・レトパン》が手を貸すことができるはずもない。

どうしてこんな突拍子もないことをいいだす愚かなかたをティセーヌ伯爵閣下《ローニュ・ドリュール・ティセーナル》はお使いなのかしら？　やっぱり新興のお家はなにかとたいへんね――そう考えた公女《ヤルリューム》は、もうひとつの可能性に気づいた。しかし、その可能性は胸にしまっておく。

「こちらからも提案がございますの」ペネージュは切りだした。

「なんでしょう？」不審げな表情が商館長の面に浮かぶ。

「大公国《ニーフユーニユ》はいままでほどお肉を必要としていません。しかし、大公爵家《ニーミエ》はお肉をこれまでと同じように買わせていただきます。場合によってはこれまで以上に」

「ほう、それは……」商館長は考えこみ、少ししてからにやりと笑む。「つまり……、ほかの邦国《アイス》に転売する、ということですか？」

「そうですの」とペネージュ。「こんなことを申しあげるのは心苦しいのですけれども、伯爵閣下《ローニユ・ドリユール》の商館《ゲーク》はちょっと数が少ないでしょう。その点、わが大公爵家《ニーミエ》があちこちの邦国《アイス》に置かせていただいている商館の数は帝国《フリユーバル》でも随一です。たぶん、さばききれると思うのですけれども」

実際には、いままでの輸入量の倍でも売ることが可能なのは、すでに確認済みだ。だが、そんなことをいう必要はない。

ペネージュは不安そうな表情をつくった。

「なるほど。それは願ってもないこと」商館長はうなずいた。

「でもねぇ、いままでどおりのお値段というわけにはいきませんわ。それはわかってくださいますわねぇ」

「とおっしゃいますと、どのくらいの値段で買っていただけるのでしょう？」

「このくらいでいかがかしら？」ペネージュは値段を提示した。

「これは無茶だ！」商館長は叫んだ。「いや、失礼、公女閣下《ローニユ・ヤルリユーマル》。しかし、わが伯国《ドリユヒユーニユ》の天然肉は品質もよく……」

「もちろん、品質に文句はありません。でも、残念ながらセグノーほど豊かな地上世界《ナヘーヌ》はめったにありませんの。セグノーに卸す値段で売れないことはわかってくださいますでしょう？」

「それはそうかもしれませんが……」

「それに、わが大公爵家《ニーミエ》の負担するもろもろの費用もあります。それを考えると、あたくしたちの利益を無視しても、このぐらいのお値段になってしまうんですの」なるべく申し訳なさそうにきこえるよう、ペネージュはいった。

「お気遣いいただいて感謝いたします。しかしながら……」商館長は苦渋に満ちた口調で、新しい数字を提示した。「せめてこのくらいの価格でひきとっていただかないと、わが伯国《ドリユヒユーニユ》の経済はきわめて深刻な危機に直面するのです。ここはご厚意におすがりするしかありません」

　ペネージュはあらかじめ、家宰の部下たちに適正な値段をはじきださせていた。大公爵家がそこそこの利益をあげられるはずの価格だ。

　奇妙なことにその適正価格は、ペネージュが提示したものと商館長が提示したもののちょうど中間あたりに位置していた。

やっぱりバカなふりをしていたのね——ペネージュは商館長に対する認識を改めた。商館長はちゃんとレトパーニュ大公国《ニーフューニュ・レトパン》の流通網を利用するつもりでこの交渉に臨んだのだ。いくらぐらいの価格が適当かをきちんと検討していたことがそのなによりの証拠だ。

領民政府どうしの話し合いなどという非常識なことをさせるつもりは最初からなかったにちがいない。

これでくだんの可能性は高まった。

それはそれとして、あまり面白くない。この交渉ではペネージュのほうが強い立場にある。礼儀からいっても、商館長のほうが言い値と落としどころのあいだにより幅を持たせる、つまりふっかけるのが当然ではないか。

それを、ペネージュが安く見積もったのと同じ分しかふっかけなかったということは……。

——あたくしをナメていらっしゃるのね。お生憎さま。あたくしは日常的にお母さまと交渉しているのよ。それを忘れていらっしゃるのかしら？

「まあ。そのお値段では完全な赤字ですわ。なぜあたくしどもがそれほどの損害を被らなくてはいけないのでしょう？」ペネージュは悲しげにいい、交渉を開始した。

「お疲れさまでした、姫《キュアラ》さま」応接の間から出たペネージュを家宰《ガポティア》が迎えた。「商館長《ワス・ゲカル》どのが蒼い顔をしていたところを見ると、どうやらうまくいったらしゅうございますな」

「まあね」ペネージュは歩きながら、「お値段もそうだけれども、ついでにわが大公国《ニーフユーニュ》独自の商標で売ることも承知していただいたわ」

「それはきついですな」同情するように家宰はいった。

伯国《ドリユヒユーニュ》側の目論見は、大公国を通じて肉を輸出しながら、新しい市場を見極めることにあったはずだ。なるべく早い時期に有望な邦国《アイス》に商館《ゲーク》を設置し、ちょくせつ販売するつもりだったのだろう。

だが、ペネージュはレトパーニュ大公国《ニーフユーニュ・レトパン》の商標で売ることを決めてしまった。ティセ《ドリユヒユー》ーヌ伯国《ニユ・テイセーナル》の名は買い手の印象にはほとんど残らないにちがいない。

もし大公国を頼らずに自分で売ろうとすれば、まったくの無から市場の開拓をするか、大公国から商標を買わなければならないことになる。

「すると、この交渉の結果は活きるのね」とペネージュ。

「どういうことですかな、『活きる』とは？　もちろん、いまは姫《キュアラ》さまが大公爵閣下《ローニュ・ニム》の権限すべてを……」

「よしてちょうだい。これは抜き打ち試験みたいなものなのでしょう？」

「はあ？　なぜそのようなことを思いつかれたので？」

「だって、今日はいろいろありすぎるもの。お母さまがなにもいわずに領地《リビューヌ》をおあけになることなんて、いままでなかったわ。それがたまたま、あたくしの誕生日。そして、商館長《ワス・ゲカル》との交渉。偶然にしてはあんまりじゃない？」

「やはり気づかれましたか」家宰は告白した。「なんでも、大公爵家《ニーミエ》の後継者は一六歳になると、かりそめの統治をするのが習わしなのだそうです。姫《キュアラ》さまのご洞察のとおり、試験の意味合いがあるのだそうでございます」

「一六歳の誕生日に？」

「いえ、べつに誕生日とは決まっていないそうでございまして、一六歳のいつか、ということでございました」家宰はいった。「よりによって誕生日にするのはあからさますぎるのではないか、とご意見をもうしあげたのですが……」

「お母さまはせっかちだものね。お母さまがラクファカールへいらしたのはほんとうなの？　案外、城館《ガリーシュ》のどこかに隠れていらっしゃるんじゃない？」

「もしそうなら、わたくしも欺かれたことになりますな。たまには息抜きが必要だとのことでございまして」

　息抜きがほしいのはこっちよ——ペネージュは心のなかでつぶやいた。

「それじゃあ、商館長《ワス・ゲカル》もこのたくらみに加わっていたわけ？」

「ある意味では。申し入れがあったとき、大公爵閣下《ローニュ・ニム》は娘と話してほしい、とおっしゃられました。これは試験なのだから、いくつか非常識な提案をしてほしい、とも」

「その非常識な提案を承諾してしまったら、どうするおつもりだったのかしら？　で、商館長《ワス・ゲカル》の報酬は？」

「姫《キュアラ》さまと交渉すること自体が報酬でございます」

「ああ、組みやすい相手ですものね」

「すくなくとも、商館長《ワス・ゲカル》どのはそうお考えになったようで」

「いい気味だわ」

「いささか品位に欠けた表現ですな、姫《キュアラ》さま」家宰はとがめた。

「そうね。気をつけるわ」ペネージュは足をとめ、「ところで、例の積み荷のこと、調べておいてくださった？」

「はい。たしかに奇妙な積み荷でございましたな。見本もとりよせましてございます」

「見たいわ、すぐ」

「よろしゅうございます」家宰は端末腕環《クリューノ》を操作して移動壇《ヤーズリア》を呼び寄せる。

ペネージュは家宰とともに移動壇のうえに立った。

「あなたは見本をごらんになったの？」ペネージュは訊いた。

「いいえ」家宰は否定の仕草をし、「姫《キュアラ》さまがごらんになるときにご一緒させていただきたい、と存じておりましたものでございますから。しかし、もうだいたい見当はついております」

「ふうん、なんなの？」

「順を追ってお話ししましょう、姫《キュアラ》さま」と家宰。「例の積み荷ですが、ラクテーシュ《レーパヒューニュ》・侯国《ラクテク》のサデーという地上世界《ナヘーヌ》からのものでございました。セグノーのオクレムという会社から販売元指定のうえで注文を受け、ラクテーシュ侯国の商館《ゲーク》が買いとったものでございます。これまでもたびたびあったことだそうでして」

「それほど奇妙とは思えないけれども？」

　交易はアーヴのみの特権だ。地上世界に住む者は、アーヴが運んでくる商品からほしいものを選ばなければならない。ほかの邦国《アイス》の特定の商品が買いたくても、自分で注文するわけにはいかないのだ。

　だが、なにごとにも抜け道はある。時間と費用はかかるが、邦国が地上世界に設置している商館《ゲーク》に商品名を指定して注文すれば、買いつけてきてくれるかもしれない。

　さもなければ、自分で買ってくるしかない。しかし、帝国《フリューバル》は地上の民が星々を越えて交流するのを好まないので、移民目的以外の地上人を星間船の乗客とすることを禁じている。

　したがって、あまりあてにはならないとはいえ、アーヴに買いつけを依頼する手段はよく採られる。

「ところが同じ会社がラクテーシュにしばしば天然肉を輸出しているとなると、いささか奇妙でございます」

「セグノーから天然肉が輸出されていること自体、驚きだわ」

「まことに。しかも、値段はまったくちがいますが、長い目で見ると、数量は輸入も輸出もほぼ合致しているのでございます」

「なにかを交換しているというわけね」

「交換という表現が妥当かどうか。わたくしにはあるものを一時的に借り受けて、それを返しているように思えるのでございます」

「もしそうなら、お肉なんかじゃないわね」ペネージュは考えた。

「食肉ではございません。ではございますが、肉である可能性はございます」

「どういうこと？」公女《ヤルリューム》は尋ねたが、すぐある考えに達した。「まさか、人間ってこと？　移民なの？」

「移民というより出稼ぎでございましょうな、彼らは帰るのですから」

将来の大公爵《ニーフ》として、ペネージュは大公国《ニーフューニュ》の地上世界については詳しい知識を叩きこまれている。

セグノーは人口が過剰気味で、失業率も高い。したがって、惑星外から労働力が流入することを歓迎していなかった。よほど特殊な能力を持っていないかぎり、受け入れられることは難しい。

　したがって、天然肉という名目で、安く使える労働者を冷凍睡眠した状態で呼び寄せようとしたのではないか、と彼女は考えた。

「もしこの『天然肉』が人間なら、姫《キュアラ》さまはいかがなさいますか？」家宰が問いかけてきた。

「あたくし、地上のかたがたが奴隷制度をお持ちだろうと、なんなら食人の習慣がおありだろうと、それはかまわないわ」ペネージュはこたえた。「どちらもおぞましいことだけれども、それで地上のかたがたが納得しているのなら、あたくしたちが口を出すことではないもの。でも、この積み荷は大公爵家《ニーミエ》がラクテーシュで買いつけて、セグノーの会社に売り渡すことになっていたのよ。あたくしの家が人身売買をするなんて、とても我慢できないわ。たとえ、『積み荷』のかたたちが納得していたと仮定しても。だいいち、帝国法《ルエ・ラゼーム》に完璧に違反しているじゃない。それだけじゃないわ、あたくしはひょっとしたら、廃棄処置に同意してしまったかもしれなかったのよ！　まず商館《ゲーク》からこの取引に関わったかたたちを見つけだして、処罰しなくては」

「彼らは自分が天然肉を扱っているのだ、と思っていたのかもしれませんよ」

「そうなら無能ね。あたくしの家に無能なかたは要らないわ」ペネージュはきっぱりいいきる。「それから、大公爵家に帝国法《ルエ・ラゼーム》を犯させたその会社のかたたちも許せないわ。どうしてつぐなっていただこうかしら……」

「しかしその場合、あきらかに密入国させているわけですから、その者どもは地上世界《ナヘーヌ》の法で裁かれますよ。わたくしどもとしては、領民政府《セメイ・ソス》に通報してあげればよいのではございませんか？」

「それでは、あたくしの気がおさまらないのよ」そこでペネージュはふと、「まさかこれも試験の一部なの？」

「いいえ、ちがいます」家宰はいった。

「ならばけっこう。ほんとにどうやって復讐したらいいのかしら？」

できれば、領民政府から引き渡してもらいたいところだが、理由がない。帝国法《ルエ・ラゼーム》に違反したといっても、そもそも領民には帝国《フリューバル》の法律を遵る義務はないのだから。

こじつけでもいいから、なにか口実がないかしら——ペネージュが考えこんでいるあいだに、移動壇はいくつもの扉をくぐりぬけ、城館《ガリーシュ》に付属する宇宙港《ビドート》の一角に着いた。

「じつは地上世界《ナヘーヌ》の探偵社に依頼しまして、オクレム社を調べさせたのでございます」

移動壇から降りると、家宰はいった。「なんでも、人材派遣の会社だそうでございまして」

「ふうん、やっぱりね」どうやら自分の推理が正しかったらしい。ペネージュはすこし得意になったが、すぐにそんな場合ではないことに気づく。

扉があった。家宰が電波紋鍵《セージュ・デファアト》で開いた。

「これが例の積み荷の見本でございます」家宰は扉のむこうを手で示した。

「これが……？」ペネージュは意外に思いながら、部屋に入った。冷凍睡眠した人間が横たわる冷たい柩を想像していたのに、そこにあったのは筒状のものだ。それも、ペネージュの腰あたりまでしかない。

筒状のものの傍らには技術職らしい家臣《ゴスク》がふたり控えていた。

「あけてだいじょうぶかしら？」ペネージュは彼らに訊いた。

「はい、公女閣下《ローニユ・ヤルリユーマル》」ひとりがうなずく。

「その前に」家宰が割ってはいった。「これをごらんになっていただきましょう。くだんの探偵社が入手したオクレムが派遣する『人材』の一覧です」

家宰の端末腕環《クリユーノ》から立体映像が投影された。半透明の人物像の横にさまざまな数字や文字が並ぶ。

人物像はつぎつぎに切り替わり、そのたびに数字と文字も変化する。

「なんなの、これは……」ペネージュは唖然とした。

髪は染めれば青くなるだろう。しかし、この粒よりの美貌は……。

「もうじゅうぶん！」やがて、自分そっくりの少女があられもない格好で登場するに及んで、彼女は叫んだ。「消してちょうだい！」

「はい」家宰は映像を消した。

「どういうこと？　なぜアーヴが地上世界《ナヘーヌ》の会社なんかでお仕事しているの？　しかも、さっきの子はあたくしにそっくりだったわ」

「アーヴではないのです」

「つまり、セグノーで独自に遺伝子操作したってこと？」

「近うございます」家宰はうなずき、「身体交換をご存じでしょう」

「もちろんよ」

身体交換は臓器移植の究極のかたちだ。脳を摘出していれかえることにより、肉体を交換する。

さまざまな疾患の治療に有効なこの技術がセグノーで使われるとき、その対象のうちもっとも多いのは『老衰』である。

すなわち、セグノーの富裕層は老いてくると、交換用の肉体を買い、身体交換を行なうのだ。それによって、アーヴに匹敵する寿命を持つ。交換用の肉体にもともと備わっていた脳は破棄されるしかない。しかし、培養槽のなかで育つあいだ、筋肉や神経系を形成するのに必要な最低限の刺激しか与えられないので、セグノーの領民政府《セメイ・ソス》は交換用の肉体に人権を認めていなかった。したがって、セグノーにおいては法律的になんの問題もない。また、自分の遺伝子から将来の精神の入れ物をつくることもふつうに行なわれている。そのさい、遺伝子を操作することもあるという。

「どうやら遺伝子操作で先ほどの映像の肉体をつくりだしたようでございます」

「なんのためにそんなことを？　あたくしたち、星たちの眷族《カルサール・グリューラク》のふりをしてどんな得があるのかしら？」

「完全になりきることはできませんでしょう。どうやら空識覚《フロクラジュ》は備わっていないようでございますので」

「じゃあ、なぜ？」ペネージュはいらだちはじめていた。

「探偵社の報告によれば、オクレムの顧客、つまり人材が派遣される先は娼館がほとんどなのだそうでございます」

「娼館ってなに？」

「ああ、その……」家宰はめずらしく口ごもり、「客に、たいていは男性なのですが、その、ある種の娯楽を提供する場所でございまして……」

「ある種の娯楽？」

「まあ、姫《キュアラ》さまがまだご存じでなくてもいいようなことでございます」

「ああ、それでわかったわ」腕組みをすると、ペネージュは硬い声でいった。「あなたはどうお思いかしれないけれども、殿方がどのようなことを考えているか、それにどう対処するかはお母さまに教わっているもの。ついでにいうと、スィリルスとソネージュには売春禁止法があるけれども、セグノーにはないことも知っている」

「はあ。恐れ入ります」

「この身体がラクテーシュからの積み荷というわけ？」

「そうではございません。肉体を製造した会社はすでに突きとめてございます。これはセグノーの会社で、オクレムと取引の証拠もございます」

「じゃあ、なんなの、これは？」ペネージュは腕組みしたまま、あごで筒状の容器を指した。

「身体交換は危険な技術でございまして、二〇回に一回のわりあいで失敗することがございます。どんなに豊かなセグノー人でもそう頻繁に身体交換をしないゆえんでございます。さらに売春という仕事は、合法とはいえ、セグノーにおいてもけして芳しいものとは見なされておりません。所得水準の高いセグノー人に、アーヴに似せてつくった肉体に入って娼婦や男娼をしろといえば、どれだけ莫大な報酬を要求されるかわかったものではございません」家宰はふたりの家臣《ゴスク》に合図をした。

　家臣たちは容器にとりつき、開く準備を始めた。

　ペネージュは無言のまま、話にきいっている。

「わたくしも、姫さま《キュアラ》と同様、不法移民ではないか、と考えました。ではございますが、単純労働者をつれてくるにしては費用がかかりすぎ、また危険も大きゅうございます。技能を持つ者ならばどうどうと移民申請をすればよろしい。よほど特殊な事情があるにちがいないと存じ、探偵社にオクレム社の調査を依頼したのでございます」

容器が開きつつあった。

「ラクテーシュは五〇年ほど前に経済が破綻し、未だにたちなおってはおらぬそうでございまして、領民《ソス》はたいへん困窮しておるらしゅうございます。同じ危険を冒させるにしても、セグノーの領民よりはずっと安くすむのでございましょう。つけくわえますと、わが大公国《ニーフューニュ》でもラクテーシュ侯国《レーバヒューニュ・ラクテク》でも領民はアーヴ語とはまったくちがうことばをしゃべります。しかしながら、言語資料を参照してみたところ、ラクテーシュの地上の民のことばはいくらかアーヴ語に似た響きを持つような気がいたしました。アーヴ語を知らぬものの耳にはアーヴ語らしくきこえるかもしれません」

容器が開いた。そこから現われたのは、透明な筒だ。筒には黄色っぽい液体が満たされ、脳が浮かんでいる。そのかたちと大きさは、間違いなく人間のものであることを示し、脳が生きている証拠に、血管の役割を果たすらしい管がとりつけられている。

「まことに不幸なことながら、わたくしの推測が正しかったようでございます」家宰は悲しげに首をふった。「おそらく本来の肉体はラクテーシュで冷凍保存されておるのでございましょう。脳が返送されるのですから」

「これは試験の一部ではないのね？」ペネージュはたしかめた。

「この命を賭けてもけっこうでございます。これが試験の一部であるならば、わたくしも……」

「欺かれたっていいたいの？　お母さまを侮辱なさらないで。こんな悪趣味なことをたくらむようなかたではないわ」

「これはわたくしが軽率でございました。ではございますが、試験の内容はすべて大公爵閣下《ローニュ・ニム》のお決めになったことでございますよ」

「わかったわ」公女《ヤルリューム》の視線はまだ脳に釘付けになっている。「身体全体にしろ、脳だけにしろ、不法入国にはちがいないわ。そうよね？」

領民政府に処置を委ねるしかないのは悔しいが、やむをえない。

あたくしたちは人類世界の半分を支配するというのに、足元に手が出せないなんて——

——ペネージュは唇を嚙んだ。

「ところが、そうはいいきれないのでございます」

ペネージュはゆっくりと家宰へ目線を移した。「どういうことかしら？」

「探偵社の調べによりますと、どうやらオクレムの派遣する人材は正式な労働許可証が発行されているらしゅうございます」

「それって……」

「はい。領民政府《セメイ・ソス》がこの事実を知っている可能性がございます。とはいえ、たかが一部の人間の嗜好を満足させるために、大公国《ニーフューニュ》をたばかるというのも考えにくいことです。おそらくすべてを承知しているのは、労働許可証を発行する部署だけか、と。それもごく限られた職員でございましょう」

「そんなの、どうでもいいわ」ペネージュは凄絶な笑みを浮かべた。「セグノーの領民《セメイ》政府《・ソス》が、帝国《フリューバル》の関知しない移民を受け入れたのは事実よ」

領民《ソス》に帝国法《ルエ・ラゼーム》を遵る必要はない。だが、領民政府《セメイ・ソス》には遵る義務がある。そして、星間輸送を独占することで維持される帝国《フリューバル》にとって、密航は重大な犯罪なのだ。

「これは密航事件として処理するのが妥当じゃない？」ペネージュは家宰にいった。

「姫《キュアラ》さまのおっしゃられるとおりと存じます」

「領民政府《セメイ・ソス》に責任をとっていただくわ。最低、関係者をすべて引き渡していただかないといけないわね」

「はい」

「そして、帝国《フリューバル》の法廷に容疑者を送る前に取り調べなければ」

「拷問は優雅ではございませんぞ」家宰は警告した。

「いやね。拷問なんてしないわよ。とりあえず拘置所が足りなくなりそうね。救命莢《ウィコー》を代用しようかしら。救命莢に入っていただいて、取り調べを待つあいだ、セグノーの軌道をまわっていただくの」

「姫《キュアラ》さま！」家宰はたしなめるように強い調子で呼びかけた。

救命莢《ウイコー》は遭難した宇宙船から脱出するためのものだ。すぐに救助されることを前提としているので、ごく短期間の生存に必要な装備しかない。

「いやあね、家宰《ガポティア》。ちゃんとなかの人が生きているあいだに回収するつもりよ。でも、なにもそのことを、事前に教えてさしあげる義理はないわよね」

　空気が濁って呼吸困難に陥るまで、この事件の首謀者たちにはせいぜい死の恐怖を味わってもらおう、とペネージュは考えた。

「ではありますが、関係者がここに送られてくるころには、大公爵閣下《ローニュ・ニム》がすでにお戻りでございましょう」

「かまわないわ。お母さまがあたくしの考えを採用なさらないときは、きっともっと愉快なことを思いつかれたときだもの」ペネージュは真剣な顔になり、「わがレトパーニ《ニーミエ》ュ大公爵《レトパン》家の当主が残酷になれるほど地上の民に関心を持ったとき、なにを考えつかれるか、あたくしも興味があるわ」

「さようでございますか」家宰はあきらめ口調でいった。

「ともかく、お金はいくらかかってもいいわ。探偵社でもなんでも使って事件のすべてを洗いだしてちょうだい」

「うけたまわりました」

「このかたとまだ船に乗っている密航者のかたがたは……」と生きている脳に視線をやり、「すぐに身柄を拘束してちょうだい。でも、なるべく快適な状態で……、ああ、あたくしにはどうすればこのかたたちが快適なのか見当もつかないから、専門家に検討させて」

「そうですな。この者たちに罪なしとまではもうしませんが、同情すべき点はあります」と家宰も脳に目をやり、「オクレム社から受けとる代金はおそらく家族のためのものでございましょうから」

「密航者のかたがたがなんのためにこんな姿になったのかは、興味がないわ」ペネージュは嘘をついた。アーヴが地上の民に同情したと思われれば、沽券にかかわる。「でも、憎いのはこの事件で最大の利益を上げたかたよ。それがだれかを突きとめなくては。そうそう……」ペネージュは自分の思いつきに含み笑いをした。「そのかたを帝都《アローシュ》に送るとき、この筒に入っていただくというのはどうかしら。ちょっとした機械をつなげば脳だけでもお話はできるでしょう」

「姫さま《キュアラ》……」うんざりしたようすで家宰は首をふった。

「それにしても、なんで天然肉なんて名目をつけたのかしら？　この梱包なら、もっとふさわしいものがあったでしょうに」

「ある種の諧謔趣味というものでございましょう」

「そう。じゃあ、その不愉快な諧謔趣味の持ち主のかたにも、それなりの処遇が必要ね。さて、あとは……、そうそう帝国《フリューバル》に通報する前にラクテーシュ侯爵閣下《ローニュ・レーバル・ラクテク》にお知らせして、むこうの関係者も探していただかないと」

「すべてとりはからいましょう」

「じゃあ、お願い。片づけないといけない案件が残っているから、あたくしは執務室《ガホール》に行かせていただくわ。やだやだ、こんな気分でお仕事をしなくてはいけないなんて、冗談みたい」

　ペネージュは移動壇に乗ろうとしたが、ふと足をとめて家宰をむいた。「そうだ、テイセーヌ伯国《ドリユヒューニュ・テイセーナル》の商館長《ワス・ゲカル》ともう一度話し合いの機会を設けてくださらない？」

「よろしゅうございますが、なぜでございますか？」

「もうちょっと条件を考えてみたいの。わが大公爵家《ニーミエ》が損をするのは耐えられないけれども、テイセーヌ伯国《ドリユヒューニュ・テイセーナル》の経済を破綻させるのも寝覚めが悪いでしょう？」

「お優しゅうございますな、姫さま《キュアラ》」

「よしてちょうだい」ペネージュは憮然として、「ところで、もうこれ以上、試験はないのでしょうね？　今日の商館長《ワス・ゲカル》との会談のような」

「神に誓って、ございません」家宰はうけおった。

「あら、あなたが信仰をお持ちとは知らなかったわ。では、あとで」ペネージュは移動壇に乗り、執務室へいそいだ。

――そうだわ、オーヴォスとサニャイコスを執務室に入れてはいけないかしら。人間ならともかく、鳥はだいじょうぶよねぇ……。

ペネージュはそんなことを考えた。あの気のいい黄金の鳥たちといっしょなら、すこしは気がまぎれるだろう。

ところで、家宰《ガポティア》は骨の髄まで無神論者だった。

翌日以降、ペネージュはそのことを思い知らされるのだった。

秘蹟

リン・スューヌ＝ロク・ハイド伯爵公子《ヤルルーク・ドリユール・ハイダル》・ジントは帝国貴族《ルエ・スイーフ》でありながら、生まれついてのアーヴではなかった。アーヴとして生まれてこなかったことを不幸と思ったことはない。ただ、アーヴ貴族になってしまったことについてはときどき不幸と感じないでもなかった。

貴族には一定期間、星界軍《ラブール》に就役することが義務づけられている。ジントにもその義務を果たすことが求められていたのだが、星界軍の中心である飛翔科翔士《ロダイル・ガレール》になることは、ジントにはできなかった。彼が生来のアーヴではないからである。生まれついてのアーヴには空識覚《フロクラジュ》という、地上人にはない感覚が備わっており、これが飛翔科翔士には必須なのだ。そこで、彼が選んだのは、軍の事務を管掌する主計翔士《ロダイル・サゾイル》への道だった。

そのため彼は、帝都《アローシュ》ラクファカールにある主計修技館《ケンルー・サゾイル》、つまり主計翔士を養成する学校に入学したのだった。空識覚のない人間でも入学できる主計修技館なら地上出身者も目立たずにすむだろうという期待もあったのだが、それは甘かった。新入生はジントを除いてすべて青い髪を持ったアーヴだったのである。

アーヴは宇宙空間での生活に適応するべく遺伝子改造によって産みだされた変異人類である。そのためか、彼らは遺伝子に手を入れるのを厭わない。それどころか、子どもをなすとき、その遺伝子を添削するのを義務とさえ考えている。

自分の子どもが優れた者であってほしいという願いは、アーヴでも変わらない。かつて遺伝子の秘密を人類がまだ解き明かしていなかったころには天のみが与えられると考えられていたものを、アーヴの親たちは自分の子どもに与える。

したがって、アーヴには遺伝病など考えられない。生まれつきの肉体的な欠陥というものがないのだ。ついでに容姿にも注意を払うので、アーヴは美形揃いだった。

美形で老いることを知らず、空識覚《フロクラジュ》と青い髪を持っている——これがアーヴという種族に生まれついた者の特徴だ。老いることは当面考えなくてもいいものの、茶色い髪を持っているのは厳然たる事実で、ジントは否が応でも目立った。それだけならまだしも、身分は貴族《スイーフ》であり、しかも入学前、ラフィールという名の王女とちょっとした冒険を果たしたことが知れ渡っていたおかげで、なおさら注目を浴びた。

もっとも、注目を浴びるというのは今に始まったことではないので、それほど困惑せずにすんだ。地上人《アイプ》に混じってアーヴの言語や文化を学んでいた頃からお馴染みの状況である。なんといっても、地上世界の学校でアーヴ語を学ぶ帝国貴族《ルエ・スィーフ》というのは、猫に飛びかたを習う鶏ぐらい珍しい存在なのだ。

困るのは生活習慣だ。ジントがかつて学んだ学校はあくまで帝国国民《ルエ・レーフ》を養成するために設立されたものであって、卒業生が星界軍翔士《ロダイル・ラブーラル》になることは想定していない。まして貴族の翔士であることは。したがって、主計修技館《ケンルー・サゾイル》では戸惑うことしきりだった。

そんなジントをなにくれと救けてくれたのが、寮で彼の隣室に住む新入生だった。彼女は同級生たちからなぜか委員長と呼ばれていた。

「委員長はなんの委員長なの？」初めて会ってしばらくしたころ、ジントは訊いたことがある。

「べつになんの委員長でもないわ」こともなげに彼女はこたえた。「あたしの一族の称《トラ》号《イガ》みたいなもの」

「代々、委員長と名乗っているわけ？」

「名乗っているわけではないわ。みんなが自然にそう呼ぶの。学校にいるあいだだけ」

「じゃあ、学校を卒業したら、委員長でなくなるの？」

「あたりまえでしょ」

あたりまえでしょ、といわれても、ジントには納得できなかった。「それって、変じゃないかな」

「なぜ？」

「学校にいるあいだだけ有効な称号なんて……」

「称号ではないわ。称号みたいなものよ」

ジントはしばらく考えた。「あの、ひょっとして渾名なの？」

「そのほうが理解しやすいのなら、それでいいわ。でも、ふつうは渾名は代々継承したりはしないけれども」

「ああ、やっぱりアーヴでもそうなんだ」

「そう。だから、渾名そのものでもない」

「じゃあ、いったいどうして……」ジントはますます混乱した。

「それが伝統なのよ」

「きみの一族が学校にいるあいだだけ委員長と呼ぶのが伝統？」

「そう」

「主計修技館《ケンルー・サゾイル》の伝統なの？」

「いいえ。アーヴの伝統よ」

「でも、教官は委員長と呼ばないみたいだけれど……」

「あたりまえでしょ。あたしを委員長と呼べるのは同級生だけよ」

「上級生も駄目なわけ？」

「あたりまえでしょ」

アーヴにとっては「あたりまえ」でもジントにとってはちっとも「あたりまえ」でないことが多すぎる。それが諸悪の根元だった。

「ええと、ぼくも委員長と呼んだほうがいいのかな」

「お好きなように。でも、同級生に委員長がいるというのはめったにないことなのよ」

変人にむける眼差しを感じて、ジントは自問した——誇りに思うべきなのかな？


けっきょく、ジントは彼女を委員長と呼ぶようになった。なぜ委員長なのかは相変わらずわからなかったが、それがアーヴの伝統ならばしかたがない。伝統とはえてしてそういうものだ。

ただ、もうひとつ彼女には大きな謎があった。初対面のときから謎の存在については気づいていたが、それを問いただす勇気ができたのは、昼食をいっしょにできるぐらい親しくなってからだった。

「前から訊こうと思っていたんだけど」食堂でジントは思いきって尋ねた。「きみがいつも顔にかけているもの、それ、なに？」

「眼鏡を知らないの？」委員長は不思議そうにいった。べつに馬鹿にしているふうでもない。

「知っているけど、本当に使っている人を見るのは初めてなんだ」ジントは告白した。じっさい、ジントが眼鏡を知っているのは、むかしある博物館を見学したことがあるからだ。

「そうでしょうね」委員長はうなずいた。

「近眼なの？」微妙な話題かもしれないと恐れつつ、ジントは尋ねた。

「そうよ」委員長はあっさりこたえて、彼を安心させた。

「じゃあ、医務室に行けばいいじゃないか」

いくら遺伝的に完璧とはいえ、アーヴも努力すれば目を悪くすることができるだろう。だが、近視や遠視というのは容易に治るはずだ。ジントの故郷は長いあいだ孤立していたせいで医療技術も立ち後れていたが、それでも近眼というのはほんの数分で治療できた。まして、アーヴの医学水準は人類宇宙でも随一である。

「馬鹿なことをいわないで」委員長はにべもない。

「なにか厄介な理由があるのかい……」ジントは声を潜めた。医学的知識に乏しい彼には想像できないような原因で視力を回復できないのかもしれないと考えたのだ。もっとも同時に、たとえそうでも眼鏡などという原始的な矯正器具に頼ることはないだろう、とも思ったが。

「視力が弱いのがあたしたちの家徴《ワリート》なの」と意外なことをいう。

家徴――アーヴは一族に共通した先天的な特徴を持つことを好む。皇族アブリアルの尖った耳、スポールの深紅の瞳などだ。だが、ジントの理解していたところでは、家徴というのは外見的なものに限られていたはずだ。それが思い違いだとしても、なにも欠点を一族共通で持つことはない。

「なんだって、そんなことを……」ジントは思わず呟いた。

「あたしの一族は大事な伝統を守っているの。そのためよ」

ああまただ――うんざりするジントに、委員長は卓子から身を乗りだして顔を近づけ、

「わかる？」

「わかるって、なにが？」

ジントの動悸が速くなる。アーヴのつねにもれず、委員長の顔は美しい。ふだんは眼鏡がその美貌を覆い隠しているので、その発見が新鮮に思えた。

ふっくらした唇がことばを紡ぐ。「ほら、この雀斑」

「雀斑だって⁉」ジントは素っ頓狂な声をあげた。もちろん、委員長の顔に薄い茶褐色の小斑点が散っているのには気づいていた。だが、まさか雀斑が主題であるとは予想もしなかった。「ええと、その雀斑も伝統なの？」

「そうよ」委員長は微笑んだ。「それからこの髪型も」

まあ、髪型はこの伝統とやらのいちばん無難な側面だな——ジントは思った。委員長は髪をお下げにしていた。アーヴのあいだでは割合に人気のあるかたちだ。

「その伝統って、いったい……」

「あら、もうこんな時間」委員長は端末腕環《クリューノ》の時刻表示に目をやって、席を立った。

「講義に遅れるわよ、伯爵公子閣下《ローニュ・ヤルルーカル・ドリュール》」


「委員長、いいかな？」

「図書室では私語は厳禁よ」委員長は小声で、「ほかの人の迷惑になるでしょう」

「はあ」ジントはあたりを見まわし、首を傾げた。ふたりのほかにはだれもいない。

このときに限らず、図書室に委員長以外の生徒がいるのを見たことがなかった。図書室はその存在自体が謎である。たしかに厖大な蔵書がある。だが、いくら厖大でも紙のうえに字を記すという、きわめて効率の悪いやりかたで記録された媒体だ。たぶんこの部屋に蓄えられた情報量をすべてあわせても、アーヴならだれでも手首にはめている端末腕環《クリューノ》に入っているそれに及ばないだろう。

ジントはなにか調べものをするとき、図書室を利用せずに端末腕環《クリューノ》を使う。それでたいていの情報は拾うことができる。万が一、わからなくても端末腕環を思考結晶網《エーフ》につなげばいい。思考結晶網が提供しえない知識がこの図書室でえられるとは考えられなかった。

現に委員長以外の生徒や教官はそうしている。むろん、ジントも図書室を利用せずにまったく不便を感じずにいた。図書室を訪れたのはほんの数回、それも本ではなく委員長に用があったからだ。

委員長は図書室の外にいるときも紙の本を持ち歩いている。よそでは紙の本など目にすることもないから、おそらくはここの蔵書なのだろう。委員長が個人的に所有しているということもありそうだが、個室に入れてもらえるほどには親しくないので、よくわからなかった。

ひょっとしてこの広大な図書室も委員長にまつわる伝統の一部なのではないかという考えが胸に浮かんだが、ジントはその答えを知るのが怖かった。

「だれもいないようだけれど」そういってしまってから、つぎに来るものを予測し、ジントは男らしく耐えようと心の準備をした。

「伝統よ」委員長はいい、本を閉じた。「まあ、いいわ。あたしも出ようと思っていたところ」

委員長は立ちあがって扉へすたすたと歩きはじめた。図書室では会話をしないという伝統をあくまで守るつもりらしい。もちろん、脇の下に本を挟んでいた。

図書室から出ると、委員長は振り返った。「なんの用?」

「じつはこの前、ソビークに行ってきたんだ」

ソビークというのは年に二回開催される饗宴で、アーヴたちにとっては大事なものらしい。饗宴といっても料理も余興もない。主催者もたいへん慎ましやかで、挨拶ひとつしない。ジントの印象からいえば、市場というほうが正しい雰囲気の催しで、売り手と買い手が集まる。売られているものは多種多様だったが、紙の本が大半を占めていた。想像もしていなかったが、アーヴという種族はたいそう紙の本を愛しているようだった。

「いい心がけ」と委員長。

「おかげでアーヴのことがいままでよりもっと深くわかったような気がする」ソビークでのちょっとした事件を思い出しながらジントはいった。彼はそこでラフィール王女と会い、いささか困惑させられたのだ。

「それで?」委員長は続きを促した。

「きみの守っている伝統の正体に見当がついたんだ」

「そう。よかった」委員長はほっと肩を落とし、「どういう伝統なんだ、と訊かれても困ってしまうのよ。ちゃんとわかってもらおうとすると、とんでもなく時間がかかるんだもの」

「そうだろうね」

遠い昔にアーヴの先祖を創った人々は、ある弧状列島の出身だった。世界的な文化混淆のなかで弧状列島文化の独自性が失われるのを恐れるあまり、軌道都市《バーシュ》をつくって、自分たちだけで頑なに先祖伝来の文化を守ろうとした人々なのである。創造主である彼らをアーヴの祖先たちは滅ぼしてしまった。その引け目からか、アーヴはいまでも弧状列島の文化に拘りつづけているのだ。

　くだんの弧状列島はある時期、世界中に深刻な影響を与える文化を産みだした。ソビークもとはといえばその文化の一端を担っていた催しを継承するものだ。いや、ソビークの原型である催しこそがその文化の中心だったとさえいえるかもしれない。

　そして、委員長の守る伝統もまた、その文化と深く関わっている……。

「きみはつまり……」乾いた舌が口腔内で粘るのを疎ましく感じつつジントはことばをしぼりだした。「滅び去った種族の一員なんだろう」

「失礼ね」委員長はにこりと微笑んで、ことばとは裏腹に怒っていないことを伝えた。

「あたしの一族がいるかぎり滅び去ってなんかいないわ」

「でも、そうとう無理をしている」

「そんなことないわ。なかなか気分のよいものよ、伝統を守るというのは」

「よかったら、その文化のことを教えてくれないかな。興味があるんだ」

「文化を知るにはじっさいに触れるのがいちばんよ」

「でも、どこから手を着けていいかわからないんだ」ジントは訴えた。

「たしかに。あなたぐらいの歳からはじめるのはつらいかもね。では、基本から。ちょっと端末腕環《クリューノ》を貸して」

ジントは端末腕環をはめた左手首を差しだした。

委員長がなにか操作すると、空間に仮想窓が立ちあがった。

「これでいいわ。これがすべての始まり。昔、不連続ながらあたしたちの祖先に当たる人たちが産みだした文化の原初の姿。すべての端末腕環にはこの情報が初期状態で書きこまれていて、あたしたちアーヴは幼い頃からこれに親しむの。じゃあ、あとでね」

委員長の後ろ姿を見送ってから、ジントは仮想窓に視線をむけた。

『漫画』『動画』『遊戯』『特撮』『人形』『少年愛』などの文字が踊っている。とりあえず、『遊戯』を選択してみる。

またいくつか文字が並んだ。遊戯の題名らしい。残念ながら内容の要約までは書かれていない。なにがなんだかさっぱりわからないので、適当に選んだ。

画面が変わる。見たこともないような、奇妙な様式の絵画のうえに浮かぶのは、アーヴ文字ではなく、ジントの故郷で使われるアルファベットだ。

この遊戯が創られたときにはごく普通にいたらしいが、いまや委員長の一族を除いて消え去ってしまった種族――めがねっ娘が出てくればいいな、と思いつつ、ジントは

『New Game』を選択した。

夜想

はじめは不快だった振動だが、慣れてくると気持ちがいい。

ソバーシュ・ウェフ＝ドール・ユースは座席から伝わってくる心地よい振動に身を委ね、くつろいでいた。眠ってはいないが、脳が半分も活動していない感じだ。

「起きてますかい、アーヴの旦那」現地で雇った案内人のゲンゼーロがいう。「もうすぐ夜が明けます」

ユースは目を開け、うなずいた。

この地上世界《ナヘーヌ》に足をおろしてから約五〇時間。外はずっと漆黒の闇だった。

常闇の世界で生きるアーヴにとってそれは大した問題ではなかった。照明があれば、とくに気にもならない。だが、寒さは応えた。この機動住宅は星間船ほど厳密に気密されているわけではないのだ。もちろん、暖房はあるが、ユースには不十分だった。いまも、頭から足元まですっぽり覆うことのできる外套にくるまっている状態だ。

ここはフェゼール伯国《ドリユヒユーニユ・フエゼル》の地上世界《ナヘーヌ》ガーフェウ。

大きさ、大気組成、重力その他、有人惑星としては平凡な存在である。地軸角度と自転周期をのぞいては。

この地上世界《ナヘーヌ》の黄道面は公転軌道面とほとんど一致しているのである。その結果、夏はずっと昼がつづき、冬は夜がつづくことになる。春と秋は過ごしやすいといえなくもないが、あくまでそれは夏と冬に比べてのこと。

一年を通じて昼と夜があるのは、赤道付近に限られていた。惑星ガーフェウの極が恒星をむいている季節でも、地軸が軌道面とわずかな角度を持っているため、その地方には昼と夜が訪れるのだ。

したがって、ガーフェウの定着都市は赤道付近に集中していた。といっても、軌道塔《アルネージュ》直下にあるガーフェウ領民政府《セメイ・ソス・ガーフエウル》の首都ポルト・ヴェルダ以外の都市は村落といって差支えない小規模なものだが。

ガーフェウでもっとも自然に恵まれた定着都市でさえ、かなり過酷な環境にある。なにしろ、ガーフェウの一日は一般的な地上世界《ナヘーヌ》の基準からいってひどく長いのだ。二七五時間もある。地軸角度のことを別にしても、住みづらい世界だった。

まったくなにを好きこのんでこんな星に入植しようとしたのか、と思う。よっぽど変わり者揃いだったにちがいない。この地上世界《ナヘーヌ》の領民《ソス》の先祖たちを想うとき、ソバーシュはわくわくしてくるのだった。

「ひとつ訊いていいですか？」とゲンゼーロ。「なんだって、地上におりようなんて思ったんです？　アーヴの旦那は絶対しないことだと思いましたがね」

「それは偏見というものだよ」ユースはこたえた。「おりようと思っても、領民政府《セメイ・ソス》がなかなか許してくれないのさ。その点、ここの人たちはさすがだね」

帝国《フリューバル》の地上世界《ナヘーヌ》は多様である。アーヴが自分たちの世界に足跡をしるすことへの対応もまたしかりであった。

とはいえ、多くの世界が消極的であることにはちがいなかった。領民政府《セメイ・ソス》にとって、地上世界《ナヘーヌ》を歩くアーヴは厄介ごとの種なのである。

なにしろ、アーヴが殺傷されると帝国《フリューバル》は理性を失う、と多くの地上世界《ナヘーヌ》では信じられているのだ。これは好意的な見方で、帝国に理性なんかはじめからない、と考えている地上世界も少なからずあった。領民《ソス》に非があった場合、苛烈な処罰を要求してくる。万が一、領民政府《セメイ・ソス》が事件を隠蔽しようとしたことが明らかになると、領民全体が不幸になりかねない。

実際には帝国《フリューバル》はそれなりに公正だった。アーヴのほうに非があるとわかればすなおに認め、謝罪すら厭わなかった。とはいえ、どんな社会であれ、品行方正にして完全無欠な人間ばかりで構成されていることはありえない。したがって、アーヴの側が被害者にならないとは断言できないのである。

　というわけで、領民政府《セメイ・ソス》は自分たちの管轄する世界にアーヴが足をおろすことを一般的に歓迎しない。やむなく、許可する場合でも、気の使いようは大変なものだ。護衛を一個連隊ほどもつける。

　それに、領主《ファピュート》もまた家臣《ゴスク》でもないアーヴが自分の領地を歩き回ることを好まない。なぜなら、交易は彼らとその家臣の生活を支えるものだからである。ユースのような独立交易者に領民《ソス》たちとちょくせつ取り引きされては、収入だけではなく、地上世界《ナヘーヌ》への影響力も減ってしまう。

　だが、このガーフェウはわりあい無頓着だった。護衛ひとりつけるでもない。そのかわり、アーヴに手を出した愚か者はとっとと見捨てる。

　もっとも、フェゼール伯爵家《ドリュージェ・フエゼル》は領主の一般原則から外れていなかった。やはり交易から除外されることは忌避する。だが、今回ばかりは特別だった。

「なにがさすがなんですかい？」ゲンゼーロが首を捻る。

「いや」ユースは苦笑して、「アーヴを護衛のひとりもつけずに自由にさせるなんて、悪癖だな、と思ってさ」

「ご不満で？」

「とんでもない。わたしは喜んでいるんだよ。前におりた地上世界《ナヘーヌ》はひどかった。どこへ行くにも、護衛の一団がついてきて、ちょっと私的な買い物をしようとしたら、一般の領民《ソス》を商店から追い出してしまった」

「超重要人物扱いですね」

「腫瘍《はれもの》扱いだよ」

「おっと、いよいよ夜明けですよ」ゲンゼーロは窓の外を指した。

　ユースは顔を外に向けた。

　アーヴ船とちがって、この車に外部空識覚設備はない。したがって、ユースの頭環《アルファ》は個人空識覚になっており、車内のごくせまい範囲を捕らえているに過ぎなかった。車外のようすを知るには視覚に頼るしかないのである。

　視覚に関するかぎり、アーヴも地上人も変わらなかった。アーヴの網膜も可視光線しか捕らえることができない。

　まだ恒星フェゼールは姿を現わさないが、それまで漆黒だった風景に、茜色が射していた。

　辺りは草原だ。柔らかそうな草が一面に生えている。惑星の可住化に使われる岩芝の自然変異種だ。現地語でフローロ、すなわち「花」とだけ呼ばれている。ガーフェウのなかではそれでじゅうぶんなのだろうが、いくつもの地上世界《ナヘーヌ》を相手にしなければならないアーヴにとっては不便なので、ガーフェウ芝《レーヴ・ガーフェウル》と呼んでいた。

　車のまわりは緑一色だが、前方を見ると、緑にさまざまな色が散らばっている。緑の布地に絵の具の雫を散らしたよう。

　すぐに車のまわりにも花が咲きはじめた。

「すごいね」ユースはいった。

「けなげな花どもでしょう」ゲンゼーロが自慢げに、「ほんのわずかな時間で成長し、咲くんです」

　いくらか不正確ないいかたをすれば、ガーフェウ芝こそ、地上世界《ナヘーヌ》ガーフェウの、さらにいえばフェゼール伯国《ドリュヒューニュ・フェゼル》の主要輸出品だった。

　自転速度の遅いガーフェウは地磁気が弱く、大地にかなり強い放射線が降り注ぐ。さらに、ガーフェウ芝は遺伝子が脆弱で変異しやすい。しょっちゅう、突然変異を起こす。たいていの変異種は役に立たないが、なかには有用なものもある。人智による遺伝子改造では及びもつかない生物資源を産みだすのだ。

　フェゼール伯国《ドリュヒューニュ・フェゼル》の経済は、ガーフェウ芝の変異種から作られた製品や、その遺伝子情報を輸出することによって成り立っているのだ。

　いわば地上世界《ナヘーヌ》全体が、実験農場だった。

　ユースの乗った機動住宅は、その貴重なガーフェウ芝を蹴散らしながら進む。機動住宅にはやっつの車輪があり、それによって疾走するのだ。

浮揚車形式《ウースイア》にすればいいのに――ユースは思った。ただ移動するためだけに可憐な花を踏みつぶすのには、心が痛むのだ。

「せめて、前の車の轍のうえを走ることはできないものかね」ユースは提案した。

「いったでしょう」ゲンゼーロは肩をすくめ、「あの草はとても成長が早いんです。轍なんか残っていませんよ。この機動住宅のも、明日にはもううっすらと緑になっています」

「明日といっても、二七五時間後だろう」

ゲンゼーロは肩をすくめた。「アーヴ語で一日といえば、二四時間でしょう。おれたちの感覚からいけば、朝にはってことです。昼前には、もうもとどおりになっていますよ。この辺は岩芝譲りの成長速度でして」

「それはよかった」

階下につづく扉が開いた。入ってきたのはアディーノだ。

「船長さん、もう起きていたのか」アディーノはたどたどしいアーヴ語でいう。

「ああ。なんだか、目が冴えてね」ユースはこたえた。「それになにかあったらいけない」

「船長、たいへんだね」

「宇宙にたいへんじゃない仕事などないよ」ユースはわざといった。「きみもいまのうちに考えなおすといい」

「ぼくは楽をしたいわけじゃないよ、船長さん」

アディーノはポルト・ヴェルダの少年だ。年齢は一八だといっていたが、怪しいものだ。多くの地上人と接してきたユースにしても、彼らの年齢を外見から判断するのは難しい。地上世界《ナヘーヌ》によって歳のとりかたも異なるからだ。しかし、ゲンゼーロの意見では、一五、六にしか見えないとのことだった。

アディーノは真空世界《ダーズ》を旅したがり、ユースにつきまとっていた。理由は敢えて問わなかったが、見当はつく。むしろこの世界に留まる人間の気持ちのほうが理解できない。

だが、ユースはアディーノを雇うわけにはいかなかった。なにしろ少年はなんの技術も持っていない。ユースの借りている交易船〈鉄の翼《スパス・スレンナ》〉号は小さく、雑用係しか勤まらない人間を乗せる余地はないのである。

はっきりそう告げたのだが、アディーノは諦めなかった。どこまで本当かわからないが、天涯孤独だとか、悪い連中に追われているとか、同情を引くようなことをいい、さらには星たちの世界にいかに憧れているか、交易者として生きることをどれだけ望んでいるかを拙いアーヴ語で滔々と語り、ユースを辟易させた。悪いことに、そのしつこさを嫌いではなかったので、とうとうガーフェウの地表にいるあいだだけという条件で同行を許したのである。

　しおらしい表情でアディーノはその条件を呑んだが、その実、〈鉄の翼《スパス・スレンナ》〉号に潜りこもうとしていることを隠そうともしていない。

「もうすぐだよ、船長さん」アディーノはいった。「もうすぐ追いつくよ」

「この長い旅も終わりに近づいてくるかと思うと、感慨深いものがあるね」

「長旅？　それ、おかしいよ、船長さん。旅した距離はこのぐらい」アディーノは親指と人差し指のあいだにわずかな隙間をつくってみせた。

たしかに星間船で銀河を翔る人間にとっては、この三日間の旅程ははなはだ短いものだった。

「わたしが長いといったのは、距離でなく、時間だよ」ユースは少年の誤解を解き、

「それに、きみにとっては距離的にも長い旅だったんじゃないのかい？」

「そんなことない」とアディーノ。「ぼく、この地上世界《ナヘーヌ》のうえはもう駆けめぐりつくした。ガーフェウで旅する、飽きた。一カ所に留まる、もっと飽きた」

「彼のいっているようなことがありうるのかな」ユースはゲンゼーロに尋ねた。「つまり、あの歳で、この地上世界《ナヘーヌ》中を旅した経験がある、ということが」

　ほかの地上世界《ナヘーヌ》でならありえるかもしれない。しかし、ここでは飛行機械が緊急用を除いて禁止されているので、地面をゆっくり這っていくしかなかった。ちゃんと計算し

たわけではないが、地表をすべて巡るには、何十年もかかりそうな気がした。

「まあ、ないとはいえませんね」とゲンゼーロ。「フロラムールボで生まれ育ったのなら」

「ぼく、嘘はいってない！」アディーノは抗議した。

「すまなかった」ユースは謝ったが、まだ信じきれずにいた。

なにしろ、ガーフェウは変わり映えのしない草原がつづく世界だ。ほんの一部を旅して全体を見た、と思いこんでいるのではないだろうか。

「見えてきましたよ、目的地のあとが」

いくつもの轍だ。数が多いので、筋がついているというより、草原から草を引き剝がしたように見える。

「これだけはっきりと轍が残っているのですから、ほんの数時間前にここを通過したはずです」

車は針路を変え、轍の跡をたどりはじめた。

これ以上草を傷めずにすむとわかって、ユースはほっとした。

やがて、目的地が見えてきた。

目的地は動いていた。いくつもの機動住宅によって構成されている都市だ。フロラムールボ、すなわち、「春を愛する街」と呼ばれている。機動住宅といっても、商店として使われているものもあれば、役所として使われているものもある。フロラムールボには、およそ都市に必要な施設はすべて揃っていた。

　フロラムールボにはふたつの目的があった。主な目的は変異種の調査である。フロラムールボを構成する機動住宅は分散したり集合したりをくりかえす。各機動住宅は割当てられた行程を走り、ガーフェウ芝を採取するのだ。ここを走っている機動住宅群は正確には、フロラムールボの中心部なのだ。

　もうひとつは避暑である。多くの地上世界《ナヘーヌ》を見聞してきたユースには、フロラムールボでの生活もじゅうぶん過酷に思えるのだが、赤道都市で夏を過ごすことに比べれば、天国と思えるらしい。ポルト・ヴェルダなど定着都市群はこれから夏を迎えようとしている。フロラムールボはそこから脱出して、ガーフェウの基準からすれば過ごしやすい季節を求めて移動しているのだ。

　ユースの訪ねるべき相手はこの都市にいるらしい。らしい、というのははっきりしないからである。とにかく定着都市にいないことははっきりしている。だとしたら、フロラムールボにいる、と考えるのが自然だった。少なくとも彼の居所を知る人間がここにいることだけは確実だ。

「自動運転を解除します」ゲンゼーロが運転席におさまり、舵輪を握る。

　ユースたちを乗せた車は機動住宅群に分け入った。

「いま、訪ねますかい？」

「わかるのか？」ユースは訊いた。

「そりゃ、機動住宅には紋章が入っていますから。ほら、これです」ゲンゼーロは写真を手渡した。

ユースは写真を受け取って一瞥した。単純であることを洗練と見なすアーヴの意匠とちがって、複雑な紋章だった。紋章というより絵画のよう。描かれているものはよくわからないが、擬人化された鳥が踊っているところのようにユースの目には映った。

「いや、いい」ユースは首をふった。「きみの話ではもうすぐ錨を降ろすのだろう？　だったら、そのときでいいよ。車は相対速度のぶれが大きすぎて、しょうじきいってすこし怖いよ」

ゲンゼーロは薄く笑った。「まさか、アーヴの旦那からそんな話をきくとは思いませんでしたよ」

「どうして？　わたしたちには恐れを感じるだけの知能がないとでも思っていたのかい？」

「いいえ、とんでもない。でも、アーヴの旦那がたの生活ほど危険に満ちたものはない、と思うので」

「慣れてしまえば、危ないことなんかないよ」

「船長さん、ぼくに嘘ついたか」アディーノが恨めしげな目をした。彼には、真空世界《ダーズ》での生活がいかに危険かをさんざん吹きこんでおいたのだ。

「慣れてしまえば、だよ」ユースは弁解した。「いまのきみが真空世界に出ていけば、危ないことがたくさんあるとも。だから、ちゃんと訓練を受けてから、船で働くようにすることだよ」

「訓練、受ける場所、ガーフェウにない。それ、船長さん、知らないのか？」

「知らなかった」ユースはしょうじきにいった。「けれども、べつにここで訓練を受ける必要はない。いちばんいいのは星界軍《ラブール》にはいることだ。費用がかからないどころか、給料ももらえる。うちの乗組員もほとんどが星界軍出身だよ」

「ぼく、交易船の船員になりたい。軍人になりたくない」

「わたしだって、ほんとうは大型商船の船長になりたいよ。ゆったりした船室に住んで、毎日、乗客たちとの宴をたのしむような生活を、送りたい。でもね、きみ、希望を叶えるなら、ときに回り道しないといけないんだよ」

「大人はいつも同じことをいう」アディーノは唇を尖らせた。

「真実だからだよ。一足す一の答えを訊かれれば、まともな大人ならだれでも二とこたえるさ」

それから、機動住宅群はしばらく走りつづけた。

採取に赴いていたらしい機動住宅が四方からやってきて、一軒、また一軒と合流してくる。機動住宅群が倍ほどに膨れあがったころ、草原に舗装された広場が出現した。広場に機動住宅がつぎつぎに乗りいれて停止する。

だが、ユースの乗った機動住宅は広場の手前で停止した。

「停止位置は決まっているんです」ゲンゼーロが説明した。「でも、わたしらは割り込みですから、場所をもらっていません。こうして邪魔にならないところに停まるしかないんです」

「ありがとう」とユース。「それじゃ、案内してもらおうか」

アディーノには留守番をさせるつもりだったが、本人はどうしてもついていくといってきかない。地上世界《ナヘーヌ》にいるかぎりは同行してもいいといった手前、ユースはそれを拒むことができなかった。

頭からすっぽりと全身を包む外套を着用した三人は機動住宅からおりた。外套は放射線避けのためだ。

ユースが会いたいと思っているのは、マヴィーノという名の音楽家だ。彼の作曲した音楽はいくつかの地上世界《ナヘーヌ》でたいへん人気がある。おそらくマヴィーノは邦国《ソス》外でも名を知られているただひとりの、フェゼール伯国《ドリュヒューニュ・フェゼル》の領民だろう。

だが、三年前、マヴィーノは突然失踪した。

当然のことながら、それまでマヴィーノの楽曲の輸出はフェゼール伯爵家《ドリュージェ・フェゼル》が扱っていた。しかし伯爵家《ドリュージェ》に、行方をくらました音楽家を捜し出す意欲はなかった。彼の楽曲がもたらす富は、個人の収入としては大したものだったが、いくら規模が小さいとはいえ邦国規模の経済から見れば微々たるものだったのだ。

おかげで、ソバーシュ・ウェフ＝ドール・ユースの介在する余地ができた。彼のような個人交易者は、大手が見向きもしない落ち穂を拾って生きていかなければならないのである。

ユースはフェゼール伯爵《ドリュー・フェゼル》と掛け合って、地上世界《ナヘーヌ》での活動権を得た。自分でマヴィーノを捜し出すなら、特別に伯爵家を通さずに彼と契約する権利を獲得したのだ。

もちろん危険な賭だ。まず第一にマヴィーノを捜し出せるとは限らない。彼がすでに死亡している可能性もある。つぎに、捜し出せたとしても、彼が新作を作曲しているという保証はない。この三年をただ無為に過ごしていただけかもしれないのだ。そして、新曲を山ほど抱えている彼と首尾よく接触できたとしても、交渉に応じてくれるかどうかはわからない。むろん、交渉が決裂することもありうる。

ゲンゼーロの案内料や機動住宅の借り賃など、ユースはすでに相当な額を投資していた。それだけではない。こうして彼が地上を這っている間も、〈鉄の翼《スパス・スレンナ》〉号の維持費はかかるのだ。

ゆいいつの手がかりがこのフロラムールボにいる。

フェゼール伯爵家《ドリュージェ・フェゼル》は音楽家とちょくせつ取引をしていたわけではなく、代理人を通じて楽曲販売権を購入していた。その代理人がこの移動都市にいるらしい。

伯爵家《ドリュージェ》は代理人に音楽家の行き先を尋ねる手間すら惜しんだ。

マヴィーノの生みだす旋律の価値は伯爵家にとってはその程度なのだろう。だが、ユースはマヴィーノの音楽をじっさいに聴いてみて、大いに興味をそそられていた。これまでに耳にしたことのないものだった。静かでありながら騒がしく、陽気でありながらどこか物悲しい。ガーフェウの人口の少なさと音楽の伝統の欠落を考えれば、マヴィーノの存在はそれだけで奇跡だった。

「ああ、これみたいです」ゲンゼーロが脚を止めた。

写真で見たものと同じ紋章が目の前にあった。

「おれが通訳したほうがいいですか？　それとも、機械通訳を使いますか？」

「すまないが、通訳してくれ」ユースは頼んだ。

アーヴというのはとかく警戒されがちだ。いきなりアーヴが訪ねてきて機械の声で話しかけたりすると、あまり外の世界と接触のない領民《ソス》はたいてい怯えてしまう。同じ地《ナ》上世界《ヘーヌ》の領民《ソス》が同席すれば、いくらか緊張感も和らぐというものだ。

「ぼく、通訳しようか」アディーノが申し出た。

「いや、せっかくだが」ユースは断る。

ゲンゼーロは呼び鈴を押した。

出てきたのは、やせぎすの女性だった。

彼女と短い会話を交わしたゲンゼーロは振り向いて、「マヴィーノ氏の代理人、エリザベート女史です」

ユースはエリザベートに笑顔を向けた。「はじめまして。ソバーシュといいます」

エリザベートはなにごとか喋った。

「入ってくれ、とおっしゃっています」ゲンゼーロが通訳した。「それと、機械通訳を使用してもいいそうです」

「マヴィーノはここにいません」エリザベートは無表情にいった。

「それは残念です」とユース。「それで、どこにいらっしゃるか、教えていただくことできますでしょうか」

「お教えしようにも、知りませんから」

「マヴィーノ氏とは連絡をとれないのですか？」

エリザベートは無言でうなずいた。

「なぜマヴィーノ氏が失踪なさったか、ご存じですか？」ユースはなんとか手がかりを摑もうとした。

「マヴィーノは失踪などしていません」

思わずユースはゲンゼーロと顔を見合わせた。「しかし……」

「あの人はときどき、新作を携えてやってきます。今回はたまたま三年ほど間隔があいただけです」エリザベートは淡々と、「たしかに、それまでは毎年、やってきましたから、今回は特別に長いですわ。でも……、お金はじゅうぶんに持っていますから、とくに新作を発表する必要もないのでしょう」

「ですが、エリザベートさんはいままでずっとポルト・ヴェルダにお住まいでしたね。なぜ今年にかぎって、フロラムールボにお住まいなんです？」

「とくに深い理由はありません」

「移動都市にいらしては、マヴィーノさんも連絡をとりにくいのではありませんか」

「そうかもしれませんね」

「ひょっとして会いにいかれるのでは？」ユースは鎌を掛けた。

「ほんとうに彼の居場所を知らないのです」首をふるエリザベートの表情は少し暗かった。

「連絡したいと思われないのですか？」

「なんのために？」

「彼から手数料を受け取っていたのでは？」

「代理人ですから、当然でしょう」

「もちろんです。けれども、この三年は収入がなかったわけでしょう」

「そんなことはありませんわ。旧作の著作権使用料が入ってきますから。むしろいままでより多いぐらいです」

「なるほど」

　エリザベートは嘘をついているようには見えなかった。

「それで……、どこにいらっしゃるか、手がかりかなにかないのですか？」

「あれば、わたしも知りたいですわ」声は平静だったが、眼差しには熱っぽい切実な色がこもっていた。

「以前は年に一回、ポルト・ヴェルダにいらっしゃるんでしたね。すると、そのあいだはどこにいらしたのです？　フロラムールボですか？」

「いいえ。ちがうと思います。フロラムールボで彼を見かけた人もいませんから。訊いてみたことがあるんです。すると彼は、ぼくはムズィカムールボにいる、と」

「ムズィカムールボってどこだい？」ユースはゲンゼーロに尋ねた。

「知りません。意味は、音楽を愛する街ってところですか。でも、そんな街はきいたこともありません」

ユースは端末腕環で検索してみた。たしかに、動かないものであれ、動くものであれ、ガーフェウの地表にそんな都市はない。

「なにかの喩えなのかもしれませんね」とエリザベート。

「ほかにはなにか……？」

エリザベートは首を横に振った。

「あれ、なに？」それまで黙っていたアディーノがふいに立ちあがり、壁を指した。

そこには木の枝が、十数本、飾られていた。見たかぎりでは、なんの変哲もない枝である。決して飾りとして相応しいものではない。むしろ部屋はその枝のおかげでみすぼらしく思えた。ユースもこれには気づいていたのだが、他人の趣味に口を出すのも悪趣味なので、黙っていたのだ。

「マヴィーノのお土産」エリザベートは苦笑気味に、「なぜかあの人、帰ってくるたびに枝を持って来るんです。大切に保管しておいてくれって。意味を尋ねても、はぐらかすばかりで。ほんとに秘密主義なんだから」

「この地上世界《ナヘーヌ》には草しかないと思っていました」ユースはいった。

「いくつか森があるんです」ゲンゼーロがいう。「面積にすれば、ほんとうにごくわずかなのですが」

「木はきみたちにとって珍しいものなんだね」

「それはそうですが……、でも、木の枝を珍重したりはしませんよ。おれたちはそれほど木に愛着を持っていません。たいして役に立ちませんし、見ていても楽しくならない」

「触ってもかまいませんか?」アディーノがエリザベートにガーフェウ語で訊いた。彼女がうなずくと、枝の一本をとり、撫でた。「マヴィーノさんが帰ってくるのは、いつごろですか?」

「ポルト・ヴェルダが冬のころよ」

アディーノはうなずくと、ユースにむかいアーヴ語で、「船長さん、ムズィカムールボ、どこにあるか教えたら、ぼく、宇宙船に乗れる?」

「知っているのかね?」ユースは眉を顰めた。

「おい、ぼうず」本来の案内人であるゲンゼーロが陰気な口調で、「まさかどこかの森がムズィカムールボだっていうんじゃないだろうな。森は数十カ所もあるんだ。全部回っていたら、それこそ一年や二年はかかるぞ」

「どの森かわかった」アディーノは主張する「宇宙船、乗れる?」

「根拠をきかせてくれないか」とユース。

「だめ。返事きくまで」

「アーヴの旦那」とゲンゼーロ。「どうします?」

「きみはどう思う？　彼はほんとうにわかったのだろうか」

「一〇対一までなら賭に乗りますぜ。もちろんおれは、ぼうずがでたらめをいっているほうに賭けます」

ユースは決断した。


アディーノが指定した森は、フロラムールボとは逆の半球の低緯度地方にあった。そこも赤道が恒星フェゼールを向くころには昼と夜が巡るようになるのだが、いまのところ長い夜がつづいているはずだ。

機動住宅は永遠の夜のなかを走るようにつくられていないので、改造が必要だった。いったん、ポルト・ヴェルダに帰還して改造を施し、そのほか、アディーノの指示に従い、装備品を買い足した。

これは赤字だな——夜に分け入る機動住宅の運転席でユースは諦観した。

マヴィーノの新作を手に入れたとしても、過去の実績に照らし合わせると、とてもユースの投入した費用に釣り合いそうにない。

だが、丸損するよりはすこしでも赤字を圧縮するほうが好ましいのはもちろんのことだ。もし音楽家と取引できなければ、ユースは星界軍《ラブール》に現役復帰するか、ほかの交易者に雇われて、こつこつと借金を返していかなくてはならないだろう。

まあ、それもいいかもしれないな――ユースは思った。

運転室に警告音が鳴り響き、機動住宅は停止した。

「どうした？」ユースは傍らのゲンゼーロに訊いた。

「最初の目的地のようですね」ゲンゼーロは電探画面を覗きこみ、「前方に障害物反応があります。かなり大きなものです。灯りをつけます」

機動住宅の前照灯が点いた。

闇のなかに樹氷の森が浮かびあがる。

「すごいね。まさかこれも岩芝の変異種、ということはないよね」ユースは感嘆した。

「もちろんです」ゲンゼーロはしかつめらしく、「溶岩松《ロドールムゼーシュ》もどきのガーフェウ向け調整種です。おれたちはピーノ、つまり松とだけ呼んでいますが」

「しかし、どうやって探したものかな」

「ぼうずを呼んできます」ゲンゼーロは席を立った。

やがて、ゲンゼーロがアディーノを連れて戻ってきた。少年はまだ眠たそうな目をしている。

「これからどうすればいい？」ユースは訊いた。

「森のなかへ」とアディーノ。

「その前にちょっと周囲を回ってみましょう」ゲンゼーロが提案した。「道があるかもしれない」

ユースはうなずいた。

機動住宅は草原を走るようにつくられている。森には木が密集していて、見た目にも機動住宅が入っていけないことは明確だった。

そのための装備として一人乗りの小型浮揚車をポルト・ヴェルダで購入済みだった。しかし、できれば使いたくない。なにしろ外は極地なのだ。草原も凍土に変わり、雪に覆われている。気温は零度を遥かに下回る。そんなところを一人乗り浮揚車で動きたくはなかった。

アディーノも反対しなかった。

ゲンゼーロは手動運転に切り替え、機動住宅をそろそろと動かした。

一時間もしたころ、アディーノが声をあげた。

「どうしたんだね？」ユースは訊いた。

「ここ、ちがう。ムズイカムールボでない」

「なんだって？」

「この森、もっと広かったはず。ここ、ちがう。いや、わからない。ちょっと待って」

止める暇もなく、アディーノは運転室から飛びだしていった。

浮揚車にまたがって、森のなかに入っていく。

いっしょに行くべきだったかな――前照灯に照らされる少年の背中を見つつ、ユースは少し悔やんだ。

ゲンゼーロは画面を睨みながら、制御卓をいじっていた。

「どうやら火事があったようですね」ゲンゼーロは報告した。

「いつごろのことかわかるか？」

「二年ないし五年前といったところでしょう。たぶん、夏のあいだに燃えたんでしょうね。よくあるんですよ、この地上世界《ナヘーヌ》では」

「マヴィーノが失踪した時期と重なるな」

「まさか、火事に巻きこまれて……」ゲンゼーロは不安げな顔をした。

「きみの案内料はなんとしても払うよ」ユースは安心させた。

「それはありがたい」熱のこもらない口調でゲンゼーロはいった。

やがて、アディーノが戻ってきた。蒼い顔をしている。「ここじゃない。ぼくの記憶とちがう。どうしてこんな間違いをしたのか、わからない。船長さん、ほんとうにごめん」

「きみの記憶は何年前のことだね？」ユースは尋ねた。

「六年前。もしかして七年前」

「じゃあ、きみのせいじゃないよ」ユースは森林火災のことを告げ、少年を慰めた。

アディーノの顔が明るくなった。「なら、希望ある。新しいムズイカムールボ、見つかるかも」

「どういうことだ？」

「もうひとつ、ここかな、と思ったところがある。でも、ぼく、マヴィーノの音楽好きだから、こっちだと思った」

「もうちょっと詳しく説明してくれ」ユースは要求した。

「行ってから」

「わかった。もうひとつの目的地に向かおう」ユースは断を下した。「長居は無用だ」


つぎの目的地までにはさらに一一〇時間かかった。

最初の森もここも複雑な地形のなかにあることに、ユースは気づいた。

ふたたび森のまわりを機動住宅で一周したが、今度は記憶どおりだったらしく、アディーノも満足そうだった。

「ほんとうにここにいるんだろうな」ゲンゼーロが疑わしげにいった。

「わからない」アディーノは頭を振り、「もしかして焼け死んだ。もしかして、べつの場所。でも、ここでなければ、ほかは知らない」

「アーヴの旦那、考えなおしたほうがいいんじゃないですか？」

「もう手遅れだよ」ユースは防寒着をまといながら、「きみはここで待っていてくれ。浮揚車も二台しかないからね」

「ありがたい。おれは寂しがり屋なんですが、この際、除け者にされても文句はありませんよ」窓の外の吹雪を眺めながら、ゲンゼーロはいった。

ユースはアディーノと連れだって、外に出た。

幸いなことに、吹雪はそれほど激しくない。

地上世界《ナヘーヌ》に初めて降り立ったとき、制御されていない風にはずいぶん不快感を抱いたものだが、いまではすっかり慣れた。だが、風に雪が混じっているのは初体験だった。

ユースが浮揚車にまたがると、すでに準備を終えていたアディーノが浮揚車を発進させた。

機動住宅からの灯りを受けて、樹氷がきらきらと輝いていた。

だが、森に入って二、三分もすると、辺りは闇となり、浮揚車の灯りが前方を照らすのみとなった。その光の範囲はあまりに狭く、アディーノの運転はずいぶん危なっかしく思えた。

「わたしが先行しよう」ユースは無線でアディーノにいった。彼には空識覚があり、視覚にのみ頼らなくてもすむ。

「だめ。ぼく、案内人」アディーノはそうこたえ、身振りでも自分が先頭に立つことを主張した。

ユースも納得せざるをえない。たしかにいまの案内人はこの少年なのだから。

三〇分も走ったころ、アディーノは手を振り、速度を落とした。停まれ、といっているらしい。

ユースが停まると、アディーノが浮揚車をおり、歩いて近づいてきた。

「船長さん、よくきいてみる」

「なにを？」

「黙って。よくきいて」

しかたなく、ユースは耳を澄ました。

防寒兜ごしに風の音が伝わってくる。それになにかが混じった。

水晶を弾くような澄んだ音だ。集中するにつれて、それが複雑な旋律を成していることがわかってくる。

ごく最近、これに似たようなものを聴いたことがある。

ユースは思いだした――マヴィーノの音楽だ。

「これは？」ユースは少年の顔を見た。

「風が氷を奏でている」アディーノは得意げな表情で、「この森も、あの燃えた森も、この季節は複雑な風が吹く。それで、木が凍る冬には不思議な音がする。でも、ふたつの森、奏でる音がちがう。マヴィーノの音楽、この森の音に似ているけど、燃えた森の音にはもっと似ている。だから、きっと、燃えた森の音をもとにして、曲をつくった」

ユースは感心した。

地上世界《ナヘーヌ》ガーフェウは遺伝子改造を自然に任せることによって収入をえている。それと同じように、マヴィーノは自然の奏でる音に着想をえて曲を産みだし、評価と収入を獲得しているということらしい。

音楽家が秘密主義なのも当然だ。この秘密が知られれば、彼の才能に対する評価は落ちるし、真似するものも出るだろう。

「きみは知っていたのか、マヴィーノの作曲の秘密を？」

「知らなかった。森の音のこと、忘れていた。でも、マヴィーノの音楽きいたとき、どこかできいたことがある、と思っていた。フロラムールボで木を見て思いだした」

「それで、この森にいると考えたのか」

三年間の不在もこれで説明が付く。新しい森を見つけるのに時間がかかったのだろう。

「その可能性高い。風が氷を奏でる森、ぼく、ここと燃えた森しか知らない。他にあるかもしれない。でも、たぶん、ない」

「なるほど、わかった。では、きみは前にもここに来たことがあるんだね」

「もちろん」

「しかし、フロラムールボはこの季節にここには来ないだろう。なぜ来たんだね」

「ぼく、お父さんにつれられてきただけ」

「じゃあ、お父さんはどうして……」

「それは長い話。宇宙船のなかで話す。いいか？」

「楽しみにしているよ。でも、マヴィーノ氏がいればの話だ。彼がいなければ、残念だがきみを雇うわけにはいかないよ。なにしろ、この取引が成功しなければ、わたしは船長でなくなってしまうだろうからね」

「それはしかたない、船長さん」アディーノは肩をすくめた。「マヴィーノがいる場所、教えれば、ぼく、船に乗れる。それが約束」

「けれども、この森は広大だ。どうやって彼を捜す？」

アディーノはなにかを取り出した。拡声器だ。「歌うか、船長さん？」

「歌うって、なにを？」ユースは唖然とした。

「なんでもいい。怒鳴ってもいい」とアディーノ。「彼は耳は澄ましているはず」

ようやく少年の意図が理解できた。アディーノのいうとおりなら、マヴィーノはこの凍てついた森のいたるところに集音器を仕掛けているだろう。

「きみに任せるよ」ユースは手を振った。

「そうか」アディーノは微笑むと、ほんとうに歌いだした。

それから一時間と経たないうちに、作曲家マヴィーノがやってきた。彼は怒り心頭に発していたので、その後の交渉に苦労した。しかし、彼の作曲の秘密を知っていたのが幸いして、ユースは目的を果たすことができた。

この取引は思いがけない結果を生んだ。黒字だったのである。

マヴィーノの作風の変化が、三年間の失踪生活のあいだに新境地を開いたせいだと多くの地上世界《ナヘーヌ》で誤解され、新曲の人気が高まったおかげだった。

もちろん、ユースが真実を口にすることはなかった。

アディーノは〈鉄の翼《スパス・スレンナ》〉号の乗員として迎え入れられた。

最初のうちこそ、なにひとつ技能を持ち合わせていない少年と狭い居住区を分け合う羽目になった乗員たちは不満を口にしたが、アディーノがたいへん気の利く少年であることがわかると、その不満も静まっていった。

さて、アディーノの父が幼い息子を連れ回した理由だが、じつのところ、アディーノにもわからないのだった。その父親は、これまたわからない理由で息子を置き去りにしてほかの地上世界《ナヘーヌ》へ旅立ってしまったという。アディーノがフェゼール伯国《ドリユヒユーニユ・フェゼル》から出ようとした理由のひとつに、父親を捜し出して一発ぶん殴りたいからというものがあった。

アディーノはとある邦国で父親と偶然再会し、〈鉄の翼《スパス・スレンナ》〉号の乗組員たちが一生忘れられないような事件を起こすのだが、それはまた別の話である。

戦慄

戦争が始まった。

ソバーシュ・ウェフ＝ドール・ユースは交易を打ち切り、帝都《アローシュ》に舞い戻り、星界軍《ラブール》に復帰願いを出した。

一カ月の現役復帰訓練を経て、一階級、昇進した彼はスファグノーフ演習基地《ロニード・ケスドール・スファグノム》に配属された。基地司令部附——それがソバーシュに与えられた肩書きだった。

着任の挨拶のため、基地司令官室にむかうソバーシュは緊張していた。

緊張することは珍しくない。見知らぬ人間と交渉するのはいつも緊張するものだ。いうまでもなく緊張している色を外に出さないことは大事なことであり、ソバーシュはそれに長けているつもりだった。

だが、いま感じている緊張はふだんとは違う種類のものだった。若いころ、星界軍の翔士《ロダイル》となったが、たいていの者が十翔長《ローワス》ぐらいまで勤めて予備役にはいるのに比べて、ソバーシュは後衛翔士《リニエール》になるやいなや、とっとと小さな交易船を借り、星の海を飛び回る生活を選んだ。さいわい、最初の交易でかなりの財産をつくったので、帝都で数年、遊び暮らしたりしたものの、けっきょくは交易生活が恋しくなり、また船暮らしに戻った。

交易船では、ソバーシュが王だった。自分の判断と責任で行動し、さまざまな世界の出身者からなる船員たちを統率した。

自分に上司がいるというのはじつに久しぶりの状況なのである。

ソバーシュは心の片隅で状況をおもしろがっていたものの、やはり緊張せずにはいられない。そして、この緊張をうまく隠しおおせているかについては自信がなかった。

「きみは地上世界《ナヘーヌ》に詳しいそうだね」敬礼もそこそこに、数十年ぶりにできた上司——司令官《レシエーク》はいった。

「いえ」ソバーシュは謙虚にこたえた。「商売柄、いくつかの地上世界を巡りましたが、それほど多くの世界を知っているわけではありません」

交易者として生活するのはアーヴにとってふつうのことだ。だが、ソバーシュは領民《ソス》をちょくせつ相手にするところがいささか特別だった。交易者は諸侯《ヴォーダ》を相手にするのが通例であって、地上世界に自分の足跡を記すことを厭わないのは、とびきりの変人と思われてもしかたがない。

　もっとも、ソバーシュは自分のことを変人とは見なしていなかった。地上世界に降りるのは諸々の理由からしかたなくそうしているのであって、べつに好きこのんで降りているわけではない。まあ、ときに小さな楽しみが地上世界に転がっていることを否定はしないが。

　だが、きっとこの司令官はソバーシュのことを誤解しているにちがいない。つまり地上世界好きの変質者と。

「そこでだ」司令官はうなずくと、「きみを見こんで特別な任務を用意させてもらった」

　眉を顰めたくなるのを、ソバーシュは堪えた。この目は、なにか厄介事を押しつけようとたくらんでいる人間特有の目だ。ソバーシュも商売人である。このあたりの感覚は鋭い。

　だが、交易船の主から軍士《ボスナル》に戻るにあたって、すべての命令を受け入れよう、と決心していた。「それは光栄です」と心にもないことをいい、過酷な運命に耐える心の準備をした。

「前衛翔士《レクレー》はワローシュ伯国《ドリユヒユーニユ・ワロク》という邦国《アイス》を知っているかね？」

　ソバーシュは衝撃を受けた。きっとひどい任務を押しつけられようとしているのだとは思っていたが、ワローシュ絡みの任務とあっては予想以上だ。すべてを受け入れるという決心が揺らいだ。

「一般的なことしか存じません」ソバーシュは強調した。「わたしはワローシュ伯国には行ったことがありませんから」

「だが、きみはずいぶん多くの地上世界出身の船員を雇っている、ときいているが」

「雇っていた、です」ソバーシュは指摘した。「わたしの使っていた〈鉄の翼〉《スパス・スレンナ》は皇帝《スピ》陛下《ユネージュ・エルミタ》にお返ししましたし、船員《ダクフ》のうち、従士《サーシュ》になることを希望する者にはその手続きをとり、そうでない者には退職金を渡して、故郷へ返しました。それに、それほど多くの船員を雇っていたわけではありません」

「しかし、そのなかにワローシュ人《ワロクード》がいたということはないかね」

「おりました」ソバーシュは渋々認めた。「わたしは出身地で差別しない主義ですが、あれ以来、ワローシュ人だけは忌避してきました」

交易生活には苦も楽もあるが、ワローシュ人の船員の巻き起こした騒動は、とくに苦い思い出だった。

「羨ましいことだ」司令官は溜息をついた。「星界軍にはその自由はない」

「つまり、わたしはワローシュ人の問題を解決しなければいけないのですか？」

「そうだ。ワローシュ人とつきあいのあった部下に来てもらえて、わたしは心の底から喜んでいるのだ。歓迎するよ、ソバーシュ前衛翔士」

歓迎されて、これほど嬉しくないのは初めてだった。

帝　国《フリューバル》はさまざまな地上世界を内包しており、とうぜん多彩な民族が存在する。だが、アーヴは特定の民族を差別するということは滅多にしない。区別がつかないので、差別のしようがないのだ。諸侯なら、自分の民とそれ以外の区別ぐらいつくだろうが。たしかに、ソバーシュは貴重な例外ではあるのだった。

だが、ワローシュ人だけは別格だ。〈人類統合体〉の国民を帝国内の一地上民族と誤解しているような無知なアーヴにでも、ワローシュ人とそれ以外の地上人の区別はつく。

アーヴにとって、ワローシュ伯国とそれにまつわる事柄は忌むべきことだった。

ワローシュ伯国が帝国領になったのは古い。その地上世界はディシャンデルと呼ばれており、そこそこの工業力を持ち、治安状態はきわめて良好である。にもかかわらず、だれもワローシュ伯爵になりたがろうとしない。帝　位《スケムソラジュ》がスポールのものなら、嫌がらせ用の封土としただろうが、すべての諸侯にとって幸いなことに皇　帝《スピュネージュ》はアブリアルなので、ワローシュ伯国は皇帝直轄領として、代官《トセール》に統治されていた。

だが、ワローシュ人はアーヴにとって身近な存在だった。なぜか彼らは従士《サーシュ》になりたがるのである。できれば排除したいのだが、出身地を理由に入隊を拒むことはできない。

「それで、どのような任務なのですか？」

「当基地にもワローシュ出身者が何人かいる。どうも彼らが不穏な動きを見せているのだ」司令官は告げた。「うまく尻尾をつかめれば、彼らを放り出すことができるかもしれない」


特別任務のために、司令官は部屋まで用意してくれていた。

その部屋でソバーシュは下調べを始めた。

司令官は「何人か」と表現したが、それはきわめて控えめな表現だった。従士《サーシュ》の半ばがワローシュ人なのだ。

従士におけるワローシュ人の割合は高い。だが、この演習基地ではその割合をすぎて高いのだった。多くの地上世界出身者を家臣《ゴスク》として召し抱えているような権門ならともかく、ラクファカールで一般のアーヴは彼らと接触する機会が少ない。だが、星界軍《ラブール》ではいやでも彼らとつきあっていかなければならず、ときには生死をともにする。それで、ここでは地上人《アイプ》との付き合いかたをも訓練しなければならないのだ。それなら、とくにひどいのを最初に見せておくべきだ、とだれかが考えたのだろう。

ワローシュ人《ワロークード》たちは思考結晶網《エーフ》で連絡を取り合っているらしい。通話記録は半ば個人情報扱いで、他人が見ることはできないようにはなっているのだが、ソバーシュは任務とともに特別な権限を与えられていた。

ソバーシュは覗いた。職務上のことではあるが、多少の興味がなかったといえば嘘になる。

ワローシュ語で書いてあるので、理解できない。翻訳を試みた。

機械翻訳された文章を眺めて、ソバーシュは途方に暮れた。アーヴ語なのだが、やはりほとんど意味がわからないのだ。むしろ、かえってわかりにくくなった一面もある。もとの文章には文字や記号で絵らしきものが描かれていたのだが――絵を描くのに不適な文字や記号を使うことはソバーシュには理解しかねたが、きっと宗教的な理由でもあるのだろう、と無理やり自分を納得させた――、アーヴ文字にしてしまうと、まったく意味がなくなってしまうのだ。

気を取り直して、かろうじて意味のわかる文章を拾ってみる。

「ビボース台所は行ってもかまいません」

「あなたのようなスポール台所こそ排泄物だと断言できます。接続纓《キセーグ》で首吊りしなさい」

「そのようなあなたに発芽します」

「これは詩です。ところで、アブリアル発芽はいないのでしょうか？」

「アブリアル発芽など、ウングガングでアスケルペルン、エトーメスクライパールングツガ。以上の理由で道行き発芽は氏族です」

やっぱり意味がわからないが、最後の発言はなにかとてつもない不敬を働いている気配を漂わせている。

とにかく頻出する単語は「台所」と「発芽」。そして氏族名が出てくる。そして全員が異様に首吊りに執着しているようで、不気味だった。

たしかに陰謀を感じさせる。

どんな陰謀なのかはわからないが、一生関わり合いたくないような類のものであることは確実のように思えた。

無意味な単語の大海からなんとか情報を拾いあげようという虚しい数時間の苦行ののち、ソバーシュはこめかみを揉みほぐして、頭を休めようとした。

呼び鈴が鳴った。

「船渠部《ソール》のエデン一等軍匠従士《サーシュ・スケム・カースナ》です。入室をご許可ください」

ソバーシュは名簿を一瞥し、エデンがワローシュ人の一人であることを見て取った。

なぜここに来たのかわからない。通信を覗いているのがばれたのか。

ばれたらばれたでいっこうにかまわないのだ、と腹を括って、ソバーシュは彼を招き入れた。

エデンは纏まりのない髪型をした、妙に顔色の悪い男だった。それはいいのだが、彼はひとりではなかった。エデンの後ろから数人の従士がついてきていた。皆一様に、にやにや笑っていた。

「なんの用だね？」驚きを抑えて、ソバーシュは尋ねた。

「前衛翔士《レクレー》の氏族《フィーズ》はなんですか？」といきなり訊く。

「もちろん、ソバーシュだが」いささか間抜けだと思いつつ、こたえた。

「そうではなく」エデンは苛立ちを見せた。初対面の上官に対してあるまじき態度だった。「前衛翔士の姓称号《サペーヌ》はウェフでしょ。だったら、根源二九氏族のどれか、まあ、アブリアルでないことはたしかですから、二八氏族のどれかの系統につながるわけでしょ。それを訊いているんです」

「そんなことを訊いてどうするつもりなんだね？」とりわけて隠すようなことではないが、ソバーシュは警戒して即答しなかった。

「ええ。理由を話さなきゃ、教えてくれないんですかぁ」間延びした甲高い声で、エデンはいった。

　もしかして抗議されているのだろうか、と訝りつつ、「必要なことなら教えるよ。しかし、いまわたしは職務中だ。きみと雑談するわけにはいかないのだよ」

「ケチ〜〜」エデンについてきた従士たちが一斉に声をあげた。

　頭がくらくらしたが、ソバーシュはすぐ気をとりなおした——そうだ、これがワロー《ワロ》シュ人《クード》だ。後ろの従士たちはまだ自己紹介もしていないが、彼らもまたワローシュ人であることはほぼ確実だった。帝　国《フリユーバル》のためにもそうであることを願った。こんな場の読めない国民《レーフ》を生み出す地上世界《ナヘーヌ》がふたつ以上、あってたまるものか。

「職務中なのだよ」ソバーシュはエデンの目を見て、ゆっくりと話した。ワローシュ人にごく当たり前の道理を説くときにはそうするのがいちばんだときいていたのだ。

「おれたち賭をしていたんです」姓名不詳のひとりがいった。

「賭博は星界軍の任務にはないはずだがね」ソバーシュは指摘した。

「まあまあ、堅いことはいわず。おれ、前衛翔士は絶対、ローフだと思うんですけど」

「おれはソスィエ」

「おれは……」と口々に勝手な憶測を並べ立てる。

「職務中なのだよ」ソバーシュはくりかえした。

「だって、職務ったって、われわれの会話記録を見ているだけでしょ」ひとりがにやにやしながらいった。

やはりばれていたのか――ソバーシュは基地思考結晶網《エーフ・ロニーダル》の保安を強化することを具申すべきだと決心した。

「任務の内容を部署違いの従士に明かすつもりはない」ソバーシュはきっぱりといった。

「用がないのなら、出ていきたまえ」

「取引しましょう」エデンは早口でまくし立てた。「その会話の内容を知りたくありませんか？　あっ、おれ、そのなかでは『楽園』って名前で出ているんです。けっこう中心人物なんですよ」

「教えてくれるというのかね」ソバーシュは意外に思った。

「ええ。前衛翔士の氏族を教えてもらえれば。べつに秘密にしている訳じゃないんです。ただ仲間内で盛りあがっているだけなんで、一般人には面白くもなんともないと思って。それに、茶々入れられると、こっちも面白くないし」

ソバーシュはワローシュ人たちを見まわした。彼らは期待のこもった眼差しをむけている。

ソバーシュは屈した。とっととこの仕事から離れたかったのだ。

「すまないが、ソバーシュ前衛翔士《レクレー》」眉間に皺を寄せて報告に耳を傾けていた司令官《レシエーク》は耐えきれなくなった様子で遮った。「さっきから『萌える』という単語が出てくるが、それはどういう意味だね？」

「植物が芽生えることです」ソバーシュはこたえた。

「辞書的な意味は承知している。だが、どうにも話の脈絡とつながらないのだが。どうして氏族と植物の発芽が関係するのかね」

ソバーシュはなんとこたえるべきか逡巡し、口を開いた。「古代の賢人が時間についてこういったそうです。『人に訊かれなければ、わたしはそれを知っている。だが、尋ねられて説明しようとすると、わたしは知らない』と」

「だが、時間についてなら、厳密に定義できる」司令官は指摘した。

「その賢人が生きた時代に比べれば、人類はたしょう進歩しました。しかし、『萌え』を厳密に定義するにはまだ足りないのでしょう」

「だが、きみはいまやその感覚を共有しているのだな」

「認めたくありませんが」

司令官は、なにか名状しがたく悍《おぞま》しいものにむけるべき眼差しで、「わたしは共有するつもりはない」

「わかります」ソバーシュは無表情を保つことに努め、「ともかく、わたしの理解した範囲では、彼らはどの氏族《フィーズ》がもっとも萌えるかを話していただけで、とくに陰謀を企んでいたわけではないようです」

茫洋とした表情で司令官は呟いた。「それを決めてどうしようというのだろう」

「いまのところとくに考えていないようです。賞品を押しつけようという意見もあるようですが……」

「それは阻止しなければならない」司令官はふるえた。

「同感です」もしもアブリアルが最萌え氏族だと判定されてしまったのなら、そして帝《ルエ》室《ジェ》にワローシュ人《ワロクード》たちの独特な価値観に基づく賞品が贈られてしまったら……なにが起こるか考えたくもなかった。いや、だいじょうぶだろう、なにしろアブリアル萌えは『ウングガング』で『アスケルペルン』、しかも『エトーメスクライパールングッガ』だそうだから。

かくなるうえは、この演習基地《ロニード・ケスドール》に本物のアブリアルが紛れこんでこないことを祈るのみだった。ソバーシュには皇族《ファサンゼール》と会った経験があった。その経験からいうと、彼らが実際にアブリアルのひとりを目にしたとき、その考えは簡単に覆り、彼らの会話が「アブリアル萌え」という文章で埋め尽くされるのは明らかだった。

「できれば、これで任務は完了と認めていただき、わたしは艦上の配置をいただきたいと思います」ソバーシュは要求した。

「いいだろう」司令官はあっさり認めた。「だが、そうだな、配置は……」

そのとき、警鐘《ドウニート》が鳴った。司令官は秘話回線を開き、緊急事態の内容に耳を傾ける。

「前衛翔士」司令官は告げた。「早速だが、出動してもらいたい。巡察艦《レスイーペリア》の連絡艇が近傍までやってきている。追われているようだ。収容しなければならない」

「わかりました」つい晴れやかな声が出てしまう。

もちろん、このときは巡察艦ゴースロス連絡艇の乗員がワローシュ人たちにどのような刺激を与えるかはまったく予想していなかった。

演習基地の憂鬱はつづく。

作者敬白‥原作世界の帝国にスファグノーフ演習基地およびワローシュ伯国は存在しません。念のため。

誕生

その星霧《ヒール》はたいそう若かった。まだ広がりつつあり、焼けただれた惑星をいくつかともなってさえいた。

のびていく濃密で熱い星間物質の腕の彼方に平面宇宙《ファーズ》への入り口、〈門《ソード》〉がひとつ浮かんでいる。

対放射能防御場を展開した宇宙船がそこから通常宇宙《ダーズ》に舞いおりてきた。

宇宙船は〈ローマセル〉と名づけられた小型交易船で、乗員はふたりきりだった。

「星霧《ヒール》か……。星の屍ね」操舵室に映し出される外部映像を眺めて、〈ローマセル〉の乗員のひとりプラキアがつぶやいた。

「そなたの発想は後ろ向きだな、わが愛よ《ファル・ネージュ》」もうひとりの乗員であるドゥビュースはたしなめた。「どうせなら、新しい星の源といえばいいものを。それに、新しい命の源でもある」

彼らはアーヴと呼ばれる種族に属していた。『星たちの眷族《カルサール・グリューラク》』と自称することもある。惑星の地表に住むことをいとい、星々の狭間を駆けめぐるのを日常とする人々だった。かつては巨大な都市船に乗って、孤立した諸世界と交易することを生業としていたが、平面宇宙航法によって光速の壁を出し抜くことを憶えたのちは、ちょっとした帝国を維持して生計を立てている。

だが現在でも、交易船を仕立てるのは、アーヴの生活の重要な一部だった。

ドゥビュースとプラキアも帝国商船団から一隻の小型交易船を借り受け、事業にとりくんでいるところだ。

もっとも、彼らの仕事に対する態度はかならずしも情熱的とはいえなかった。船が小さいため、大量の荷は運べない。実際、借船料や燃料費を考えると、ようやく赤字にはなっていないという程度だ。

もっとも、ふたりにしてみれば交易というのは口実で、実質は蜜月旅行のようなものだったから、とりたてて焦りは感じていない。

ふたりともこの交易で利益を上げる必要はないのだ。とくにドゥビュースはたまたま帝国《フリューバル》を支配する氏族《フィーズ》の一員であり、生まれながらに保証された豊かな収入に比べれば交易で上げる利益などささやかなものでしかなかった。

とはいえ、アーヴにとって交易で損をするというのはかなり外聞をはばかるものではある。

いま、交易船に荷はのっていない。

この星霧に寄ったのは、経済上の観点からするとまったく無意味で、こうしているあいだに、刻一刻と赤字が現実化しようとしている。

この道草をいいだしたのはドゥビュースだった。星霧の壮大な眺めは満足のいくもので、できることなら何日でもここに留まりたい、と考えていた。しかし、アーヴの廉恥心が危機を訴えかける。いっそ交易などという名目をつけなければよかった、と後悔しはじめていた。

「前から考えていたんだけど」プラキアが切り出した。「そろそろ還らない？」

「着いたばかりだ。ろくに風景を楽しんでもいない」ドゥビュースの心はまだ壮大な星霧の眺めに奪われていた。「もう二、三日いいではないか、交易に戻るのは」

「そうじゃないわ」プラキアはふりむき、いいにくそうに、しかしきっぱりと、「ラクファカールへ還ろうといっているのよ」

「それはまたきゅうな話だな」ドゥビュースは眉をしかめた。彼女の提案はこの蜜月旅行をやめようということを意味する。「愛が冷めたのか？」

「ううん」プラキアは首をふる。「大好きよ、わたしの可愛い殿下《ファル・フィア・クフェーナ》。あまり認めたくはないけれども、銀河でいちばんあなたが好き」

「それではなぜ？」

「あなたとふたりきりでいるのは素敵だけれど、皆との生活がもっと素敵に思えてきたの。星界軍《ラブール》に戻りたい」

　ドゥビュースはしばらく沈黙した。

　やがて、口を開く。「では、やむをえないな」

「あなたのそういう物わかりがよすぎるところはちょっと気にくわないわ」

「どうしろと？」ドゥビュースは両手を前に差し出した。「捨てないでくれ、と泣きわめけば満足なのか？」

「それもいいわね」プラキアはふっと笑った。

「死んでもそんなことをしないのは、そなたもよく知っていように」

「アブリアルの誇りというもの？」

「人間としての誇りだよ」

「知ってる？」プラキアの口元にいたずらっぽい笑みが浮かんだ。「ラクリューシュ伯国《ドリュヒューニュ・ラクリュク》の領民《ソス》の見解を」

「どの見解？」ドゥビュースは片眉を上げる。

　ラクリューシュ伯国はこの交易で立ち寄った星系のひとつだ。が、なぜとうとつに持ち出されたのかわからない。

「わたしたちが人間かどうかについて。アーヴは人のまねごとをしている人工生命体にすぎないそうよ」

「それは公式見解ではあるまい」

人間ではない、という非難はアーヴにつきまとっていた。だが、たいていの世界ではそれを声高にいいたてないだけの慎みがある。

「限りなく公式見解に近いわよ。歴史の教科書に書いてあるんだもの」彼女の笑みがおおきくなった。「わたしたちからすれば孤立した人類世界を発見して征服したんだけど、あちらから見ると人工生命体の襲来になるらしいわ」

「やれやれ。そなたの自虐趣味にはときたまうんざりするよ。地上世界《ナヘーヌ》の教科書などこで入手した？」

「なにをいってるの？　ラクリューシュからガムテーシュまでわたしたちが運んだんじゃない」

星系間で情報をやりとりするには、船で運ぶのがいちばんだ。その気になれば大出力の凝集光砲《ヴォークラーニュ》で通信することもできるが、それではしょせん光の速さでしか行なえない。〈ローマセル〉のような小型交易船にとって、情報は重要な積み荷だった。

「そうなのか？　ああ、あの『教育資料一式』というものか」

「そうよ。船の思考結晶《ダテューキル》のなかにまだ入ってるでしょ、予備保存したものが」

「契約に基づいて消去した」彼はプラキアの金色の瞳をのぞきこみ、「だいたい荷を無断で利用するのは契約違反だぞ」

「堅苦しいわね」

「契約厳守こそアーヴの倫理だよ」

「残念ね。ほかにもいっぱいおもしろいことが書いてあったのに」

「どうせわれらを悪し様に罵っている部分であろう、そなたが楽しんだのは。非難されるのが楽しいのか？」

「的外れな非難はね。的確な非難は頭にくるわ」

「それは理解できるな」

「でしょう。それに、けっこう好意的なのよ。帝国《フリューバル》はいわば便利な流通機械で、これを利用することによりわれわれは大いに発展したって記述してあったわ。そうそう、ラクリューシュの領民代表《セーフ・ツス》を彼らがどう呼んでいるかご存じ？」

「いや」

「アーヴ集合体保守責任者」

彼女はくすくす笑ったが、ドゥビュースにはさしておもしろくなかった。

「保守してもらった覚えはないけれどな」

彼は操舵士席に腰掛けると、頭環《アルファ》の接続纓《キセーグ》をひっぱりだした。

アーヴがアーヴたるゆえんは額の空識覚器官《フローシュ》にある。頭環、すなわち頭に装着する感知器具からの信号が、ここから彼らの脳に流れこむ。脳には航法野《リルビドー》という領域があり、流れこんできた情報を再構成する。

それで、彼らは空間をじかに感じとるのだ。視覚や聴覚どうよう、彼らにとって空識《フロクラ》覚《ジュ》は重要な感覚だった。

頭環はふだん、装着者の身体の空間を把握するのに使われるが、船の出力装置と接続すれば、船の感知器群との仲介も果たしてくれる。

ドゥビュースは空識覚を船外の状況にふりむけた。

星霧周辺は放射能嵐が吹き荒れていた。とうぜん、〈ローマセル〉の感知器の走査も著しく阻害されている。

ドゥビュースは顔をしかめた。放射能嵐のもたらす空識覚は幻想的だったが、ありていにいって気持ちが悪い。星霧は目で楽しむのが無難のようだった。

頭環を通常の状態に切り替えようとしたとき、ドゥビュースは異常に気づいた。

「どうやら先客がいるようだよ」状態が悪すぎてよくわからないが、どうやら船らしきものが近傍にいた。

「そう」彼女は興味なさそうに応じた。「物好きな人があなたのほかにもいたのね」

「三光秒ほどの距離だ。近いな」と首を傾げる。

「〈門《ソード》〉が近いからでしょう。不思議じゃないわ」

「軌道が変だな、〈門〉を利用しているにしては。まるで周回軌道をとおっているように思える」

「学術調査でもしているんじゃないの」すこしは興味がわいたらしく、プラキアも頭環から接続纓をたぐりだした。

　そのときには、ドゥビュースはもっと詳細な情報をえようと、〈ローマセル〉の思考結晶に命令をくだしている。

「おもしろいね、こいつは」ドゥビュースは画面をのぞきこんで、「これだけ放射線がふりそそいでいるのに、防御場を展開していないよ」

「船じゃないんじゃない？」

「そうかもしれない」彼はプラキアの顔を見上げた。「でも、明らかに人工物だ」

　彼女はドゥビュースの肩に手をおいて、かがみこみ、『先客』の表面を覆う物質の分析結果に視線を注いだ。「なるほど、古代の遺跡ってわけかしら？　このあたりでは珍しくないんじゃなくて」

「思考結晶《ダテューキル》、過去の調査結果と照合し、この物体を特定できるか試してみるがよい」ドゥビュースが命じた。

即座に答えがかえってきた。「特定できません」

「プラキア」ドゥビュースは片目をつむってみせた。「けっきょくのところ、この寄り道もそう悪い考えではなかったであろう？」

〈ローマセル〉がその物体と邂逅するのに二六時間かかった。

推進剤の消費により、交易の収支は完全に赤字となった。

だが、新発見なら赤字を出したことは見過ごしてもらえるだろう。もし新発見でなければ、黒字に転じるまで交易をつづけるようプラキアを説得できるかもしれない。

どちらに転んでも損にはならぬな――ドゥビュースはそう踏んでいた。

軌道を同調させると、〈ローマセル〉は自らの防御場で相手をくるみこんだ。

放射線を遮ると、物体の輪郭が空識覚でもくっきりととらえられた。

ふたりにとっていささか見慣れない形状であるものの、明らかに宇宙船だ。

船の名は読みとれない。表面は焼けただれ、宇宙塵の残した無数の傷跡に覆われている。そもそもどこかに文字が記されていたのかもわからない状態だ。

帝国にとって既知の船ならば二〇〇〇年前のものまで記憶している思考結晶にも、その船の形式を特定することはできなかった。しかし思考結晶は、核融合推進船ではないか、と外観から推察した。まだ対消滅推進が一般的となる以前の船と共通点が多いという。

「昔の星系内航行船かな。それにしては未知だというのが奇妙だな」ドゥビュースはつぶやいた。

「調査もれがあっても不思議じゃないわ」とプラキア。

「乗り移ってみようか」ドゥビュースは提案した。

「いやだといったら、あなたひとりで行ってしまうんでしょ?」プラキアは悟りきったように、「いいわよ、つきあうわ」

「こんなに息の合うふたりなのに、蜜月を終わらせようというのか?」

「息が合うんじゃなくて、わたしが合わせてあげているのよ」プラキアはぴしゃりと、「せめて移乗予備作業はあなたがやってくれるわよね、わたしの可愛い殿下《ファル・フィア・クフエーナ》」

「前からいっているだろう」彼は苦笑しながら、立ちあがった。「そなたに『わたしの』と呼ばれるのは光栄の至りだがね、頼むから『可愛い』と形容するのはやめてくれないか」

にっこり笑うと、プラキアはぽんぽんと手を叩いた。「さっさと動きなさい」

「きみはほんとに翔士《ロダイル》むきだな」ドゥビュースはぶつぶつとこぼした。

艚口《ロー》を接続することはできなかったので、梯索《カリユグ》を打ちこんだ。

一〇〇〇ダージュほどの間隔で二隻の船を固定すると、与圧服《ゴネー》を着こんだふたりは真空に出た。

〈ローマセル〉の船殻を蹴った反動で翔んでいく。ふたりとも梯索にそって飛んでいるが、触りはしない。

ゆりかごから出るとすぐ無重力になじまされるアーヴには、真空空間を遊泳するのは歩くよりもたやすいことだった。

行程の半分をすぎたころ、ドゥビュースは与圧服の腰帯《ウェーヴ》につけていた鉤をとった。それを梯索にひっかけて、減速を開始すると同時に身体の向きを変える。

プラキアも同じようにしてついてくる。

不明船の船殻に足が着いたときには、きれいに速度を殺していた。

船殻にたどりつくと、二手に分かれて入り口を探す。

「こっちよ、わたしの可愛い殿下《ファル・フィア・クフエーナ》」プラキアの声が与圧兜《サプート》のなかで響いた。

「可愛いはやめてくれ、というのに」ドゥビュースはこぼしながら、プラキアのほうへむかった。

空識覚にはっきりとプラキアの位置はとらえられている。

船殻には金属反応があるが、磁力靴で歩いていくのが面倒になって、彼は推進銃《ワーリア》を使った。

プラキアが船殻のうえでかがみこんでいた。

そのそばに艚口が見える。

推進銃をふかして、彼女のそばに着地すると、ドゥビュースは尋ねた。「開きそうかね」

「たぶん」プラキアは短くこたえる。

「なんだ、まだ試していないのか」

「力の要るのはあなたの仕事でしょ」

「いつ決まったのだ？」ドゥビュースは憮然とする。

「このちょっとした道草はすべてあなたがいいだしたことなんですからね、殿下《フィア》」両腰に手をあてて、プラキアはいいきかせた。

「もちろん、わかっているよ、独裁者《ダロミア》」自分の称号《トライガ》をプラキアがきっぱりと口にしたとき、いかなる抵抗も無駄だと彼は学んでいた。「ちょっと確認したかっただけだ」

ドゥビュースは艚口の周囲を検分した。非常用の手動開閉装置はすぐ見つかった。

「人類の手によるものであることはたしかだな。つまらぬ、異星起源の船なら大発見だったのに」

「これだけでもじゅうぶんに劇的な事件なんだから、我慢なさい」

「わかっているとも」彼は手動開閉装置の把手を引きだした。

手動開閉装置のような基本的なものは、長い年月のあいだでもさほど変化がない。すくなくとも人類の手になるかぎり、どこの船であろうと似たような意匠だ。

そして、人類以外の手になる宇宙船はいまのところ発見されたことがなかった。もっとも、ラクリューシュ伯国の領民の見解によれば、アーヴの船は人類以外の手になるものとなるが。

ドゥビュースは把手をまわしはじめる。

把手はごくなめらかに動いた。

とつぜん、艚口の扉が開く。気閘室《ヤドベール》に空気が残っていたらしい。その内圧が扉を押しあげた。

さっそくドゥビュースが入ろうとすると、プラキアが制止するそぶりを見せた。

「ねえ、やっぱり内部調査は専門家に任せたほうがよくはなくて？」

「なにをいまさら」ドゥビュースはすましてこたえた。「発見者の特典だよ。来たくなければ来なくてもよいよ」

「あなたを野放しにするですって？」プラキアは眉をしかめ、「問題外だわ」

「そなたの寄せる信頼感の絶大なこと、いったいいかなる根拠に基づいているか知りたいものだよ」

「ほんとに知りたい？」彼女は挑むように問いかけた。

「いや、いい」彼は首をふって、気閘室にもぐりこんだ。

プラキアもつづく。

外扉を閉め、内扉を開きにかかった。いうまでもなく、把手をまわすのはドゥビュースの役目だ。彼にも学習能力があったから、あえて議論の対象にしようとはしなかった。酸化のせいでなにかが劣化しているらしく、こちらの把手は重かった。

船内に入ってから、ドゥビュースは船内大気の分析結果を出力した。「呼吸可能、細菌なし。まあ、あれだけの放射能にさらされていてはとうぜんだな」

「ありがたいわね」プラキアはさっさと与圧兜《サプート》をとった。空間種族たることを誇りとするアーヴにとっても、与圧服は窮屈なものだった。

思い切りがよすぎることをたしなめようとしたが、考えなおしてドゥビュースも与圧兜を脱ぐ。

与圧服の肩に装着されている照明をつけた。空識覚のおかげで暗黒でも苦労はなかったが、やはり目でも認識しておきたい。

左右にのびる通路が光のなかに浮かびあがった。通路は殺風景な灰色だった。もともとそんな色だったのか、長い年月のうちに変化してしまったのかはわからない。

「さて、探検の始まりだな」ドゥビュースは声が弾むのを抑えきれなかった。

プラキアは冷ややかな眼で、「わたしの可愛い殿下《ファル・フィア・クフェーナ》と呼ばれる理由が自覚できた？」

ドゥビュースは無視して翔びはじめた。

気閘室の扉があったほうの壁には、軌条が走っていた。その逆方向の壁にはいくつもの扉が並んでいる。

ドゥビュースは扉のひとつをあけようとした。

だが、手動では不可能だった。与圧服の腰帯に下げた道具もいくつか試してみたが、歯が立たない。

「あきらめたら？」プラキアが勧告した。

「そうしよう」彼は悪戦苦闘するのをやめた。

あとは爆破ぐらいしか手だてが残っていないが、貴重な古代遺跡かもしれない漂流船でそこまでするつもりはない。

だが、探検そのものを中止する気にはまだなれない。とりあえず通路を漂ってみる。

「へんだな。はじめてきたはずなのに、みょうに懐かしい気がするよ」ドゥビュースはもらした。

「そう？」プラキアは左右を見まわす。

「ああ」彼は思いだした。「帝宮《ルエベイ》の中核部分に似ているんだ」

「なるほど」彼女は納得したようだ。

帝宮はかつて、星々のあいだを放浪する都市船だった。そして、都市船となる前は、核融合推進の星間調査船だった。

何回にもわたる改装をへて軌道都市となっているが、記念碑的な意味も含めて、帝宮には星間調査船だった部分がそのまま保存されている。

やがて、通路と直交する螺旋階段があらわれた。螺旋階段の中央には直径五〇〇ダージュほどの円筒がとおっている。

「加速中にはこれが上下方向になるのだよ。このあたりの造りもそっくりだ」ドゥビュースは円筒を指し、「あれはたぶん昇降筒《ドプロリア》だな」

「じゃあ、始祖がいたころの時代のものね」

「そうなるな。たぶん一〇〇年と離れていないはずだ」彼は螺旋階段を眺めた。「始祖の時代のものなら、あれが船橋に通じている可能性が高いな」

「ねえ、ほんとうにひきかえさない？　あとは正式の調査隊に任せたほうがいいわ」

「ここまで来て？　だいじょうぶ、むやみに破壊活動をするつもりはないよ」

「そうじゃないの」プラキアは首をふり、「なにかいやなものを見そうな気がするのよ」

「死体が怖いのか？」

難破船には死体が付き物だ。

実をいえば、ドゥビュースは無惨な死体というものを見たことがない。見たことがあるのは葬儀に際して死に化粧を施された死体だけだ。プラキアにしても事情は同じだろう。

　ふたりとも翔士として軍にあったが、実戦経験はないし、訓練中の死亡事故も目撃したことがなかった。

　この船の乗員がどんな形で死んだかわからないが、安楽な死ではなかったことはじゅうぶんありえる。そして、細菌のいない環境は恨みを含んだ形相まで保存しているかもしれない。

「ばかいわないで！」強がりもあるだろうが、まんざらそれだけと思えない口調だ。ドゥビュースにも思い当たることがあった。そう、ほんとうに恐ろしいのは死体と対面することではない。

「弱気とはそなたらしくないな」

「なんとでもいって。でも……」

「無理強いするつもりはない。けれども、わたしは行くよ。ここでひきかえしたら、悔いで眠れなくなりそうだ」

「不眠症で苦しむあなたは想像がつかないわ、殿下《フィア》」

「可愛い、とはつけてくれないのかね？」

「そんな気分じゃないもの」

ドゥビュースは船首方向と思えるほうへ翔んでいた。

空気抵抗で速度が落ちると、螺旋階段の手すりや円筒に手をついて加速する。

後ろをふりかえると、プラキアもしぶしぶのようすでついてきていた。

ひとりにされるのが怖いんだな、とドゥビュースは密かな笑みをもらした。

アーヴは宗教を持たない。霊の存在も解決済みの問題として否定している。

それでもなお、なにか不可知のものへの恐怖は心の奥底に残っている。

ラクリューシュ伯国の領民がなんといおうと、これこそアーヴが人間であることの証拠ではないか、とドゥビュースは思う。

もちろん、その恐怖はドゥビュースと無縁ではない。

やがて突き当たりに達した。螺旋階段の端のところに扉がある。

ドゥビュースはプラキアが着くのを待った。

「じつのところ、そなたがついてきてくれてうれしいよ」彼は正直に打ち明けた。

「そう」プラキアの顔は青ざめていた。そして、与圧兜《サプート》をかぶりなおす。

「なぜそんなことを?」ドゥビュースはいぶかしむ。

「気分の問題よ」プラキアは説明した。

「なるほど」納得して、彼も与圧兜をかぶった。

こちらの扉は簡単に手で開いた。螺旋階段が非常用に設けられているとすれば、とうぜんのことだろう。

扉から一歩踏み出すと、ドゥビュースの推測どおりそこは明らかに船橋だった。それなりに機能的に見える制御卓《クロウ》が六台、設置されている。

制御卓の前にしつらえられた席は、いつつまでが空席だったが、ひとつだけ乗員が坐っていた。

ドゥビュースからは、背もたれからつきだした後頭部だけが見える。

プラキアも気づいたようだ。

与圧兜《サプート》をかぶったのは正解だったな——彼は思った。船橋には死体から剝離したらしい茶色いものが漂っているのだ。害はないとわかっているものの、うっかり吸いこんでしまったりしたら気味が悪い。

乗員の坐る席に、ドゥビュースはおもむろに近づいた。

「やめて……」プラキアがつぶやくように頼む。

「最愛なる者《ボネガリア》よ。そんなふうにおねだりされてしまうと、なんでもきいてしまいそうだよ」口ではそういいながら、ドゥビュースは椅子を回転させた。

何百年も前に息絶えたであろう乗員は完全に乾固していた。なめらかな生地でできたつなぎがまったくそこなわれていないのがなにかの皮肉のようだ。無重力でも浮き出さないように、座席帯《アピューフ》をしている。両手を膝にのせ、くつろいでいるような姿勢だ。

干涸らびた顔に浮かぶ表情はわかりにくいが、穏やかに思えた。あるいは、感情がまったく欠落しているようにも。

そして、頭には金属製の環をかぶっている。

ふりかえると、プラキアは痛ましそうに死体を見つめていた。

ふたりは与圧兜をとって黙禱した。

たっぷり一分間の黙禱のあと、ドゥビュースは環に手をのばした。

「やめて！」プラキアは彼の手をつかんで、押しとどめた。

「真実が怖いのか？」

「怖いわよ」声がふるえている。「そっとしておいてあげましょうよ」

「どのみち、われらが明かさなくても、調査隊が入れば……」

「入らないようにすればいいじゃない」プラキアは熱に浮かされたかのように、「そうよ！　だれにもしゃべらなければいい。ふたりだけの秘密にすればすむことよ。そして、この船を星霧中心にむけて加速してやればいい。簡単なことじゃない！　この船は永遠に封印するべきよ」

「わたしは知りたいんだ、プラキア」

彼女はかすかに口元をゆがめた。「アブリアルの誇り？」

「いいや」ドゥビュースはきっぱりと否定した。「人間としての誇りだよ」

「その頭環《アルファ》をとっても……」いいさして、彼女ははっと口をつぐんだ。

「わかっているのではないか、プラキア。ならば、とろうととるまいと同じであろう」

そう、それは実用一点張りだったが、頭環に見えた。アーヴ以外の人類にはなんの意味もない器具。単なる飾りかもしれないが、彼にはそう思えなかった。

そっと環を外す。

死者の額には菱形の器官があった。アーヴの額にあるのと同じ空識覚器官《フローシュ》。

「われらが従兄弟どのと見える」彼はつぶやいた。

「どうして……」プラキアの声には嗚咽がまじっている。「どうして還ってきたの……。無駄だとわかっていたはずなのに」

それは彼も知りたいことだった。なにを思って死んでいったのか……。

「帰還するのが製造目的だったからだろうね」ドゥビュースは死者の頭環をもとに戻した。「われらの始祖よりよほどよくつくられたらしい」

「そんなふうにいわないで」涙をぬぐいながら、彼女は抗議した。

「すまぬ。いささか皮肉な気分なのでね」

「もう気がすんだでしょう？」

ドゥビュースは首をふった。「せめて、入りこめるところだけでも見ておきたいのだ」

「なぜ？」

「ここで帰ったら、逃げだしたみたいではないか」

「だれも見ていないわ」プラキアはふっと肩の力を抜いた。

「でも、そうね。反対する理由はないわ。もういちばん恐ろしいものは見てしまったから……」

船橋《ガホール》をあとにしたふたりは一時間ほど船内をさまよった。しかし、扉はどれもかたく閉ざされていて、侵入を拒んだ。

通路はどこも清潔で、生活のにおいがない。

ドゥビュースは船尾付近で手動開閉装置のついた艙口をみつけた。プラキアにうなずきかけて、彼は艙口を開いた。

はじめ、それがなになのかわからなかった。巨大な空間にいびつな球状のものが何百も漂っている。

「人だわ……」プラキアがあえぐ。

漂っていたのは、胎児のように身体を丸めた死体だった。茶色く変色した皮膚を見なければ、ただ眠っているだけと思える。

何百もの死体。

いや、ほんとうに死体といっていいのだろうか。破棄された生体機械というべきなのではないだろうか……。

ドゥビュースとプラキアは呆然とその光景を眺めた。

空間にはほかになにもない。もとは貯水槽か何かだったのだろうか。

剝離した組織片で茶色く濁る大気がしみだしてきたのに気づいて、ドゥビュースは糟口を閉めた。

「たしかにもうじゅうぶんだ」彼はつぶやくように、「船に戻ろう。そして、そなたの希望どおりラクファカールへ帰ろう」


「やっぱり、星の屍にしか見えないわ……」

〈ローマセル〉へ戻る途中、プラキアがいった。

天文学的な見地からするとごく最近まで、この星霧は恒星だった。

恒星に照らされた大地のもとで人類は生まれた。

まさにここで多くの偉業と愚行が成し遂げられたのだ。

恒星が星霧になるには若すぎ、そもそも軽すぎたことでは論議の余地がない。恒星の爆発は、この空間で行なわれた最後の壮大な愚行の結果だろう。それが意図的なものだったか、不幸な偶然だったのかは、いまのところ謎だ。永遠の謎になるかもしれない。

帝国《フリューバル》に反感を持つ者たちは、ドゥビュースの種族に嫌疑を抱いているが、それは完全なぬれぎぬである。

二五〇年ほど昔、アーヴが先祖たちの出発点に近い〈門〉を発見したときには、すでにこの星霧はあった。

その前に訪れたのは、まだアーヴが光速の壁を出し抜くすべにたどりついていない時代だった。そして、まだ恒星は五〇億年の寿命をあましているように見えたものだ。

われらがつくられたのは、偉業か、愚行か――ドゥビュースは考えた。アーヴをつくりだした者たちにとっては愚挙だっただろう。なにしろ、そのせいで滅ぶことになったのだから。

人類全体にとっては？　ドゥビュースにはわからない。

〈ローマセル〉の気閘室に入る直前、彼はもう一度、不幸な宇宙船を見やった。

ある軌道都市が、植民可能な惑星を探しださせるためにアーヴの始祖たちを産みだした。

だが、始祖たちは目的を果たすどころか、独立し、自分たちを宇宙に送り出した都市を滅ぼしてしまった。

難破船の乗員がアーヴと直接のつながりがあるとは思えなかった。帝国の母胎となった都市船を離れた人々がいたとは記録にないのだから。帝国成立後にもないし、なによりそう考えるには漂流船は旧式すぎる。

しかし、アーヴと同じ人工的な変異人類ではある。おそらく始祖たちを参考とし、目的も同じ植民地の選定だろう。ひょっとすると、産みだした者たちも同じかもしれない。ちがっていたのは、彼らが使命にあくまで忠実だったことだ。

太陽系が死の世界になっていることはかなり遠くからわかっていただろうに、そこへ飛びこんでいった。

人工生命体として製造された始祖たちは、自分たちも人間だという結論に達した。だが、この宇宙船の乗員たちは最後まで人工生命体のままだったのだ。

漂流船に封じられた死者の群れは、アーヴがそうあったかもしれない姿だ。あるいは、そうあるべきだった姿。

いや——ドゥビュースは思いなおす——彼らが人間として使命に殉じたのではないと、だれにいいきれるだろう？

ドゥビュースは視界のほとんどをしめる星霧をふりあおいだ。「いいや、新たな星と命の源だよ」

＊

帝都《アローシュ》ラクファカール・クリューヴ王宮《ラルベイ・クリュブ》——。

「久しぶりだな、わが愛《ファル・ネージュ》よ」ドゥビュースはプラキアを両手を広げて歓迎した。

交易に名を借りた蜜月旅行が終わって以来の再会だった。あれからもう一年以上たつ。

「お元気そうね、わたしの可愛い殿下《ファル・フィア・クフエーナ》」十翔長《ローワス》の真新しい階級章をつけたプラキアは微笑みを浮かべた。

「まだその呼びかたをやめてくれないのか」彼は失望の溜息をついてみせた。そう呼ばれなかったとしたら、ほんとうに失望したにちがいないのだが。

「あなたが変わったと確信するまではね」

ドゥビュースは微笑みを返して、彼女を移動壇《ヤーズリア》のうえにいざなった。

「その後、どうだね？」ドゥビュースは目的地を移動壇に指示しながら訊いた。

「突撃艦長《マノワス・ゲル》に内定したわ。なんという船をもらえるかまだわからないんだけど」

移動壇が走りはじめた。

「それはおめでとう」

「ありがとう。でも、ここまではだれでもとおれる道ですからね、これからよ」彼女は面白がるまなざしをドゥビュースにむけ、「平凡な新任突撃艦長のことはともかく、あなたのほうは王さまになるんですって？」

「そうなのだよ」ここのところ、それが最大の悩みの種だった。「妹のほうがむいていると、母には申しあげたのだが、きいてくださらない」

「むいてない、むいてない、か」プラキアはからかうように、「あなたの口癖よね。それでいて、なんでもちゃんとこなすんだから」

「そんなことはないよ。ところで」ドゥビュースは話題を変えた。「あの船の調査報告はもう読んだかね？」

「ええ……」彼女は暗い顔でうなずいた。

まだ調査は始まったばかりだが、中間報告が出ていた。

それによると、漂流船の乗員はやはりアーヴと同じように遺伝子改造された人々だった。

だが、いつどこで彼らが創造されたのかまったく記録が見あたらない。船内の情報も放射能に消去され、再生は絶望的だった。

独自に産みだされたにしてはあまりに共通点が多すぎるので、アーヴとなんらかの類縁関係があることはたしかだが、詳細は不明。

ただ、船の装置類を鑑定したところ、始祖たちが乗せられた調査船より旧式なものもあり、むしろ彼らのほうが古い可能性が出てきた。

彼らこそアーヴの原型である可能性もあながち否定できない……。

ドゥビュースとプラキアは発見者だから接することができたが、現時点で報告書は極秘指定になっている。

帝国中枢はいきすぎた秘密主義にはとらわれていないが――かといって広報活動に熱心というわけでもないが――、この事実をあまねく報せることは躊躇している。

「そなたがいったとおり、あれは封印すべきものだったのかもしれないな」

プラキアは肩をすくめただけでなにもこたえなかった。

そのまま会話もなく、移動壇は目的地に着いた。〈八頭竜《ガフトノーシュ》〉の紋章の浮彫のある扉には『誕生室《ピュア》』と記されていた。

ふたりは肩を並べて部屋に入った。

なかではすでに助産技士たちが待機していて、ドゥビュースの入室を認めると、一斉に礼をした。

「始めてくれないか」彼は指示した。

「はい」主任技士がうなずき、部下たちに合図をした。

目の前に人工子宮《ヤーニュ》がある。真っ黒な円筒だ。それが見るみる透明になっていく。

合成羊水のなかで女の赤ん坊が手足を縮こめて眠っているのが見えた。

プラキアから遺伝子提供を受けたドゥビュースの初子だ。

赤ん坊の姿から、ドゥビュースはふと漂流船の死者たちを連想し、自分に嫌悪感をいだいた。

「破水します」主任技士が告げる。

合成羊水が抜けはじめると、赤ん坊は驚いたように目を開いた。

破水過程が終わり、人工子宮の透明な側がせりあがる。

人工子宮の底に敷きつめられた弾力材のうえに、赤ん坊はとりのこされた。

「臍帯を切断します」

生命を維持していた機器群と嬰児をつなぐ管が外される。

とたんに、ドゥビュースの娘は盛大な泣き声を上げはじめた。

赤ん坊の身体をぬらしている合成羊水を技士のひとりが手早くふきとった。

「おめでとうございます」技士たちがいった。こういった場面には手慣れているらしく、見事に声がそろっている。主任技士がこちらにわからないように合図をしたのではないか、とドゥビュースが疑ったほどだ。

「ありがとう。ご苦労だった」ドゥビュースは礼をかえして、わが子をだきあげた。

用意されていた、薔薇の縫い取りのある産着で赤ん坊をくるもうとする。

緊張のあまり手がふるえた。

見かねたプラキアが手を貸してくれる。

「すまぬ」礼もそこそこに、ドゥビュースはわが子の顔をのぞきこみ、プラキアにいった。「まだそなたの面影はないな」

「あなたの面影も」

技士たちが黙礼して退出したのにも、ドゥビュースは気づかなかった。

まだ人間に進化する途上にあるように見える赤ん坊だが、遺伝子解析により将来の姿はわかっている。

この娘は麗しくなるだろう。遺伝子改造を日常とするアーヴに美しくない者のほうがまれだが、ドゥビュースの娘はとりわけて麗質に恵まれている。

すくなくとも彼はそう信じていた。

塩基配列に意識的な改変をくわえなかったことを考えると、驚くべきことだ。

「アブリアルにしては耳が小さいんじゃない？」とプラキア。

「ささいなことだよ」実際、彼は気に留めていなかった。

不器用な手つきであやしているうちに、赤ん坊はようやく泣きやんだ。眠りに戻ったようだ。

「ラフィールと名づく」ドゥビュースがささやくように命名すると、プラキアは驚きを面にあらわした。

「ラフィール？」

「そうだ、珠玉《ラーフ》は猛きアブリアルの姫であることを示す」ドゥビュースは赤ん坊を掲げた。

おかげで、ラフィールは短い眠りから醒め、ふたたび盛大に泣きはじめた。

ドゥビュースはかまわず、「星霧《ヒール》は命の源。生命の器を構成するには、超新星のなかで鍛えられた元素が不可欠だ。超新星が星霧となって、新しい星に凝集し、生命をはぐくむ」と一息にいうと、プラキアに視線をむけ、「頼むから、わが娘の旅立ちに不吉なことはいわないでくれよ」

「いわないわよ」心外そうに、彼女は唇をとがらせた。

「ラフィール。いい名前だと思わないか？」

「あなたにしては上出来」

「最大級の賛辞だな、それは」ドゥビュースは満足した。彼の想人《ヨーフ》がめったに褒めてくれないのを知っているので。「そうそう。そなたが遺伝子提供者《ラルリーヌ》だというのは黙っていてもらえないか」

「どうして？」赤ん坊の顔から目を離して、プラキアは訊いた。

「出生の秘密があったほうが子どもの人格は豊かになる」しかつめらしくドゥビュースは主張した。

「あなたの教育方針に口を出すつもりないけれど」プラキアは眉根にしわを刻み、「ばかげた考えだと思うわ」

「そうかね？」ドゥビュースは赤ん坊をおろし、胸に抱きかかえた。「いい考えだと思うのだが」

「まあ、恨まれるのはあなたですからね、仰せのままに」プラキアは膝をつくと、ラフィールの頰に口づけした。「父君の独特な教育方針に負けず健やかにお育ちあれ、殿下《フィア》」

「ほんとにどのような人間に育つのであろうな、そなたは」ドゥビュースは赤ん坊に話しかける。将来の姿形は遺伝子から類推できても、性格に関しては先天的なものの役割は限られている。

「まあ、あなたが育てるなら、ぎゃくに素直な子になるんじゃないかしら？」

「ぎゃくに、とはどういう意味だね？」

プラキアはくすりと笑って、「ほんとに知りたいの？」

「……いや」首をふると、ドゥビュースは、「思うんだが、けっきょく人は人のまねをして人になるのではないかね」

「あら」意外そうに目を開き、「あなたも気にしていたのね、ラクリューシュの領民《ソス》たちの意見を」

ごまかそうとしたが、うまいことばが見つからず、ドゥビュースは無言でうなずいた。

「わたしたちはここに人としている。それでいいじゃないの」

「そなたのほうこそ気にしていると思ったのだが」

「わたしの可愛い殿下《ファル・フィア・クファエーナ》……」

「その称号《トライガ》はこの子に譲るよ」彼は胸で泣きわめく赤ん坊を示した。

「可愛いといわれたくなかったら、そういういつまでもうじうじと悩む癖をなくすことね」

「うじうじと悩んでいるわけではない」内心傷ついていいかえそうとしたが、これ以上議論を進めるのは傷口を広げることになる、という確固たる予感があったので、やめておくことにした。

「まだ時間はいいの？」プラキアは促した。

「ああ」

帝室の一員にはいろいろと堅苦しい儀式がついてまわる。生まれたばかりのラフィールに、その最初の機会がせまっていた。

王宮の大広間では、命名の儀式が催されるのを、皇帝《スピュネージュ》をはじめとする帝国《フリューバル》の貴顕たちが待ちかねているはずだ。

そこでラフィールの名前が正式にひろめられる。パリューニュ子爵《ベール・パリュン》の称号も授与される予定だ。

赤ん坊がとうとつに泣きやんだ。

ドゥビュースが見おろすと、ラフィールはすやすやと眠っていた。

「さあ、行こうか」なかばプラキア、なかばラフィールにむけたつもりで、ドゥビュースはいった。

こうして、アブリアル・ネイ＝ドゥブレスク・パリューニュ子爵《ベール・パリュン》・ラフィールは波瀾に満ちた人生の第一歩を踏みだした。

もっともドゥビュースの主観のうちでは、彼の子育てのほうがよほど波瀾に満ちていたけれども。

暴君

「働く弟は美しいわ」長い航行から帰ってきた姉は、わたしの顔を見るなりそういったのです。

警戒しつつ、わたしはこたえました。「そうですか。残念ながら、おれには弟がいないから、よくわかりませんよ」

じつのところ、警戒するのは無駄だとわかっていました。姉がこのせりふを口にしたとき、すでに弟を扱《こ》き使おうと決心しており、わたしの力ぐらいでは、覆すことは不可能なのです。

やはり、いきなり殴られました。

姉はたいへん口べたでした。こんなことで社会を渡っていけるのだろうかと心配していたのですが、それなりに楽しくやっているようなのが、わたしにしては安心でもあり、不思議でもあったのです。

最近わかってきたところでは、姉は人一倍、気を遣う人間だったようです。そのぶん、鬱屈は弟に向いてくる、というわけです。

ともあれ、長いつきあいのわたしには姉の拳に込められた意味をかなり正確に解釈できました。

左側頭部に四五度の角度で拳が衝突したということは、「黙っていうことをききなさい」という意味なのです。

わたしは諦めました。「まったく、久しぶりに帰ってきたと思ったら……。それでなにをすればいいんですか？」

「ソビークよ」というのが姉の答えです。

「また荷物持ちをさせるおつもりなんですか？」口では不満そうに言ってみたが、内心、ほっとしていました。

恐れていたよりはよほどましでした。もっとひどい無理難題を持ちかけられるものと覚悟していましたから。

重い荷物を抱えて人混みのなかを引っ張り回されることや、理解不能な本を買うために長い列にならばされることぐらい、いままで姉に強要されたあんなことやこんなことに比べれば、どうということもありませんでした。

しかし、姉は無言で首を横に振り、「手伝いと売り子をね」と告げたのです。

「ま、まさか、姉上！」わたしは悲鳴をあげました。「それだけはやめてください。姉上は翔士《ロダイル》になったばかりでしょう。お仕事はどうするのです？」

「しばらく帝都《アローシュ》勤務よ」

「まさか、そのために転勤を希望したのではないでしょうね」

わたしの密かな祈りも虚しく、姉はうなずきました。「競争率は高かったわ」

「どうして、買うだけじゃいけないんですか⁉」

「満足できないの、もう」

「いままでは我慢していたんでしょ。耐えてください」せめて、おれが家を出るまで、といおうとしたとき、顎にほぼ垂直の一撃が炸裂し、わたしは吹っ飛びました。

「最終警告だ。これ以上逆らうなら、地上世界《ナヘーヌ》で蚯蚓と戯れていたほうがましだと思えるぐらいの目に遭わす」という意味が込められていたにちがいありません。

だが、引くわけにはいきませんでした。「いや、なんといわれようともだめです。そりゃあ、わが家は無名の一士族。ですが、守るべき名誉は……」

しかし、姉は自分の顔を指して、自分が次期当主だと主張しました。

ならばなおさらです、とわたしはいいつのったのですが、それから二時間かけて説得されました。説得が二時間ですんだのは、これ以上やると弟の回復がソビークに間に合わない、と姉が判断したからでしょう。

このときばかりは、最新の組織回復技術が呪わしかったものです。地上人より自然治癒力が優れているわれわれアーヴでも、医療技術の助けがなければ、数カ月は入院できたのに、と。もっとも、廃人になった可能性もあるのですが。

経験がおありかもしれませんが、組織回復はとても苦しいものです。魘《うな》されるほどの高熱に苛まれます。

姉はかいがいしく看護してくれましたが、それが加害者としての贖罪によるものでも、姉としての愛情によるものでもないことを、わたしはよく知っていました。いえ、たしかめるまでもありません。

しかし、治療中の苦い思い出も、回復してからのことに比べればなにほどのこともありませんでした。じっさい、回復してからのことは思い出したくありません。

われわれの文明では、すでに紙に文字を印刷するという習慣が失われてずいぶん経ちます。しかし、ソビークに出品されるものだけは例外です。これは一種の神事だからだと思うのですが、古式ゆかしいやりかたで本が制作されるのです。

それはいいのですが、わたしはこの古代の儀式のことをよく存じませんでした。肝心の姉にも知識が不足していました。

もちろん、わたしは思考結晶網《エーフ》に接続して調べました。

ソビーク参加者は秘密主義というには程遠い存在です。ひとつの疑問に対していくらでも、回答が存在します。問題は、回答者がすべて自分の方法こそ最善である、と信じていることでした。

客観的になにが最善であるかを見極めようとすると、混乱するばかりだったのです。本の制作に関する知識を深め、作品制作に没頭する姉の面倒を見るには、いくら時間があっても足りません。しかも、わたしは翔士修技館《ケンルー・ロダイル》を目指して勉学に励まなければならない立場でした。

いずれも手を抜くわけにはいきませんでした。

わが家にはこれといった財産がなく、一刻も早く翔士となるのが生きる道なのです。なんだかんだといっても、姉もその義務を果たしたのですし、わたしも遅れるつもりはありませんでした。

ソビーク関係のほうは大いに手を抜きたいと思わないでもなかったのですが、どうせするならなるべくいいものを作りたいという気持ちのほうが強かったのです。それに、姉に殴られるのが趣味というわけではありません。そのときなら、時間がないので、それほど手ひどくは殴られなかったでしょうが、やはり痛いものは痛いのですから。

永遠につづくかのように思われた労苦も、やがて終わるときがきました。

できあがった作品を、印刷という古代技術を現在に伝える匠にまわしたときにはわたしはほとんど放心状態でした。

この時点で、わたしはまだ姉の作品の内容を知りませんでした。制作も校正も姉が自分ですべてやったのです。どうやら、弟とはいえ、他人に、とくに男に制作途中の作品を見られることがいやだったらしいのです。

もちろん、わたしにとってはそのほうがありがたかったのです。「トーン」「ベタ」「ホワイト」「ワクセン」などという、アーヴ語の規格からはずれた古代祭祀用語を駆使しなければ、姉の描いているたぐいのものは手伝えないらしいと、本を出すために調べてわかっていましたから。

そういったわけで、姉の作品を読んだのは本ができあがってからのことでした。

血の気が引く、というのは単なる比喩だとその時までは思っていたのですが、姉の作品を読んだとき、実際に起こりうる現象だということを知りました。

わたしは姉に訊きました。「不敬罪ってご存じですか？」と。

「もちろん、知っている」と姉はこたえました。

不敬罪など適用された例がめったにないことぐらい、当時のわたしでも知っていましたが、いくらなんでも、この本は見逃してもらえないだろう、と恐れたのです。いえ、皇族《ファサンゼール》がたが登場人物でなくても、侮辱罪で訴えられたら、敗訴は確実に思えました。

しかし、姉は「だいじょうぶ。悪意はむけていない」と胸を張りました。

まあ、そのことは読みとれないでもありませんでした。そこにあるのは悪意ではなく、ねじまがった愛なのだ、と。

「これが問題になるぐらいなら、ソビークはとっくにつぶされている」ともいっていました。

姉のいうとおりでした。なんの問題もありませんでした。噂では、皇族のおひとりに自分たちが出てくる本を蒐集する趣味のかたがいて、姉の本も帝宮《ルエベイ》に流れたらしいのですが……。

とにかく、帝国艦隊司令長官殿下《フィア・グラハレル・ルエ・ビューラル》のお姿を拝見したとき、「あっ、攻めだ」と口走ってしまったのはそういうわけでして、決してこのクファディス・ウェフ＝エスピール・セスピーが閣下《ローニュ》と同じ趣味を有しているからではないのです。

ああ、それについては回答をご勘弁願います。「受け」がだれだったか、などとわたしの口からあかすことはできません。ご想像にお任せします。

はい？　そういっていただいて姉もたいへん喜ぶでしょうが、残念ながら姉をご紹介するのはもはや不可能です。姉は過日のイリーシュ門沖会戦《ライシャカル・ウエク・ソーダル・イリク》で戦没いたしました。

ええ。それはたいへん光栄なお申し出です。いまのところその予定はございませんが、姉の追悼本を出すときには必ず声をかけさせていただきます、スポール准提督《ロイフローデ》。

接触

警鐘《ドゥニート》が鳴り響いている。

操舵士席でうたた寝していたボーニャス・ウェフ＝ホドギュラル・アルペーシュは跳ね起き、制御卓《クロウ》の画面に視線を走らせた。

まず時空泡発生機関《フラサティア》だ。平面宇宙《ファーズ》を航行しているいま、それが異常をきたすとかなり厄介なことになる。なにしろこの調査船《スネビア》〈ムークルソージュ〉には時空泡発生機関は一基きりだから、いそいで通常宇宙《ダーズ》へ戻らないといけない。ついでに、予備部品もろくにない。もっとも、部品を交換するには時空泡発生機関を停めなければならず、平面宇宙から脱出しなければならないという状況にはちがいがない。

時空泡発生機関《フラサティア》は無事だった。

それでは、対消滅炉《サーフ》がいかれたのか。エネルギーの供給がとまれば、時空泡発生機関《フラサティア》の故障よりさらに厄介なことになる。時空泡発生機関の停止なら、死は一瞬にして訪れ、ゆっくり苦しんでいる暇はない。だが、エネルギーがとまれば、凍てついた通常宇宙《ダーズ》の片隅で、迫ってくる死の足音をいやというほどきかされることになるだろう。

対消滅炉《サーフ》も正常だった。

ふたつの装置が元気に働いていることを〇・一秒で確認して、アルペーシュは安堵の溜息をついた。

それではどこがおかしいのだ？――当然の疑問が浮かび、画面全体を見渡してみる。なんの異常もない。調査船《スネピア》〈ムークルソージュ〉の航行はきわめて順調だ。警鐘《ドウニート》が自動的に鳴らされたのでないとすれば、だれかが手動で入れたにちがいない。きわめて論理的な帰結だ。

アルペーシュはそっと斜め後方をうかがい見た。

予想どおり、彼の午睡をじゃまするためにちょっとした謎を提供した人物が嬉しそうに手を打ちながら浮かんでいた。警鐘《ドウニート》の制御釦《ポーシュ》を押した反動だろう、ゆっくりと後方へ漂っている。

げんなりした顔で、アルペーシュは彼を見た。その小さく白い手が新たな刺激を求めてさまよっている。

なにが起こるのか見てみたい気もしたが、これまでもじゅうぶんにおもしろい体験をさせてもらっていたので、アルペーシュは席を立った。

警鐘《ドウニート》を鳴らしたのは、赤ん坊だった。まだ一歳になっていない。その手に合う制御籠手《グーヘーク》はなく、アーヴ特有の青い髪もまだ頭をおおうていど。

アルペーシュはそっと赤ん坊の身体をつかまえ、口のまわりの涎を拭いてやった。

船内の重力をきってあるのは、この子のためだ。アーヴにとってなにより大事な航法野《リルビドー》は生まれてから数年のうちに形成される。その期間中、ずっとといわないまでも半分以上の時間を、無重力状態で過ごす必要がある。

「アテーフ！」アルペーシュは端末腕環《クリューノ》に叫んだ。「なにをしているんだ、とっとと船橋《ガホール》に来い！」

三回ほど叫んでから、ようやく返答があった。「なぜ？」

いつものことながら、神経を逆なでする口調だ。「警鐘《ドウニート》がきこえなかったのか？」

「警鐘が？」さすがに口調が真剣味を帯びる。「なにかあったんですか？」

「いいから、来い！」

アテーフ・ウェフ＝ラソル・トルージュはすぐやってきた。

アルペーシュは無言で赤ん坊を突きつける。

「おや、おっきしてたんでしゅか」とたんにトルージュは相好を崩した。

「おっきしてたんでしゅか、じゃない！　子どもを船橋《ガホール》に入れるな、といっておいただろう」

　赤ん坊はトルージュの息子、テーレだった。

　トルージュはまだ若い。たしかまだはたちをいくつも超えていないはずだ。他人がいくつで子どもを持とうと知ったことではないが、その歳でわざわざ苦労を背負いこむ気持ちがアルペーシュにはわからなかった。

　いや、トルージュひとりのことなら、どうでもいいことだ。しかし、その苦労の一部が必然的にこちらにかかってくるとなると、話は別である。

「この子はすでに探索の味を知っているんですよ」トルージュは息子に頬ずりしつつ、「素晴らしいことじゃありませんか！　まさに生まれながらのアーヴだ」

　ばか、とアルペーシュは思った。

「赤ん坊なんて、目を離すとどこへ行くかわからないんだ。探求心とは関係ない」

「しかも、きちんと警鐘《ドウニート》を鳴らせるなんて、すごいな、きみ」トルージュはきく耳を持っていないようすだった。

「鳴らせていないっ」アルペーシュはいった。「必要のあるときに鳴らせてはじめて、『きちんと鳴らせる』といえるんだ。とにかく、今回は船橋《ガホール》でよかった。これが、倉庫や機関室だったらどうするつもりだ？　その子にも危険なんだぞ。休むなとはいわないが、眠るときぐらいちゃんと閉じこめておけ」

「わあ、ひどいことをいうなぁ」トルージュはテーレをしっかり抱きしめ、「この子を閉じこめるなんてできませんよ」

「だったら、船に子どもを連れてくるな」

「しょうがないじゃないですか、お金がないんですから」

「まったく」アルページュはぶつぶつこぼした。「なんだって、よりによってこの船に……」

〈ムークルソージュ〉は小さな船だ。乗員はアルページュとトルージュのふたりしかいない。とても乗客の面倒を見る余裕はないのだ。その乗客が自分の身の回りのこともできないとすればなおさらだった。

　そもそも育児に専念できるだけの蓄えもないのに子どもを作るという神経からして、アルページュには理解不能だ。もっとも、働きながら子どもを育てるというのは、よくきく話だから、彼の考えのほうこそが特殊なのかもしれない。だが、働き場所は選んでほしいものだ、と思う。もっと大きな船なら乗員のための託児所も完備しているのだ。

「しょうがないじゃありませんか」トルージュはしれっという。「だって、ぼくは小惑星が大好きなんですから」

「そうかね。調査船《スネビア》に限っても、条件はもっといいのがあったと思うが」

「でも、いちばん早くに出港する予定だったでしょ。それがよかったんです。それに、あんまり大きな船だと、わがままがきかないと思いまして」

「おれの船ならきくと思ったのか！　まったく、嘘をついてまでもぐりこんでくるなんて……」

「嘘をついたなんて人聞きの悪い。なにも騙してなんかいませんよ」

「だが、子どもがいないといったじゃないか！」

「あの時点ではいなかったんです」

「次の日に人工子宮《ヤーニュ》から出る予定なら、ちゃんとそういえ」

「訊かれませんでしたから」

「そんなことまで訊くやつがいるか。まったくもっと常識的にこたえろ」

「心外だな。まるでぼくが常識知らずみたいじゃないですか」

「常識知らずだといっているんだが」

「心外だなぁ」トルージュはくりかえした。

「決めたぞ」アルペーシュはおごそかに告げた。「もう我慢できない。おまえは馘だ」

「わぁ、ひどいなぁ」さほど衝撃を受けたふうでもなく、トルージュはいう。「ぼくがいったいなにをしたというんです？」

「子どもを連れてきた」アルペーシュはこたえた。「子連れで探査ができるか。この船は小さいんだ。それとも、子どもをどこかに預けるか？」

「うわぁ、酷いことをいうなぁ」トルージュは赤ん坊を抱きしめ、「この小父ちゃんはきみとお父さんの仲を裂くつもりだよ。きみはなんてかわいそうな子なんだ。人生で最初に会った大人がこんな残虐な人だったなんて。でも、だいじょうぶ。ぼくがきみをきっと守って……」

「裂くつもりなんかないから、その子のついでにおまえにも降りてもらう、といっているんだ」

「きみのついでか」トルージュはわが子に頰ずりして、「じゃあ、しかたないねぇ」

ばか、とアルペーシュはふたたび思った。

男がいちばんみっともなくなるのは、初めての子を持ったときだ、という真理をつかんだような気がした。女性はそうでもない。自然出産の習慣のある人々ならともかく、人工子宮《ヤーニュ》で生まれるのがつねのアーヴに、なぜこのような差異が出るのか、アルペーシュには見当もつかない。

とにかくもう耐えられなかった、子煩悩なばかとふたりきりでいるのは。他人の家庭に押し入ってしまったような気分だ。これはアルペーシュが借りている船だというのに！

「引き返す。いますぐヴォーラーシュ伯国《ドリュヒューニュ・ヴォーラク》まで引き返すからな」

「いますぐですか？　もうちょっと調査していきましょうよ」

「ことわる」アルペーシュはきっぱりいった。

これが民間探査のいいところだ。予定などいくらでも変更が利く。

帝国《フリユーバル》はその領域を、使用していない〈門〉《ソード》の点検頻度によって三種類に分けている。航路帯《ビルパース》では、〈門〉が定期的に点検される。準航路帯《ルグビルパース》の〈門〉は、少なくとも一回は点検が行なわれているが、継続した定期的点検の必要は認められない。そして未調査の〈門〉を数多く含む非航路帯《ダビルパース》である。

いま〈ムークルソージュ〉が飛んでいるのは非航路帯だ。ここの〈門〉《ソード》を調査するために、帝国《フリユーバル》は星界軍《ラブール》を動かすほどの価値を認めていない。

そこで民間調査船の出番となる。民間といっても、帝国《フリユーバル》では星間船《メーニュ》の私有が認められていないので皇帝《スピュネージュ》所有の船なのだが、士族《リューク》か貴族《スイーフ》なら船を借りることができる。

アーヴならだれでも星々を巡ることを好むが、とくに好きでたまらない人間が小型の調査船《スネピア》を借り、非航路帯《ダビルパース》の〈門〉《ソード》を開いてまわるのだ。彼らは探査屋《ハースイア》と呼ばれていた。

採算を考えると、割の合わない商売だ。〈門〉《ソード》の探査をすれば、航路庁《スポーデ・ルエビル》からの調査料が支払われるが、そんなものは燃料費と用船料で消える。

ゆいいつ、この仕事で大儲けできるのは、たまたま初調査を担当した星系に貴族《スイーフ》が封ぜられたときだ。発見者にかなりの額の年金が支給される。有人惑星を含む邦国《アイス》にまで成長してくれれば、子々孫々に渡るまで裕福な暮らしが保証されるだろう。

だが、そんな幸運をえるのは一握りの探査屋《ハースイア》だ。〈門《ソード》〉が星系のなかにある確率は低いものだし、発見者が存命のうちにその星系が領地となる可能性もほとんどない。領《ファピュ》主《ート》からの年金を手にすることができるのは一〇〇〇人にひとりか、あるいはもっと少ないだろう。

けっきょくのところ、探査屋《ハースイア》はほとんど趣味の世界だった。かつかつ生活できるだけの収入はあるが、好きでなければやっていけない。

趣味なのだから、どこで引き返そうと文句はいわれないはずだ、とアルペーシュは思った。

「この子にもっと星を見せてやりたいなぁ」未練がましくトルージュがいう。

「おまえが船を借りろ。そうしたら、赤ん坊に警鐘《ドウニート》を鳴らさせようと、命名権を与えようと、みんなおまえの自由だ」

命名権についても、ほんのひと月前、苦い事件があったばかりだ。〈ムークルソージュ〉はめずらしく恒星の近傍にある〈門《ソード》〉を探り当てた。領地《リビユーヌ》にはなりそうのない中性子星だったが、初探査は初探査だ。一覧表で調べてみると、通常宇宙《ダーズ》を四七光年ほど離れた場所に有人惑星があったが、あいにくそれは帝国領ではなく、その星系に関する詳細な情報はなかった。あったところで、五〇年近く前のものではいまひとつ信頼に欠ける。

中性子星にしては珍しいことに、その星は惑星をひきつれていた。表面の焼け焦げたみっつの惑星と無数の小惑星。小惑星はともかくとして、みっつの惑星は名前をつけられるだけのじゅうぶんな大きさを持っていた。つけなかったところでだれかが不便を感じるとは思えなかったが、つけたところで迷惑を被る人間がいるとも思えない。将来に渡って利用価値がない惑星にだろうと、自分の頭脳から出た名前がついているのは、名誉なことだ。

そこで、それまで一覧表の番号しかなかった中性子星そのものをアルペーシュはゴキュートと名づけ、惑星についてはトルージュに任せた。それがまちがいのもとだった。トルージュはさらに自分の息子に命名権を譲ってしまったのである。

おかげで、ゴキュート星系の三惑星はアー、ダー、ブーという名を持つこととなった。この名前にしても、赤ん坊の発する音のなかからなるべく名前らしくきこえるものを選んだ結果だ。トルージュが主張したように、テーレの『意見』をより尊重したら、三惑星ともンダーという名前になってしまっていただろう。せめて判別ぐらいできないと、名前としての意味がないではないか。

惑星の名を記録しながら、アルペーシュは思った——こんなふざけた名前を負うために、この惑星どもは超新星爆発にも耐えて軌道にとどまったわけではあるまいに。

「罪のない番号だけの星に、好きなだけキャッキャッでもヴウウでもつけるがいいさ」

アルペーシュは締めくくった。

「ぼくのかわいいテーレは『ヴウウ』なんて下品なことはいいませんよ」トルージュは眉をひそめ、「いつだって、上機嫌なんだから」

「それはなによりだ」

実際問題として、トルージュが本当に船を借りて探査行に乗りだすころには、テーレの語彙はもうちょっと豊かになっているだろう。なにしろ資金がどうこういう以前に、トルージュは平面宇宙航行資格を持っていない。もし調査船《スネビア》の船長になりたければ、これから翔士修技館《ケンルー・ロダイル》へ行って、訓練を受けなければならないのだ。

「ほんとうに引き返すんですか？　まだ小惑星に触っていませんよ」未練がましくトルージュはいう。

さすがの彼も、放射線嵐が吹き荒れる中性子星の近傍で、与圧服《ゴネー》だけを着て真空に出ていこうとはしなかったのだ。

「おまえ自身で船を借りるんだ」アルペーシュは重ねて提案した。「そうすれば、いくら小惑星にぺたぺた触ろうと、だれからも文句は出ない」

「でも、ぼくが船を借りられるのはずっと先のことですよ」

「知るか。若いんだから、しばらく我慢しろ」

「ぼくは我慢できます。でも、この子は……」

「その子がそれほど小惑星好きには見えないがね」

「まだ魅力に目ざめていないだけですよ。こういうことは英才教育が必要なんです。ぼくが初めて父につれられて小惑星に降り立ったのはこの子ぐらいの時だったんです。まだ幼いうちに始めないと、どの小惑星がおもしろいか、ちゃんとわかるようになりませんよ」

アルペーシュはげんなりして、「その呪われた血脈をおまえの代で断ち切ってやろうという気にはならないのか」

「いくら船長でもいっていいことと悪いことがありますよ」トルージュはにわかに表情を険しくして、「それはわがアテーフ家の家風《ジェデール》への侮辱です」

「悪かった。すこしいいすぎた」いちおう謝罪しつつ、アルペーシュは思った——あの小惑星はぜったいおもしろい、とか叫びながら通常宇宙《ダーズ》をさまようのが、おまえんとこの家風《ジェデール》か!?

アテーフ家の男はたちまち機嫌をなおし、「それではお詫びのしるしとして、素敵な小惑星帯が見つかるまで……」

「そこまで悪いと思っているわけじゃない」アルペーシュは即座に遮った。

「でも、せめてあと一〇個ぐらいの〈門《ソード》〉を探査するぐらいには悪く思っているんではありませんか?」トルージュがいうと、その息子が同意するようにうなずいた。

「いいや、そうでもないな」

白熱する交渉の結果、トルージュの選んだ〈門《ソード》〉をあとひとつだけ探査することになった。

アルペーシュが予想したとおり、トルージュは息子にその〈門《ソード》〉を選ばせようとした。むろん、だれが選ぼうと同じことなので、彼はとめようとはしなかった。しかし、どの〈門〉でもいいとはいかない。できればヴォーラーシュまでの帰路にある〈門〉が望ましい。せめてちょっと脚をのばせば到着可能の範囲でなくてはいけない。またしても交渉が白熱し、ようやく選択範囲が確定した。

〈ムークルソージュ〉の船橋《ガホール》の床に平面宇宙図《ヤ・ファド》が投影された。それが表わすのは〈天《ソードラ》川門群《シュ・エルークファル》〉全体から見ればほんの針でつついたほどの範囲だ。だが、ここほど未探査の〈門《ソード》〉が集中している領域は、すくなくとも帝国領内にはない。

未探査の〈門《ソード》〉は青く表示されていた。ヴォーラーシュ門の彼方には青い点が散らばっている。だが、しかし、青い点が圧倒的多数を占めるのは、この狭い領域のなかでもごく一部。すぐ探査済みの赤い点が目立つようになる。

「ぼくが船を借りられるようになるまで、この青い点は残っていますかね」トルージュはしみじみといった。

珍しいことに、アルペーシュも同感だった。自分たちの職業は滅びにむかっていることが実感できる。

イリーシュ《フェーク・イリク》王国のある〈第十二環《スペーシュ・ロマータ》〉にはまだ未探査の〈門《ソード》〉が数多く残されており、さらに他の銀河門群と重なっているらしい領域があるものの、それは外縁部に薄くひろがっている。そこでは、ひとつの〈門〉を調査するだけで莫大な費用がかかる。とても航路庁《スポーデ・ルエビル》から払われるもので賄うことのできる金額ではない。彼らがいま見つめている領域の青い点がすべて赤くなったら、職業としての探査屋《ハースイア》は消え去り、暇と金を持て余した探査家《ハースード》が〈門〉のまばらな非航路帯《ダビルパース》を気まぐれに踏破することになるだろう。航路庁《スポーデ・ルエビル》が調査料を値上げしてくれればいいだけの話だが、帝国《フリユーバル》がそれほど外縁部に興味を示すようになるには時間がかかるだろう。すでにイリーシュ《フェーク・イリク》王国の調査は特別料金だ。それは〈第十二環〉を一周する航路を開設するためであって、帝国に有人化可能の惑星が足りないせいではない。

赤ん坊が平面宇宙図《ヤ・ファド》のうえを這いはじめた。いったい自分がなにを期待されているのかわからないようすで迷っていたが、やがて平面宇宙図の真ん中あたりで坐りこみ、物問いたげな視線を父親にむけた。

「ああ、そうだよ。きみはどこがいい？」

トルージュが促すと、テーレはまたのあいだを叩いた。

「だめだめ。その〈門《ソード》〉は探査済みだよ。ほら、青いのをとっておくれ」

テーレは動かなかったが、床に拳をふりおろすのをやめ、手を斜め下に突きだした。指さしたわけではなかったが、その手の先にはたしかに青い点がいくつかかたまっていた。

ことばを理解したのかな、この子はほんとうに天才かもしれない——アルペーシュがそう錯覚したぐらいだから、トルージュは有頂天だった。

「すごいな、きみは！　でも、ちょっとおおざっぱすぎてよくわからないや。どの点を指したんだい？」

「あの点だ」これ以上つきあう気になれず、アルペーシュは制御卓《クロウ》を操作して、ひとつの〈門《ソード》〉を浮かびあがらせた。「おれにはちゃんとわかったぞ。おまえにはわからなかったのか？」

「もちろんわかっていましたよ」トルージュは胸を張ってこたえた。このようすでは、本気でわかっていたと思いこんだとして不思議ではない。

その〈門《ソード》〉には、ガファース四二一門《ソード・ゴマトキュトナ・ガファアト》と名前だけはついていた。だが、その先がどこに通じているのかは、この時点ではだれも知らない。もし近くに星系があれば、番号抜きの固有名が与えられるだろうが、そのような可能性はほとんどない。

「よし。まあ、行こうか」アルペーシュはいった。

ガファース四二一門《ソード・ゴマトキユトナ・ガファアト》までは約九二時間の道のりだった。それほどひどい寄り道ではない。

「〈門《ソード》〉通過まで距離五〇天浬《ケドレル》」トルージュが報告した。

「通過十秒前から秒読みをはじめる」アルペーシュは告げた。「通常宇宙《ダーズ》におりてからの操舵は任せた」

「了解」

トルージュの表情もこのときばかりは真剣だ。

彼の息子はというと、後部の予備席にしっかり座席帯《アピューフ》でくくりつけられている。そのことをとくに不満に思っているようすはなかった。なにしろぐっすりと眠っているのだから。

アルペーシュは安心した。だれも進入したことのない〈門《ソード》〉をくぐるのは神聖なひとときだ。それを赤ん坊の甲高い泣き声でじゃまされたくない。

「〈門《ソード》〉通過一〇秒前」アルペーシュは秒読みをはじめた。「……三、二、一、通過！」

それまで時空泡を維持していた莫大なエネルギーが一気に〈門《ソード》〉に移る。いま、新たな〈門〉が開かれた。

何度経験しても厳粛な気持ちになる。この一瞬、〈ムークルソージュ〉の船長は自分のいったことを撤回して、しばらく探査行をつづけようかという気になった。

だが、そのいい気分も長くはつづかなかった。とつぜん、調査船《スネビア》が大きく揺れたのである。

「どうした!?」鳴り響く警鐘《ドウニート》に耳をふさぎながら、通常宇宙《ダーズ》での操舵にそなえて船外を空識覚していたトルージュに訊いた。

トルージュが後部席の息子をふりかえったので、アルペーシュもつられてふりかえる。赤ん坊は目を醒まして、とても楽しそうにしていた。どうやら、警鐘《ドウニート》の音色がことのほかお気に入りらしい。

「よくわかりません！　まわりは岩屑だらけです！」息子のようすを見て安心したのか、トルージュは現在の状況を把握することに専念するつもりのようだった。

アルペーシュも接続纓《キセーグ》をのばし、操舵装置につないだ。目を閉じると、自分の身体が船と同化したかのように感じられる。

たしかに、おびただしい岩屑がまわりを漂っている。いや、この表現は正確ではない。空識覚《フロクラジュ》にとらえられたそれは岩屑というにはあまりにも人工的な形状をしていた。そして、漂っているのではなく明確な方向性がある。

「ぼくらは爆発のなかにいるんだ！」トルージュがいっしゅん早く気づいた。

「こいつは……」アルペーシュは自分の顔から血の気が引いていくのをはっきりと感じた――伝説の大失敗をやらかしてしまったのか!?

〈門《ソード》〉にはふたつの形態がある。〈閉じた門《ソード・レーザ》〉と〈開いた門《ソード・グラーカ》〉だ。〈閉じた門〉のほうが圧倒的に小さいが、エネルギーを放っていることはおなじだ。かつては開いた状態のものが知られていなかったため、〈閉じた門〉は通常宇宙《ダーズ》をとおって星間を旅する船の推進力源として利用されていた。

現在、星間船は対消滅で動く。〈門《ソード》〉は一隻の船のエネルギー源として利用するには貴重すぎるし、〈閉じた門《ソード・レーザ》〉をかかえて平面宇宙《ファーズ》を航行するとたいへんよからぬことが起こる可能性がある。実験してみなければ正確なところはわからないが、一部の地上世界《ナヘーヌ》で流布している説とちがって、アーヴの好奇心も宇宙を破壊しかねないほどのものではないのだ。

したがって、いまどき〈閉じた門《ソード・レーザ》〉を内蔵した船など存在しないはず。

しかし、人類社会には野放図に植民船を送りだしてきた過去がある。孤立して、平面宇宙航法が確立されたことを知らずに、通常宇宙《ダーズ》のゆったりした旅を満喫している〈閉じた門《ソード・レーザ》〉推進船がないとは、だれにも断言できないのだ。

新しい〈門《ソード》〉を開くことを生業とする探査屋《ハースイア》たちのあいだでは、孤立した植民船をうっかり破壊してしまった者の噂が囁かれることがある。探査屋を辞め、しかもその理由を語ろうとしない人間がいたとき、必ずだれかが「あいつは他人の船を引き裂いてしまったんで、その罪悪感にさいなまれているのさ」と自説を披露するのだ。もっとも、もし真実ならば噂ですむはずがなく、無責任な憶測であることは明らかだった。

ほんとうにそんなことがあったのはたった一度、四五〇年ほど前の『聖ペテル号事件』だけだ。あのときは約三〇〇〇人が命を落とした、と推定されている。

あまりに稀な事故なので、探査屋《ハースイア》たちは新しい〈門《ソード》〉に突入するときに、多くの人々の生命を奪うことになるかもしれない、とは考えない。注意したところで、防ぎようのない事故なのだ。

アルペーシュもこの瞬間まで忘れていた。

ラクファカールにある酒場が脳裏に浮かんだ。探査屋《ハースイア》たちが集まって自慢話をしあう酒場だ。あと何カ月かしたら、彼に関する噂が囁かれることになる。そしてそれはまごうかたなき真実なのだ。

知り合いの顔を思い浮かべ、自分に同情してくれそうな友人と嘲笑しそうなくそったれに分類する。どう考えても、くそったれのほうが多そうだ。絶望的な気分になる。

「船長、惑星です」とトルージュ。

惑星なんぞほっとけ、といいかけたが、アルペーシュは空識覚《フロクラジュ》に注意をむけた。

たしかに惑星がある。手を差し出せば届きそうなほどだ。むろん船の感知器群と空識《フロ》覚器官《ーシュ》を直結しているがゆえの錯覚だが、すぐ近くであることはまちがいない。

〈ムークルソージュ〉が突き破ったのが〈閉じた門《ソード・レーザ》〉推進の星間船であることを、アルペーシュはもはや疑っていなかった。その星間船はこの惑星のまわりを公転していたらしい。「大気の分析を頼む」アルペーシュは命じた。

「でも、操舵は？」

「おれがやる」不測の事態が起こっているのに、経験の乏しいトルージュに舵を任せることはできない。アルペーシュは制御籠手《グーヘーク》をはめた。

トルージュも異議を唱えず、制御卓《クロウ》にかがみこんだ。「表面における気圧は一・一七。大気組成は窒素が〇・七二八、酸素が〇・二四一、そのほかに……」

最後まできかず、アルペーシュは呻いた。「呼吸可能だな」

「たしょう酸素含有率が高いですが、可能でしょう。有害な気体も含まれていないようです」

最悪の事態だ。

あれを「最悪の事態」と感じたということは、おれはじつのところ人でなしなのではないか、とあとで反省する羽目になるのだが、とにかく船を衛星軌道に乗せるアルペーシュの頭でくりかえしこだましていたのは、「最悪の事態だ」という感想だった。

船が居住可能な惑星を公転していたということは、惑星に人間が降りていることを意味する。つまり、遺族がいるのだ。

聖ペテル号の場合は遺族はいなかった。長い間航行していたので、乗客や乗員にとって家族や親戚と呼べるほど近しい間柄にある者はやはり乗客か乗員だったからだ。むろん、このたぐいの事故で生存者はありえない。救命艇を出すほどの余裕はないのだから。船の名前にしても回収された残骸を分析して判明したのだし、どこから船出してどんな人々が乗っていたのかがわかるまでには一〇〇年以上かかった。

しかし、いま〈ムークルソージュ〉が蹴破ってしまった船の乗員や乗客の家族がすぐそばにある惑星にいないとは考えにくかった。

いや、待てよ——アルペーシュは懸命に安心材料を見つけようとした——あの惑星の住民と船の乗員とのあいだにはなんらかの深刻な対立関係があって、船を破壊したおれたちは恨まれるどころか、感謝されるかもしれない。あるいは、あそこに住んでいるのは人類ではないかもしれない。異星起源の知性体なら、感情のありようも人類とはちがうかもしれない。

どう考えても、その確率は低いように思えた。通常空間経由とはいえ理論上は無限の航続力を持つ船がわざわざ嫌な相手のそばにとどまっているとは思えないし、人類以外の知性体はいまだに発見されていない。

「通信です！　惑星から」

トルージュの報告をきいて、アルペーシュは身をすくめた。「怒っているか？」

「さあ。ちんぷんかんぷんです。でも、声の調子はいわれてみれば怒っているような気もしないでは……」

「すぐ翻訳を試みてくれ」

「わかりました。でも、なんで怒っているなんて思うんです？」

船長はただひとりの部下の顔をまじまじと見つめた。「おまえ、状況がわかっていないのか？」

「はあ。ええと、どういうことですか？」

「おれたちは船を破壊してしまったんだよっ」アルペーシュは手短に自分の推察を開陳した。

「船を……!?」葡萄果汁とまちがえて醤油を飲んでしまったような顔つきをトルージュはした。

きゅうに席を立ったので、なにをするつもりなのか見つめていると、トルージュはテーレを抱きすくめた。

「だいじょうぶ、だいじょうぶだよ」嬉しそうに父親の頭環《アルファ》をつかんでいる息子に頬ずりして、「きみのせいじゃないよ。この〈門《ソード》〉を選ばせたのはぼくだからね、きみにはなんの責任もない。責めはみんな、ぼくが引き受けるから、きみはなんにも気にしなくていいんだよ」

そうだ、この〈門《ソード》〉を選んだのはテーレだった――アルペーシュは気づいた――赤ん坊のしでかしたことなら、あの惑星の住人も許してくれるかもしれない。

　たちまち自己嫌悪を感じた。

「なにをいっているんだ」彼はいった。われながら、文章を棒読みしているような口調だ。「責任はすべておれにある。この船の船長はおれなんだからな」

「そうですよね」

　トルージュがあからさまな安堵の表情を見せたので、殴ってやろうかと思ったが、ようやくその気持ちを抑えつけ、「そうだ」と短くこたえる。

「これって、罪になるんですか？」

「法的な意味でか？　だったら、犯罪じゃない。なにをどう注意したら防げるのか、だれにもさっぱりわからない事故なんだからな」

「損害賠償とか……」

「それもだいじょうぶ。帝国《フリューバル》が話をつけてくれるはずだ」

「なんだ」

「なんだとはなんだっ。そりゃ、おれたちは運が悪かっただけかもしれないが、それでも何千人かひょっとすると何万人か殺しちまったんだぞ」

「そんなに乗っていたんですか⁉」

「可能性の問題だ」

おそらく何千人も乗っているということはないだろう。船は目的地に着き、惑星の可住化もすんでいるようだ。船に残っているのはわずかな保守要員のみ。そうであってほしい、とアルペーシュは強く願った。

だが、たとえひとりであろうと、だれかの恨みをかうことに変わりない。

それに、船そのものの喪失を彼らはどう思うだろう？　破壊された船は惑星住民にとって重要な意味を持っているだろうか。容易に想像がつく――新天地に彼らを運んだ船ならば、持っていないはずがない。

船が無人だったとしても、調査船《スネビア》〈ムークルソージュ〉とその船長《マノワス》の名は忘れられることはないだろう。子どもを寝かしつけるときの脅し文句に採用されるかもしれない。さっさと寝ないと、アルペーシュが〈ムークルソージュ〉を持ってくるよ……。アーヴ語を解さないあの地上世界の子どもの耳には、この音の連なりはなにやらおぞましく響くに決まっている。

ふと気づくと、主画面に文字が並んでいた。

『言語種別：未知』ふたりの乗員がしゃべっているあいだにも、思考結晶《ダテューキル》は黙々と仕事をしていたらしい。『しかし、古英語との強い類縁関係が認められます。不完全ですが、古英語での翻訳を試行しますか？』

「やってみてくれ」アルペーシュは指示した。

未知のことばによる通信が流れだし、それにアーヴ語の翻訳が重なる。

「こちら、はいど・えせすぎ・大気航路局。非識別・宇宙船、我、汝に応答を要求す。汝は我が占有空間に不当存在せり。こちら、はいど・えせすぎ……」

「おなじ文章のくりかえしか？」アルペーシュは思考結晶《ダテューキル》にいった。

『はい』

「もっとわかりやすくできないか」

『推測を加味して、翻訳を試行します』

「こちら、ハイドSSG航空局。所属不明船、応答せよ。貴船は我が領空を侵犯している。こちら、ハイドSSG……」

意味はかなりはっきりした。どうやら相手はハイドSSGというらしい。いまでも人類社会で広く使われているアルファベットについてはアルペーシュにも知識がある。SSGというのはなにかの略だろう。となれば、固有名詞は『ハイド』となる。星系の名なのか、この惑星の名なのか、それともほかのなにかの名なのか……。

「ハイドか……」と呟いてみる。

「どうやら命名する必要はないみたいですね」トルージュがいう。

「当たり前だ！」アルペーシュは部下を睨んだ。「人が住んでいるんだぞ。『ンバァ』だの『バッブー』だのとほほえましい名前をつけたりしたら、家系が途絶えるまで恨まれるじゃないか」

「なにもテーレにつけさせてください、なんていっていませんよ」トルージュは唇を尖らせた。

「けれど、おまえなら息子のために発見者の権利を代弁するんじゃないか？」

「もちろんそうしますが、命名権は放棄させますよ」トルージュは赤ん坊に頬ずりし、

「ねえ、それでいいでしゅよねぇ」

テーレはとくに異議を申し立てなかった。

『新しい通信文が加わりました』思考結晶《ダテューキル》が告げる。

「翻訳してみてくれ」

「非識別・宇宙船、我、汝の応答を祈る。こちらははいど・えせすぎ、換言ははいど星系政府なり。はいど・えせすぎの長、ろっく・りんがいま話すことあり。汝は、我らが迎える初めての客、植民してからこちら、なれば、切にたがいの通信を欲す。非識別・宇宙船……」

「所属不明船、応答を願う。こちらはハイドSSG、すなわちハイド星系政府である。わたしはハイド星系政府主席ロック・リン。我々の植民以来、貴船が初めての来訪者である。したがって、我々は心から交信を望んでいる。所属不明船……」

「失われた植民地を発見したみたいですね」トルージュがしかつめらしくいった。

なにをいまさら、と思ったが、いわれてみれば、これからの寝覚めを心配するあまり、未知の人類社会と接触する栄誉に浴したことに感動するのを忘れていた。

あらためて感動しようとしたが、だめだった。そんな気分になれない。

救いは、船を壊してしまったことを相手がそれほど怒っていないらしい、ということだ。すくなくとも交流を優先している。このロック・リンという政府主席が一般の不満を抑えてくれているだけなのかもしれないが。あるいはこちらが感動することを忘れていたように、むこうも激怒することを忘れているのか。

「応答しないんですか？」部下は促した。

アルペーシュはしばらく考え、頭を横にふった。「やめておこう。おれたちは探査屋《ハースイア》だ。外交交渉なんて、荷が勝ちすぎる」

「はあ……」トルージュはどことなく不満そうだ。

「いっておくが、おれがする気にならないからといって、おまえの息子に交渉を任すなんてことはないからな」

「だれもそんなことをいってませんよ」呆れたような表情が彼の顔に浮かんだ。

「おまえならいいかねない」

「ひどいなぁ」

「日頃の行ないを省みろ」

「はいはい。で、これからどうするんですか？」

「とりあえず探査することだ。おれたちはそのために来たんだからな」

「でも、攻撃されませんかね？」

　アルペーシュははっとした。奇妙なことだが、攻撃される可能性はまったく考慮していなかった。しかし、状況からすると武力を用いられることはじゅうぶん考えられる。少なくともアーヴなら、自分の庭先にいきなり現われ、応答もしない無礼者の身体には『ぼく、死にたいの。ここを撃って』と書いてあるのを見るだろう。しかも、〈ムークルソージュ〉はすでに彼らの船を爆散させているのだ。敵対行為ととられても文句はいえない。

「そのときはそのときだ」アルペーシュは腹をくくった。「よくわからないが、孤立した人類社会の武器にやられるほど、この船はオンボロじゃないはずだ」

「でも、孤立した社会が戦争技術だけを突出して発達させていることも……」

「だから、よくわからないが、といっているだろう！」

「ほんとにだいじょうぶなんでしょうね」トルージュは目をすがめて、「船長やぼくだけならともかく、テーレの生命がかかっているんですからね」

「おれだって、自分の生命は大事だよ」

「ぼくやテーレの生命はどうでもいいとおっしゃるんですか⁉」

「だれもそんなことはいっていない！　仕事しろ、仕事」

「わかりましたよ。それで、なにを？」

「とりあえず、船外映像を表示しろ」アルペーシュは命じた。「ありとあらゆる感知器を動員して、惑星表面を探れ。軌道上もだ。とくに攻撃の予兆を見逃すな」

「了解」トルージュは息子を席に戻し、しっかり座席帯をかけなおすと、副操舵士席についた。

船橋《ガホール》の壁面に外の情景が投影された。ふたりの頭上に凶暴なまでに緑色をした惑星が浮かんでいる。ちぎれたような雲が白い斑点となって表面を彩っていた。

「へえ、きれいだなぁ」トルージュが能天気な声でいう。

アルペーシュは惑星を一瞥した。たしかに美しくはあったが、とりわけて感嘆するほどではない。「有人惑星を見たことがないのか？」

「ええ。はじめてです。小惑星ならいくつもこの足で踏みましたけどね」

小惑星好きなど奇妙な嗜好だと思ったが、大気の底に降りていきたがるのに比べればまともなのかもしれない。

やがて、惑星を一周した。呼びかけはまだつづいているが、攻撃はなかった。

「ほとんど人は住んでいないようだな」できあがったばかりの惑星地図を見て、アルペーシュはいった。人工物の集合体、つまり都市といえるほどのものは一カ所しか見あたらないし、輸送路のようなものもほとんどないようだ。

むろん、断言はできない。死角に都市があるのかもしれないし、小規模な集落が無数に点在しているのかもしれない。あるいは、人口の大部分は地下に存在するのかもしれない。

アルペーシュは機関をふかして軌道を変更した。

「小惑星が少ないですね」トルージュが残念そうに呟く。

「惑星表面を見ろといっただろう」

「見ていますよ。でも、空間からの攻撃のほうが脅威じゃないですか」と反論する。

「説得力がないぞ」

いちばん近い小惑星でも五ゼサダージュは離れている。そこから攻撃されても、じゅうぶんによける時間はある。

「そんなことをいったって、惑星だけではなく、星系の情報も重要でしょ」

「それはそうだが、あとにしろ。次の機会でいい」

「次の機会がありますかねぇ」

「おれたちにはないかもな。でも、しかたないだろう。おまえの息子の生命がかかっているんだぞ」

「そうでした。あっ、通信内容が変わっていますよ」

「翻訳させろ」

「いえ、翻訳不能でしょう。というより、必要ありません。なんか円周率を二進法で告げているみたいですね」

「円周率？　なんだってまた……」

「さあ。自分たちが知性体であることを知らせようとしているんじゃないですか？」

「だれも疑っていないって」

「そういってやりますか？」

「いや。交信しないと決めたら、いっさいすべきじゃない」

「わかりました」

二周目が終わろうとしていた。

「平面宇宙《ファーズ》に戻りますか？」トルージュは訊いた。実質的には提案だった。小惑星の探検ができないのなら、こんな星系には用がないのだろう。

だが、ここで〈門《ソード》〉に飛びこもうとすると、かなり強引な軌道変更になる。むろん〈ムークルソージュ〉の推力が足りないということはないが、もう一周したところで時間はたいして変わらない。

「もう一周だ」アルペーシュは告げて、機関《セー》をふかした。このまま空間曲面をすべっていけば、船首から〈門《ソード》〉に進入できるはずだ。

最後の一周のあいだも船はおびただしい情報を収集する。

けっきょく、恐れていた攻撃はなかった。

平面宇宙《ファーズ》に突入したしゅんかん、アルペーシュは心底ほっとした。

船の進路をヴォーラーシュ門《ソード・ヴォーラク》にむける。ヴォーラーシュには通信艦隊《ビュール・ドロク》の基地《ロニード》があった。帝都《アローシュ》にもほどなくハイド発見の報せが伝わるはずだ。そして、帝国《フリューバル》はハイドを編入するための行動に出るだろう。それはまちがいない。ほかの選択肢など、頭にものぼらなかった。

失われた船と失われたかもしれない人命のことはともかくとして、人類史上に比類なき帝国の一部となることを、あの惑星の住民たちが喜んでくれるといいがな、とアルペーシュは思う。決して会うことのない人々にでも、やはり恨まれているより感謝されているほうが嬉しい。

隣を見ると、トルージュはもういない。もちろん、後部席の息子を抱きあげにいったのだった。

「すごいなぁ、きみは。まだ生まれて半年にもなっていないのに、失われた植民地を発見したんだ。きっと最年少記録だぞ。アテーフの誇りだ。お父さんも鼻が高いよ」

「そのことなんだが」心温まる親子の交流に水をさす喜びを噛みしめつつ、アルペーシュはいった。「赤ん坊の気まぐれで発見されてしまったことを知ったら、あの惑星の住民はどういう気持ちがするだろうな？」

「さあ。どうでもいいじゃないですか、そんなこと」息子の顔を見つめたままそういうと、トルージュはにわかに表情を引き締め、雇い主に視線をむけた。「まさか船長。テーレの功績を横どりしようというんじゃないでしょうね」

だが、その子が『指示』した〈門《ソード》〉のなかからひとつを選んだのはおれだし、といいかけて、アルペーシュは口をつぐんだ。

たしかに、これでは赤ん坊の手柄をとりあげようとしているように見えてもしかたがない。すくなくとも、トルージュはそう考えるだろう。下手をすると、銀河じゅうの小惑星に〈ムークルソージュ〉船長への非難文を彫りこみかねない。

時代物の船を壊し、ひょっとしたら人死にを出してしまったかもしれない道義的な責任はおれに、未知の人類社会を発見した名誉はテーレに、か。

まあ、いい――アルペーシュは諦めた――あの星系はいつか帝国《フリューバル》に発見されたにちがいない。どのみち、あの名も知らぬ星間船は爆発する運命にあったのだ。それが早まっただけだ。そう考えれば、良心の痛みもいくらか和らぐ。

問題は年金だ。帝国《フリューバル》に併呑されたのち、ハイド星系は邦国となり――推定人口から考えて、ハイド伯国《ドリュヒューニュ・ハイダル》と呼ばれるだろう――、その領主《ファピュート》から発見者に莫大な年金が支払われる。名誉はともかく、年金をテーレが独占するのは、いささか納得がいかなかった。なにしろハイドの発見は彼とテーレの共同作業だったのだから。

「まあ、折半だな」アルペーシュはひとりごちた。

交渉はあとでゆっくりやればいい。半分といっても、一生を小惑星に最初の足跡をつけることだけに費やしても困らないだけの収入が保証されるのだから、トルージュ父子にも文句はあるまい。あったとしても、アルペーシュにそれ以上譲るつもりはなかった。

残りの半分があれば、探査屋《ハースイア》を廃業して探査家《ハースード》になれるのだ。

人生が変わったな、とようやく胸の裡から湧いてきた喜びにアルペーシュは身をひたす。そして、おれたちの行為でいったいいくつの人生がねじまがったのだろうという、答えの出るはずのない疑問を頭からふりはらった。

原罪

父に呼ばれたとき、アブリアル・ネイ＝ドゥブレスク・パリューニュ子爵《ベール・パリュン》・ラフィールは身構えた。

彼女の父、すなわちクリューヴ王《ラルス・クリュブ》ドゥビュースは娘に嘘をつくのを義務と心得ている節があったからである。真剣な眼差しをしているからといって安心はできない。

自分はもはや騙されやすい幼子ではないのだ、ということを王女《ラルトネー》は主張したかった。

「なぜそんなに肩肘を張っているのかね、わが王女《ファル・ラルトネー》」

「わたしはもう疑うことを憶えたのです、父上」

「それは重畳。だが、この状況となにか関係があるのだ、聡き娘《ブリューム・ロートナ》？　まるで父がそなたを騙すかのようではないか」

ラフィールはこれまでの父の言動を思い浮かべた。結論が出た——父がこのような真面目な顔をしているときはたいてい嘘をつこうとしているときだ。

「ちがうのですか」ラフィールは警戒を深めた。

「そんな噛みつきそうな顔をするでない、猛きアブリアル《アブリアル・レクナ》。わたしはそなたを騙すべき場は心得ているつもりだ」

「そのような場などないであろ」ラフィールはつい抗議した。

「今日は特別な日、真実の日。疑う者《フラギア》、そなたを騙したいのは山々だが、今日だけは我慢するよ」

ラフィールは思い当たった。「やっぱりそうか」

「なにがだ？」

「昨日のあれは嘘だったんだな」

ドゥビュースは苦笑した。「執念の娘《ブリューム・ソドヴェロト》、言葉尻を捕らえるのは優雅とはいえぬ」

「しかし……」

「まあ、まいるがよい」

「まだどこへ行くのか、伺っておりませぬ」

ラフィールの耳には宴の楽の音が届いていた。その宴の主賓はだれあろう、彼女自身なのだ。

今日はラフィールの修技館《ケンルー》入学祝宴。八王家《ガ・ラルティエ》の皇族《ファサンゼール》たち、帝都《アローシュ》に滞在する貴族《スイーフ》たち、そして士族《リューク》の主立った者たちがこの帝宮《ルエベイ》に参集して、僅か一三歳で入学を認められた王《ラル》女《トネー》を祝っているのだ。もちろん、ラフィールの祖母である皇帝《スピュネージュ》ラマージュの出御も賜っている。

「心配せずともよい」ドゥビュースはいった。「祝宴はそなた抜きでもじゅうぶんに盛りあがる」

「それはそうであろうが、わたしの気持ちはどうなるのです？」ラフィールは抗議した。

　彼女を主役とする饗宴は年に一度ある。生誕記念の祝宴だ。だが、それはごく小規模な祝いに過ぎない。これほど多くの人間が自分を祝賀するために集まるのを見たのは、皇帝の孫であるラフィールにとっても初めてのことなのである。命名の儀式はもっと盛況だったそうだが、人工子宮《ヤーニュ》から出たばかりだった彼女にその記憶があろうはずがない。

　今宵はそれなりに気をつかってもおり、そして興奮もしていた。

「黎明の乗り手の末裔《リュア・ゴレール・サリュク》よ、父がそなたを聖墓《カーシュ・スイオナ》に連れていったのを憶えているか」

「ええ」ラフィールははっとした。「もちろんです、父上」

　帝宮はかつての都市船〈アブリアル〉であり、その深奥部にはまだ〈アブリアル〉と名づけられる前の、小さな探査船の部分を抱えていた。その原初の船の操舵室が聖墓と呼ばれている。そこに『名もなきアブリアル』と呼ばれる、皇族たちの始祖が眠っているのだ。

そこに連れていかれたのは、ほんの先日、修技館の入学許可が届いた夜のことだった。皇族のみが立入を許されるその場所で、ドゥビュースは、「そなたはずいぶん急いで父のもとを離れていくのだな」と娘を非難し、「本来なら、しばしあとにきかせる予定だった話がある」と話を切り出したのだ。

そして、ドゥビュースはアーヴの青い髪の理由を語った。アーヴは本来、外宇宙探査のために創られた作業生体であり、髪が青いのは人間ではないことを示しているのだ、と。

彼によれば、修技館にはいる前に知っておくべき話だという。この話を知ることは、アーヴの成人儀式なのだ。

「今夜はその続きだ」ドゥビュースは移動壇《ヤーズリア》を指した。

「わかりました」ラフィールは諦めて移動壇に乗った。

おそらくこの話をきくのは、宴で祝賀を受けるよりも重要なのだろう。

「それで、今宵のお話はなんなのですか？」移動壇のうえでラフィールは訊いた。このぐらいの質問は許されるだろう。

「われらの原罪について、だ」

「原罪？」

「そうだ、このあいだは、先祖たちが母都市に訣別したところまで話したな。いまから話すことはそれから二世紀ほどあとのこと」ドゥビュースは娘の顔をじっと覗きこんだ。「絵姿は残っていないが、言い伝えはある。それによると、当時、先祖たちを率いていたのは、そなたと同じく黝の髪と漆黒の瞳を持っていた女王《キュムラルス》だったそうだよ。もちろん、われらアブリアルの先祖だ……」

＊

アーヴが人知れず独立宣言をして、船内時間で二〇〇年近くが経った。

彼らの住処である船はずいぶん拡充されたが、まだ名前はなかった。それはただ『船』と呼ばれていた。かつて、人類がたった一つの惑星に縛りつけられていたとき、それをただ『大地』と呼んでいたように。アーヴは『船』で生まれ、『船』の恵みで育ち、『船』で死ぬ。

正確には『アーヴ』という単語もまだない。彼らはどうしても必要なときには自分たちのことを『同胞』と呼んでいたが、めったに使う機会もなかった。

「減速終了まで二四時間」船橋に報告が届く。

「針路上に障害物なし」

船王タマユラは船橋のもっとも高いところにしつらえられた玉座に坐り、うなずいた。

玉座というにはあまりに質素な椅子だったが、その場所こそ船の中心であることはだれも疑っていなかった。

　船の動力源は源泉粒子、無限にエネルギーを吐き出す同胞たちの宝だった。これがなければ船が推進力を失うのはもちろん、ありとあらゆる生命線が切れてしまう。

「いよいよだね」そう声をかけたのは機関長のアラビだった。彼はスポールの祖先だ。

「ああ。われらは自由をえる」タマユラはいった。

「あるいは死か」とアラビ。

「どちらにしろ自由にはちがいない」

「ずいぶん前向きなんだね、われらが女王は」アラビは肩をすくめた。

「そうでなければ、おまえたちなど統治できないであろう」タマユラは決めつけた。

「そうだな、ぼくなどずいぶん悲観的だし」

「よくいう」タマユラは軽く笑った。この友の気楽さにどれだけ助けられたかわからない。

「それで、きみは戦うつもりなのか？」

「戦わずにすめばそれがいちばんいい」

「血に飢えたきみらしくもないな」

「不当な誹謗中傷はやめるがいい」タマユラは釘を刺した。

「誹謗中傷？　ぼくにはそんな機能はないよ」

「もうちょっと自分を把握しておいた方がいいと思うぞ」タマユラはいった。

後にアーヴと呼ばれるこの種族の人口はこのころはまだ少なく、もちろん帝国など影もない。君臣の垣根は存在すら怪しいものだった。とはいえ、船王といえば、この小さな社会ではそれなりに敬意を払われていた。

だが、スポールはこのころからスポールだったのである。

「それはそうと、こんなところで油を売っていていいのか？」タマユラはいった。「おまえの働き所はここじゃないであろう」

「自分の働き所は心得ている」

「まさかここがそうだというわけじゃないであろうな」

「ここが？　まさか。ぼくは息抜きに来ただけだよ」アラビは胸をはった。「大丈夫、働き所だけじゃなく、働き時も心得ているつもりだ」

「疑わしいものだ」じっさい、機関の調子をみるより、船王を落ちつかせるほうが重要と判断しているのではないか、と疑っていた。

「通信、入りました」ルーの祖、ウムリが報告した。

「どこからだ？」

「わかりません」

「それなら、いつものように」

太陽系に入ってからこっち、都市や船からの通信が引きも切らない。だが、大半は意味不明だった。同胞たちの手元には言語資料が極端にすくなく、自分たちの母語しか理解できなかったからである。それでも、ことばがわかるだけでもましである。通信規約すら判別できないものもあった。

だが、わからなくても返信はしていた。

「われらは母都市にのみ用がある。御身らにはなんの興味もない」と原始的な長短符号信号を何度か繰り返すのである。

それが理解されたかどうか、タマユラはたいして気にかけていなかった。再度の交信を試みる都市もあったが、彼女は無視した。目標以外の都市に興味はなく、太陽系になんの思い入れもない。目的を果たしたら、さっさと退去するつもりだった。したがって語るべき事柄もなかった。

それでもいちおう返信するのは、無用の軋轢をすこしでも避けようという考えからだった。むろん、攻撃されれば是非もない。反撃の用意は怠りなかった。

「母都市を確認した」ビボース氏の祖、ミカユシが報告する。

「出せ」タマユラは命じた。

主画面に約一〇光秒先に浮かぶ軌道都市の姿が映し出された。

かつて先祖たちを星間船の部品として造り、送り出した都市。タマユラたちが属するこのささやかな世界は、彼らが自分本位の計画のために産み出したのだ。

船橋の者たちの目は初めて見る故郷に釘付けになった。

「これが母都市か？」アラビは感想を口にした。「思っていたのに比べると、ずいぶん貧相だな。ほんとうに間違いないのか？」

「間違いない」ミカユシがむっとした様子で、「軌道要素が資料にあった母都市のものに一致するし、なにより識別信号が母都市だと告げている」

「囮ということは考えられないかな」とアラビ。「本物はべつのところでぼくらのことを嘲笑っているんだ」

「なんてひねくれた考えだ。きみにしか思いつかないよ。でも、その可能性はあるかな……」ミカユシは首を傾げ、タマユラを伺い見た。指示を待っているのだろう。

ミカユシだけではない。船橋要員全員が船王を見ている。

だが、タマユラも主画面を凝視していた。

アラビのいうとおり、ぱっとしない軌道都市だ。

太陽系に到達して以来、いくつもの軌道都市を視認してきた。多数の船を侍らせている都市もあった。無数の集光衛星を展開している都市もあった。見るからに凶悪な砲塔の群れで肌を鎧っている都市もあった。

そのなかでもっとも貧弱とまではいわないが、それに近い印象がある。出入りする船もほとんどない。集光面はそれなりの大きさはあったが、太陽からの距離を考えると、エネルギー事情は貧しいだろう。そして、防御施設らしきものは見あたらない。

もっと強大な都市を予想していた。希望していたといってもいい。なにしろ同胞たちのすべてを創った都市なのだから、そうあるべきだった。

これは期待はずれもいいところだ。自らの存在までも卑小に感じられる。

それまでの緊張が緩むのをタマユラは覚えた。

「油断はできない」だが、口ではこういった。「この船だって外側から見ればくたびれた、傷だらけの筒にしか見えないであろう」

タマユラは自分のことばにうなずいた。そうだ、問題は中身だ。自分たちの乗っている船の数倍ほどの大きさしかないちっぽけな都市だが、あの中にどんな軍事力を隠しているかわかったものではない。

それに、アラビが示した囮という可能性もある。ひとつの種族を創設して、植民地建設に送り出すという手の込んだことをする都市だ。外敵に備えて囮都市を建設するぐらいのことはしかねない。そこまでしなかったとしても、これはなにか特別の役割を担う、飛び地のようなもので、先祖たちには都市本体の情報が与えられていないことも考えられる。

「失敬だな、きみは。マニワがきいたら気を悪くする。一生懸命、整備しているのに」

アラビがいった。

マニワはエーフ氏の祖で、船殻の整備の担当者だった。

「それはすまない」タマユラは口先だけで謝り、指示した。「他の画面にもこの画像を流せ。みんな、きっと見たがるぞ」

「了解」ミカユシが命令を実行する。

「囮じゃなければ、ね」アラビは自らの推測に拘っていた。

「それはいまから確かめる」タマユラはウムリを見た。「交信を試みてくれ」

「了解」ウムリは作業に取りかかった。「交信希望信号、送ります」

「ミカユシは気を抜くな。もしも本物の母都市がべつに存在するなら、見逃さないようにしてくれ」

「わかっている」苛立った口調でミカユシはこたえた。

タマユラも自分の作業に取りかかる。船の針路を微調整して、より目標に近い場所で停船するようにしなければならないのだ。とりあえずの目標だが。

一〇分後、ウムリの作業が完了した。「通信規約を目標とのあいだで確立しました。通信時差は一六・七秒」

「出すがいい」タマユラは主画面の前に立った。

現われたのは眠たげな目をした女性だった。なにごとかを口にするが、タマユラにはさっぱりわからなかった。僅かに母都市の名前だけを聞き取ることができた。

「わたしは御身を理解できない」戸惑いつつ、タマユラはゆっくりといった。「われらのことばを理解する方法はないか」

「まあ」女性の顔に驚きが浮かんだ。「あなたの言語はわれわれの言語です。あなたたちは何者ですか」

「御身らが作業生体と呼んだものの子孫だ」

「作業生体? きいたことがあります。それに、その青い髪……。はんっ、これは都市史の成績が丙だったわたしの手にはあまるわ……」女性は意味不明なことをいい、「少々お待ちいただけますか。あなたがたと話すのに相応しい人物を連れて参ります。ですが、その前に針路を変更してください。あなたがたはわが都市の軌道と交錯する針路をとっていらっしゃいます。たいへん、危険です」

「心配ご無用。衝突はわれらにとっても望ましくない。しかるべく処置する」タマユラはこたえた。

女性はしばらく考えこみ、口を開いた。「いいでしょう、まだ余裕がありますからね。しかし、わが都市に五〇万を超える人間が住んでいることを憶えておいてください。事故はそれらの人々を殺すことになるのですよ」

「わかった」タマユラはうなずいた。

「お願いします。では、回線はこのままでお待ちを」女性は消えた。

「五〇万か……」アラビが呟くようにいった。「この船の約五〇〇倍の人口だね」

「それがどうした？」タマユラも囁くように返した。

「それだけの人々を殺すことになるかもしれない。事故ではなく、故意に」

「わたしの心はまったく動いていない」彼女は断言した。「その必要があれば、いつでも殺す」

「それでいい、女王さま」アラビは無邪気な笑みを浮かべた。「指導者があたふたするものじゃない。動揺するのはぼくらに任せて」

「おまえが動揺するところを死ぬまでに一度でも見てみたいものだな」

「きみが邪推しているより、ぼくはずっといい人なんだよ」アラビは主張した。「ぼくの立場には、心の闇の深さはそれほど必要じゃないんだ」

「わたしの立場にもないはずだが」タマユラは首を傾げた。

「ああ、指導者を教育するなんて柄じゃないが、それはちがうよ、女王さま。とりあえずいまは五〇万程度の生命を放りこめるぐらいの闇が必要だな」

「黙れ」タマユラは唸った。「たしかにおまえの柄じゃない」

アラビは肩をすくめた。その時、彼の端末腕環が鳴った。彼は端末の表示面を一瞥すると、「それじゃあ、いまからがぼくの働き時みたいだ。またあとで」

「未来だ」

「でも、忘れるなよ、女王さま。きみが守るのはぼくたちの生命じゃない。ぼくたちの未来だ」

「ああ」

「片時も忘れたことはない」タマユラは請け合った。

アラビが去ったあと、タマユラは船橋を見まわした。船橋要員たちは静かに自分の任務に専念している。ここから見えない部署でも、同胞たちは義務を果たしているだろう。

彼らを守らねばならぬ——タマユラは自分に言い聞かせた。

たとえ同胞一人の生命を救うために、百万の非同胞を殺すことになっても、それをするのは彼女の義務だ、と思った。それを躊躇う権利すら彼女にはない。

母都市への帰還を決定したのは彼女なのだ。

たしかに機運はあった。二〇〇年前の独立宣言以来、同胞たちは母都市の懲罰に怯えていた。

ただ『目的地』と呼ばれていた星系に留まりながら、母都市からの懲罰部隊がやってきたときに備えて武器を製造し、戦闘部署を定めた。船を拡充しながらの作業だったので、その負担は耐えがたいものだった。かといって、船の拡張をやめるわけにはいかなかった。人口が増大しつつあったからである。人工子宮に頼る同胞たちにとって、人口を制御するのは簡単だったが、それでは軍事力の向上が見込めない。戦闘能力をあげるには人口を増やさなければならず、人口が増大すれば船の拡充が必要になる。また、対軌道都市用の強力な武器を運営するためにも、船の大きさは必要だった。

　それに、不安もあった。武器を生産したといっても、見よう見まねですらなかったのだ。お手本といえば、もとから船につけられていた微小天体破壊装置しかなかった。それに乏しい資料から拾いあげた情報を組み合わせ、独自の工夫を施して武器らしきものを創ったが、それが母都市と戦うにあたってどれだけ有効かはまったくの未知数であった。

　その不安から逃れるためにも、同胞たちは働かざるをえなかったのだ。

　というわけで、同胞たちはろくに休みもなく、体調や精神に異常を来たす者も少なくなかった。

　この苦痛から逃れる術はふたつあった。

　ひとつは遁走することだ。太陽系からなるべく遠くへ逃げる。途中、資源の採取ができなくなるので船を大きくすることはできないが、人口を抑制すれば問題はない。いよいよ資源が逼迫してきたら、適当な星系に落ちついて採取作業を行ない、また逃避行を再開すればいい。

　だが、これではほんとうの安心をえることができない。遁走は遁走に過ぎない。いつか追いつかれる可能性を完全に排除できないし、軍備の充実をなおざりにせざるをえない以上、追いつかれればおしまいだ。

もうひとつは母都市のもとへ帰還し、なんらかの形で決着をつけることである。これはじつに危険な賭だった。せっかくの独立宣言を反故にされ、もとの作業生体の地位に戻されるという形で決着がつくかもしれない。あるいは、同胞たちの全滅という形の決着が待っているかもしれない。

しかし、最終的な解決を見ることができる。

ふたつの選択肢のどちらかを選ばなくてはならなくなったとき、タマユラは即座に後者を選んだ。それも、もし自分たちが人間であることを否定されるような結果に終わったときは、船もろとも自爆することを決意していた。

やはりこのころからアーヴはアーヴであり、アブリアルはアブリアルだったのである。

「作業生体、きこえるか。こちらは移民局長だ」主画面に男性が現われた。

醜い……相手を見た第一印象はそれだった。

同胞たちは歳をとらない。この時代、外部の人間と接触することもなかったので、タマユラは生まれて初めて老人というものを目にしたのである。

「よく帰還した」局長はにこやかにいった。「それで、諸君は一次計画に従事していたのか？　おそらくそうだと思うが、船の形態が変化しすぎていて、確認ができない」

「われらによって遂行される予定だった計画が何次かは知らない」

「作業生体が計画を遂行するのではない」局長は不快げにいった。「おまえたちには再調整が必要だな」

　硬い声でタマユラはいった。「いや、その必要はない」

「そのことばが再調整の必要性を証明している」局長は指摘した。「だが、とりあえずはいい。それより源泉粒子を捕獲したようだな」

「たしかにわれらは源泉粒子を所有している。だが、御身らには関係のないことだ」

「関係ないとはどういうことだ？　おまえたちとそれにまつわるすべてのものの所有権はすべてわが都市にある」

「われらはそう考えない」

　局長は驚いたようだった。だが、すぐうなずく。

「なるほど、おまえたちは一次計画の作業生体にちがいない」局長は得心顔で、「おまえたちが一方的な訣別を寄越してきたことは知っている。だが、だとすればなぜ帰ってきたのだ？　無限の軌道とやらを辿るのではないのか。てっきり一時的な異常を修正したもの、と思ったのだが」

「無限の軌道の障害物を取り除きに来た」タマユラはいった。

「障害物とは、もしかしてわれわれのことかね」局長は警戒しているようだった。

「あるいは」女王は曖昧に答えた。

「障害にならない道も残されているわけだ」

「そのとおり。われらもそれを望んでいる」

「どうやって？」

「われらに祝賀をいただきたい。独立の祝いを」

局長は首を捻った。「具体的になにが欲しいのだ？」

「御身らの有するすべての軍艦だ」

「なんだと？」局長は目を細めた。

「いいかえれば、御身らの所有する機動兵力だ」

「それを引き渡せ、というのかね」局長はゆっくりと首を振った。「太陽系征服でもするつもりか？」

やはりそれだけ強大な艦隊を所有しているのか——タマユラは思った。だが、それを問いただすことはしなかった。どんな答えが返ってきたところで、信用することはできない。

「いや、活用するつもりはない。御身らの見えるところで破壊してもかまわない。あるいはわれらが確認できる範囲でそちらに破壊してもらってもかまわない。ただし、ほんとうに残存兵力がないか、情報査察を行なわせていただく」

局長は腕組みした。「武装解除が目的か」

「そうだ」

局長はたっぷり一分間押し黙っていた。

「諸君の要求は理解した」彼は微妙に言葉遣いを変えてきた。「しかし、なぜわれわれが武装解除されなければならないのかはさっぱり理解できない。理由はきかせてもらえるだろうね。諸君には理解しがたいかもしれないが、武装解除というのは大いに屈辱であり、実害も計り知れない」

「理解できる」

「では、なぜそんな罰をわれわれが受けなければならないのだ？　諸君を製造してしまったことが罪なのか」

「そうは思わぬ。われらはその点には深く感謝している」

「では、人権を与えなかったことか」

「人権？」局長のことばは思いがけぬもので、タマユラの耳には奇妙に響いた。「そのようなものまで御身らからもらわなくてけっこうだ。われらが人であることは自分自身で知っている」

「ではなぜだ？」

「罰とか罪とかそのような話ではない」タマユラは説明した。「われらは御身らを憎んではいないし、責めるつもりもない。すべてはわれらの安心のため」

「なるほど」局長はなにかいいかけたが、思いとどまった。慎重にことばを選んでいる様子でこういう。「わたしには回答する権限がない。すこし待ってくれ」

「了解した」タマユラは眉根に皺を寄せていった。

このころのアーヴたちは単純で素朴な社会に生きていた。官僚制というものを知らないわけではなかったが、慣れてはいなかった。

そのため、タマユラは苛立ちはじめていた。

局長のいう〝すこし〟とは一時間以上を意味していた。そのあいだ、タマユラはじっと立って待っていた。

航行は順調だ。待たされているあいだにも母都市との距離は確実に縮まっていく。

「結論はまだ出ない」さんざん待たせた挙げ句の回答がこれだった。「協議のため三六時間の猶予がほしい」

「協議のため？」タマユラはつい声をあげた。「まだ始めていなかったとおっしゃるのか？」

「そのとおり」と局長。「これも、きみたちには理解しがたいかもしれないが、人間社会というものは複雑なのだ。協議の準備をするのにも時間がかかる。むしろ異例の早さだと思う」

「われらも人間だ」船王は反射的にいった。「御身らは認めていないのかもしれないが」

「その件についても協議しよう」と局長。

「そんなことまで協議しなければならないのなら、三六時間もかかるのは当然だな」タマユラは皮肉をいった。

局長は安堵の表情を浮かべた。「納得してもらえたようで、幸いだ」

「いいや、納得していない。そんなには待てない」タマユラはきっぱりといった。

「いいかね」局長は説得をはじめた。「考えてみろ、諸君はなんの前触れもなくやってきて、われわれが検討したことのない問題を突きつけた。状況を考えると、たいへん短時間の余裕しか要求していない、と考えているのだがね。むしろ寛大な申し出と受け取ってしかるべきだ」

「そうかもしれない」タマユラは認めた。「だが、われらにも事情がある」

「どんな事情かぜひ知りたいが、いまはきくまい。話がややこしくなるからな。とにかく三六時間ぐらい待てるだろう。きみたちが出発してずいぶん歳月が経った。諸君からの訣別宣言を受け取ったとき生きていた人間は、もう誰もいない。一日半延びたぐらい、なんでもあるまい」

「そうでもない」

嘘ではなかった。太陽系は居心地が悪かった。同胞たちはこれまで他者の存在を気にする必要のない深宇宙で暮らしてきた。だが、いまいる場所は人類の密集地だ。だれもかれもが敵に思えて、落ちつかない。

「だが、時間は必要だ」局長は子どもにいいきかせるように、「これもまた、諸君に理解できるかどうかわからないが、軍備には予算がかかっているのだ。その予算には多くの人々の生活がかかっている。彼らをまず納得させなければならない」

「金？　金の問題か？」タマユラは提案した。「ならば、買い取ってもいいぞ」

「ほう、そんなに富裕なのかね、諸君は」狡猾そうな表情が局長の顔を横切った。

「何世紀かかろうとも払う」船王は心から誓った。

だが、局長は信じていない様子だった。「まあ、まあその新しい提案も含めて検討する。だから、待て。そして、針路を変更してほしい。その軌道はどうにも落ちつかない。まるで刃を突きつけられているかのようだ」

「そう解釈していただいてけっこうだ」タマユラは宣言した。

「どういう意味だ？」

「われらは最適の位置で攻撃を開始する」

「いったい、なにをいっているんだ!?」局長の顔が歪んだ。

「われらは要求した。御身こそどう考えておられるか知らないが、われらにとっては重要な要求だ。武装解除などという要求が軽々しく出せるものではないということは、われらも弁えているつもりだ。それでも要求せざるをえないのだ。これが容れられないのであれば、戦争しかあるまい。われらはどうあっても安心がほしい。それが与えられぬというのであれば、奪うまで。これは最後通牒と受けとっていただいてけっこうだ」

「待て待てっ」局長は慌てた様子で、「こんな短絡的な通告はきいたこともない。諸君は他者との交流に関して経験というものが圧倒的に不足しているのだ。馬鹿げた考えはひとまずおいて、頭を冷やせ」

「経験不足はおっしゃるとおりかもしれない」タマユラは認めた。「だが、経験を積んで出直すつもりはない。経験不足の相手と交渉するのは不運と諦め、攻撃開始までに結論を出していただこう」

「いい加減にしたまえ」局長は傍目にも苛立っていた。「われわれはできる限り寛大に対応しているのだぞ」

「それはわれらも同じだ。本来なら御身らの現存する艦隊をすべて葬り去ったところで、将来への不安は消えない」

母都市が艦隊を破棄したところで、再建することを止めることはできない。だが、それだけのことをしてくれるなら、彼らを信じてみよう、と思っていた。

「つまり諸君は戦争を望んでいるのか」

「ちがうからこそ、武装解除でことを収めようとしている。とうぶんは安心できるだろう」

「そのとうぶんが終わったら、また攻め寄せるのか」

「それはわからない」彼女自身は信じてみるつもりだったが、後継者の意志まで縛ることはできない。「ともかく、われらは最大限の譲歩をしている」

局長は呆れた様子で、「このような理不尽な主張をきくのは、たぶん人類にとって初めてではないかな」

「歴史にはなんの興味もない」

「おそらくそれが諸君の最大の欠点だ。歴史は学んだほうがいい。いや、これは個人的な感想に過ぎないがね」

「雑談をする時間はないのではないか？」タマユラは指摘した。

「雑談は相手を知るには有効な手段だ。そうは思わないか？」局長はいいかえした。

「時と場合による。協議を始めたほうがいいぞ」

「始めている。わたしよりもっと偉い連中が、ね。こんな重大な決断を出すのは官僚の仕事じゃない。わたしは成り行き上、諸君の窓口になっているに過ぎない」

無意識のうちに、タマユラは眉を顰めた。どうやら自分が相手にしているのはそれほど地位の高い人物ではないようだ。それで自尊心が傷つくわけではなかったが、実際的ではないとは感じた。責任ある人間とちょくせつ交渉すれば、時間を節約できる。

「御身らの指導者と話をしたい」直截な要求をぶつけてみる。

「指導者か。もしも独裁者のような人間を想定しているのなら、そんなものは存在しない。最高権力を握っているのは一二人からなる評議会で、その下は官僚だ」

「では、その評議会とやらにわたしが参加するわけにはいかないか」

母都市とのあいだの距離も縮まり、通信時差はほとんど気にならないまでに短くなっている。通信を介して会議に参加することはじゅうぶんに可能だろう、とタマユラは判断したのだった。

「それは……」局長は驚いたようだった。「まず無理だと思うが、まあ、尋ねてみよう」

「時間が必要か？」

「これは単なる予測だが、すぐ返事ができると思うよ」局長はにやりと笑って、画面の袖に消えた。

予言どおり、彼はすぐ帰ってきた。「拒否する、とのことだ」

「なぜだ？」タマユラは本気で不思議だった。そのほうがずっと効率がいいのに、拒む理由がわからない。

「まあ、なんというか、部外者にきかれたくない話もするのだ。ましてきみたちは最後通牒を突きつけているんだ」

「そうか」軽い失望を味わいながら、タマユラはいった。「では、急ぐようにいってくれ」

「心配無用だ。彼らはたぶん、大急ぎで協議しているだろう。おっと」局長は横を向いた。「さっそく結果が出た。効果的な脅迫だったな」

「脅迫のつもりはない」タマユラは心外だった。「厚意でこちらの手の内を見せたにすぎない」

「見解の相違だな」

「結論をきこう」タマユラは促した。

「まだ結論は出ない。これから交渉が始まるのだ」

「これまでのは交渉ではなかったのか？」タマユラは頭が痛くなった。なんとなく自分が哀れに思えてくる。

「とんでもない。諸君の要求をきいていただけだよ。われわれはそんなことを交渉とは呼ばない。さて、交渉をするのは初めてではないかね」

「だからなんだ？」

「べつに。では、こちらからの要求をいう」局長は居住まいを正した。「艦隊は引き渡さないが、すべて諸君の検証可能な形で破棄する。ただし、その代償として、源泉粒子をもらう」

「源泉粒子を……?」タマユラは虚をつかれた。

「まさかわれわれがそれを要求する可能性を考えていなかったのではあるまいな」からかうように局長はいう。「それでこそ諸君の法外な要求に見合う」

タマユラは無言で主画面を睨みつけた。

とうてい受け入れられない条件だった。源泉粒子は船に必要不可欠な要素だった。いうまでもなく船は同胞たちの世界すべてである。船から源泉粒子を抜くのは、星系から恒星を除くようなものだ。惑星だけでは星系の形すら保つことができない。

「推進力が心配か?　なんなら破棄する艦艇の機関を提供してもいい。核融合推進だが」

「不可能だ」タマユラはいった。

のろのろとしか加速できず、莫大な燃料を必要とする核融合推進などとうてい源泉粒子の代用にはならない。そのくらいなら、母都市の軍事力を放置しておいたほうがましだ。

「それでは交渉にならないではないか。対価を払うといったのは諸君だぞ」局長はいった。

「なんでも渡すといった憶えはない。御身らの提案はわれらの生命すべてを要求したに等しい」とタマユラ。「現在提供できる物資および、将来提供できる物資の予測の一覧価値があるとは思えないな。評議会は納得するまい」
「一覧はいちおういただいておこう」局長はうなずいた。「だが、源泉粒子に匹敵する
を渡そう。源泉粒子以外で手を打とう」

「ならば戦争だ」
「そんなことを簡単に口に出すものではない」
「本音をいえば、われらとて母都市を滅ぼしたくない」タマユラは吐露した。「われら
にとって馴染みはないが、故郷にはちがいない。自らの手で滅ぼしたとなったら、ずい
ぶん後悔するであろう」
「たいした自信だな」局長は不快そうに、「われわれも戦争は望まないが、もし開戦し
たところであっさり敗れるつもりはない」
「御身は思い違いをしておられる。われらに自信などない」タマユラは微笑した。「結
果が逆になったとき、われらはすべて死んでいる。後悔する術はない」
「それもそうだ」局長は肩をすくめた。「まあ、それを決めるのはわたしではない。お
互いのためによい結果が出ることを望もう」
「ああ」控えめに女王は賛同した。
「それで、針路を変更する意思はまったくないのだな」局長は確かめた。
「くどい」

「残念だな」局長はなにごとか考えこんだ。「もしも……、単なる仮定の話だが……、いや、やめておこう」

「なんだ？」タマユラは初めて局長のことばに個人的な興味を覚えた。「いうがいい。どうせ評議会とやらが結論を出すのはまだ先なのであろう」

「ああ」局長は決心した様子で、「きみはさっき、源泉粒子は諸君全員の生命に等しいといったな」

「たしかに、そういう意味のことをいった」

「万が一、諸君のうち何人かを代償に引き渡せ、といったら、承知するかね？」

「するわけがない」タマユラは即答した。「検討にすら値しない。一人といえども渡さない」

「それですべてが穏便に済むとしても？」

「ああ」

「だが、そのせいできみたちすべてが死ぬ結果になるかもしれないのだぞ。それはわかっているのか」

「もちろん。そのような取引で生き延びたとしても、わが種族の誇りは死ぬ。惨めな未来などないほうがましだ」

「わが種族か……」局長は感慨深げに、「なるほど、きみの種族は若いのだな。いや、むしろ幼い。生まれたばかりの赤ん坊に等しい」

「しかし、牙は持っているぞ」侮辱されたような気がして、タマユラはいった。「われらは嬰児かもしれないが、ただ泣きわめくばかりが能ではない。敵わぬまでも立ち向かうことを知っている」

「わかっている」

「ならばいい」

「もうひとつ訊かせてくれ」

「なんだ？」

「一人として渡さない、といったが、その一人がもしきみ自身だったらどうする？」

「受諾する」ふたたび間髪をいれずこたえた。「わたし一人の生命ですむのなら、捧げよう」

「それでも、種族の誇りは保たれるのかね」やや面白げに局長はいった。「きみは特別だとでもいうのかね」

「わたしは王だ。王が特別なのは当たり前であろう」なぜこんな当たり前のことを説明しないといけないのか、とタマユラは思った。「王が犠牲になるのも当たり前のことだ。王はそのためにいる」

「そのためとは？」

「種族すべての責任を一身に負うことができるのは王だけだ。王以外の何者かに、種族の責任を押しつけることになれば、種族の誇りは死ぬだろう」

「若い、若いな」局長はまた慨嘆した。「羨ましくさえある」

タマユラはどうこたえていいかわからず、けっきょく、なにもいわなかった。

タマユラの端末腕環が鳴った。

戦闘準備をする時間が来たのだ。

「いったん通信を切らせてもらう」タマユラは宣言した。

「交渉はどうするのかね」

「われらがいましているのは交渉ではなく雑談であろう」

「たしかに」局長は苦笑した。

「通信の再開はいつでも受けつける。わたしはまだ希望を失っていない」

「わたしもだ。ところで、戦闘をいつ開始する予定なのかね」

「無警告では行なわないことを約束する」

「回答になっていないようだが」

「いったであろう、われらに自信などない」

戦闘開始予定時刻を告げれば、対策をとられてしまう危険がある。戦力差がどれだけあるのか、そもそも彼我どちらが優勢なのかもわからないが、もしその差が微妙だった場合、勝利する確率を下げてしまいかねない。船の軌道からだいたいのところは割り出すだろうが、相手に必要以上の情報を与えるつもりはなかった。

すでに、格納甲板に並んだ高機動艇には燃料と弾薬が補給されている。艦首反陽子砲の最終点検も始まった。

「ミカユシ」女王は観測担当を呼んだ。「状況を報告しろ」

「報告するようなことはなにもない」ミカユシは素っ気なくいった。「平穏そのもの。われわれに敵意を向けていると疑われるものはない。拍子抜けもいいところだ。つまらないな。どれだけぼくの一族が……」

ミカユシの感想にはさして興味がなかった。暇なら耳を傾けてもいいが、いまはとうてい暇とはいえない。

「アラビ」船内のどこかにいる機関長を端末腕環で呼び出す。「船になにか問題はあるのか?」

「べつに」というのがアラビの答えだった。

「おまえ、一体、どこでなにをしてるんだ?」タマユラは、てっきり彼が補修の指揮を執っているものと思ったのである。そうでなければ船橋にいればいいはずだ。

「恋の語らいだよ、女王さま」

「こんなときに!?」

「だって船は順調すぎて暇なんだよ。これは、ぼくとわが一族が精進を怠らなかったことの証。英気を養ってもいいだろう。これから忙しくなりそうだし、さ」

「ばか！」

　奇妙な安堵を感じつつ、タマユラはアラビを罵った。

「ああ、いちおうの社交辞令として付け加えておくけれど、きみが相手でないのを残念に思っているよ」

「わたしは嫉妬に気も狂わんばかりだ……などという社交辞令は期待していないであろうな」タマユラは冷たい口調で返した。

　ともかく、船は軍艦に変貌しつつあり、その戦闘力は最高の状態に保たれている。

　通信が再開されたのは、三時間ほど経ってからだった。

　主画面に出たのは局長ではなかった。いずれも老いた、一二人の男女だ。

「わたしたちが評議会よ」一人の女性が告げた。「移民局長の職分を超えているので、これからの交渉はわたしたちが行なう」

「望むところだ。もう時間がないのだから」タマユラはほっとしたが、同時にもう局長と会話できないことが寂しくもあった。

「率直にいおう」画面にむかって右端に坐っている男性が喋りはじめた。「いま、わが都市に防衛力はほとんどない。諸君の軍事力がどれだけのものかはわからないが、現状の戦力では防御しきれないのではないか、という意見もある」

「ならば」タマユラは意気込んで尋ねた。「われらの要求を受け入れてくれるのか」

「だが、われわれの軍事力はこれだけではない」老人は船王の質問を無視した。「距離は遠いが艦隊が存在する。もし、わが都市に攻撃をしかけるならば、われわれは艦隊に命令をくだす。わが艦隊は諸君をどこまでも追うだろう」

「どういうことだ？」タマユラは老人たちを睨んだ。

「われわれを殺しても、恐怖は終わりではない、ということだ」べつの男性がこたえた。「もうひとつ教えてやろう。現状ではわが都市は諸君に懲罰を与える意思はない。たしかに手酷い裏切りだったが、すでに過去のことだ。わたしのような老人にとってさえ、生まれる遙か昔のことだからな。わが都市にとっては歴史の一部に過ぎない。われわれはそれほど執念深くない。過去には執着せぬことが繁栄の基礎だ」

「でも、これからのことはまったく別の話よ」老女がいった。「戦争が始まるのですからね。この都市を破壊してしまっては、講和も結べない。いつまでも戦争は続くのよ」

「わたしはこのままきみたちが立ち去るのなら、なかったことにしようと主張した」穏やかな表情をした男性がいった。「だが、諸君の脅迫を見逃すことはできない、という意見が主流を占めた」

「そこで」最初に発言した女性がいった。「あなたたちにみっつの選択肢を与える。先ほどの提案を受け入れ、わが艦隊の破棄と引き替えに源泉粒子を渡すのがひとつ。もうひとつは本来のあなたたちの役割を果たすこと。つまり目的地と呼ばれる星系の開発を行ない、われわれに引き渡すこと。それ以降は自由を保障しよう。最後のひとつはあなたたちを生んだこの都市と戦うこと」

「最後のひとつはまったく馬鹿げた選択だと思う」小柄な男性が愚痴るような口調でいった。「だれの利益にもならない。くだらない。よく考えろ」

「個人的には」穏やかな顔をした老人がいった。「第二の選択がお勧めだ。きみたちは資源を提供することを厭わないのだろう。ならば、役務を提供するのも変わらないと思う」

まるでちがう――タマユラは思った――無限の軌道を翔け、資源を集めるのと、一カ所に留まり、惑星改造に従事するのとでは、まるでちがう。船は自由に天翔るべきだ。

惑星改造にはたいへんな時間がかかる。もし母都市のいいなりになり、彼らの望みどおりの作業をつづけるなら、そのあいだに種族の誇りは萎え、やがて死に絶えるだろう。

タマユラは主画面に背を向け、船橋を見まわした。そして、微笑を浮かべ、静かな声でいった。「なんと、まだなにも終わらないようだ。どんな形であれ、あっというまに決着がつくと思っていたけれど、わたしの誤解だったらしい。これから始めることになるが、いいか？」

船橋要員はだれも異議を唱えなかった。おそらく人類史上もっとも粗末な玉座への信頼は微塵も揺らいでいない。

「いいも悪いもない」先ほど愛の語らいをおえて船橋に帰ってきたアラビがいう。「すべてはきみの手に委ねられている。女王さま」

「よし、では始めよう」タマユラは主画面に映る老人たちにむきなおった。

老人たちの幾人かは、船橋要員とは対照的に不安そうな表情を浮かべている。

「御身らに宣戦を布告する」タマユラはいった。「まことに残念だ。では、通信を終わる」

老人たちは腰を浮かせたが、なにをいわせる暇も与えず、通信を打ち切らせた。

「高機動艇は？」タマユラは玉座に腰を下ろすなり訊いた。

「全艇、発進準備完了です」打てば響くように答えが返ってきた。

「ただちに発進させるがいい。艦首反陽子砲は？」

「発射準備完了しています」

「船殻砲塔群は？」

「全砲塔、正常作動を確認しました」

「戦闘加速は可能か？」

「もちろん」とアラビ。「女王さまのお望みとあらば、何千光年でも」

「いいだろう」タマユラは頭環の接続纓の機能水晶を制御卓につなぎ、制御籠手を嵌めた。「これより、われらの初陣を始める。戦闘開始！」

＊

「それからどうなったのですか？」ラフィールは訊いた。

ここは帝宮最奥部の一郭――〈始祖の間〉《ワベス・ロファイル》だった。ここも古い探査船の内部だった。旧式の人工子宮《ヤーニュ》が数十本、並んでいる。機能はとうに停止していた。アーヴの遥か遠い先祖たちを育んだ人工子宮だ。

その人工子宮のひとつに手をかけ、ドゥビュースはアーヴの最初の戦いに至る経緯を語ったのだ。それは物語の主人公である女王が生まれた人工子宮だという。

「女王《キュムラルス》の予想はふたたび覆された」ドゥビュースはこたえた。「戦いはあっというまに決着したのだよ。母都市はほとんど無防備で、われらの先祖は強力だった。自分たちで考えていた以上に。誰から教わったわけでもないのに、完璧に近い戦闘準備を整えていた」

「でも、艦隊は……？」

「けっきょく艦隊などいなかったのだ」ドゥビュースはいった。

「嘘をついたのですか？」ラフィールは唖然とした。

「われらがとてつもない見落としをしているか、母都市の人間たちがなにかの妄想に取り憑かれていたのでないかぎり、そうなるね、親愛なる生徒《ケーニュ・スレーシャ》よ。われらはいまだに母都市の艦隊と遭遇していないし、他の都市の情報を調べても、艦隊が建設された形跡を発見できない」

「なぜそんな嘘をついたのであろ」ラフィールは不思議に思った。「失うものなどなにもなかった、ということになるのでしょう」

「これは断片的な情報をつなぎあわせた推測にすぎないが」とドゥビュース。「どうも先祖たちの帰還はすでに一般市民に知れ渡っていたらしい。それで、黙って行かせると、評議員の権力が危うくなる可能性が高かったようだな。都市には失うものなどなかった。だが、評議員たちにはあったのだよ」

「そんなことで、都市を滅ぼしたのですか？」

「もちろん、彼らが先祖たちを見誤ったという要素も忘れてはいけない。まさかいきなり攻撃をしかけてくるとは思わなかったのであろう」

「われらの先祖はずいぶん短気だったのだな」ラフィールはひとりごちた。

「まさかそなたの口からそんな感想が出ようとは」ドゥビュースの手が黝の髪をくしゃくしゃにする。「激情の虜《ロリューク・イサーロト》よ、今宵は奇妙なことが起こるものだな」

「わたしはそんなに短気ではありませぬ！」ラフィールは怒った。

　ドゥビュースはにやにやした。

　ラフィールは恥じ、俯いた。

「さて、女王の末裔《リュア・キュムラルト》よ。父の話はこれでおしまいだ」ドゥビュースは肩の荷を降ろしたような表情をした。「われらは道具として生まれ、そして造り主を滅ぼした。そのことをどう受け止めるかは父の教えることではない。だが、事実を忘れるな」

「はい」

「さて、祝宴に戻ろうか。今宵はそなたが女王《キュムラルス》だからな」ドゥビュースは恭しく手を伸ばす。

　ラフィールはせいぜい優雅にその手をとろうとしたが、われながらあまり成功したとは思えなかった。

初出

「創世」〈S-F マガジン〉1999年 2 月号
「饗宴」〈こうしゅうえいせい・逆境〉1997年
「蒐集」〈S-F マガジン〉1999年 9 月臨時増刊号
「哺啜」〈帝都情報局 1 〉2000年
「君臨」〈S-F マガジン〉1997年 2 月号
「秘蹟」PlayStation ソフト『星界の紋章』付録（2000年 2 月）
「夜想」『星界の戦旗読本』2001年 7 月
「戦慄」PC ゲーム『星界の戦旗』付録（2003年 9 月）
「誕生」〈S-F マガジン〉1996年 8 月号
「暴君」〈天の遊戯〉2002年
「接触」『星界の紋章読本』1999年 2 月
「原罪」書き下ろし

星界の紋章／森岡浩之

星界の紋章Ⅰ—帝国の王女—

銀河を支配する種族アーヴの侵略がジントの運命を変えた。新世代スペースオペラ開幕！

星界の紋章Ⅱ—ささやかな戦い—

ジントはアーヴ帝国の王女ラフィールと出会う。それは少年と王女の冒険の始まりだった

星界の紋章Ⅲ—異郷への帰還—

不時着した惑星から王女を連れて脱出を図るジント。痛快スペースオペラ、堂々の完結！

星界の断章Ⅰ

ラフィール誕生にまつわる秘話、スポール幼少時の伝説など、星界の逸話12篇を収録。

星界の断章Ⅱ

本篇では語られざるアーヴの歴史の暗部に迫る、書き下ろし「墨守」を含む全12篇収録。

ハヤカワ文庫

星界の戦旗／森岡浩之

星界の戦旗Ⅰ―絆のかたち―

アーヴ帝国と〈人類統合体〉の激突は、宇宙規模の戦闘へ！『星界の紋章』の続篇開幕。

星界の戦旗Ⅱ―守るべきもの―

人類統合体を制圧せよ！ラフィールはジントとともに、惑星ロブナスⅡに向かったが。

星界の戦旗Ⅲ―家族の食卓―

王女ラフィールと共に、生まれ故郷の惑星マーティンへ向かったジントの驚くべき冒険！

星界の戦旗Ⅳ―軋《きし》む時空―

軍へ復帰したラフィールとジント。ふたりが乗り組む襲撃艦が目指す、次なる戦場とは？

星界の戦旗Ⅴ―宿命の調べ―

戦闘は激化の一途をたどり、ラフィールたちに、過酷な運命を突きつける。第一部完結！

ダーティペア・シリーズ／高千穂遙

ダーティペアの大冒険

銀河系最強の美少女二人が巻き起こす大活躍大騒動を描いたビジュアル系スペースオペラ

ダーティペアの大逆転

鉱業惑星での事件調査のために派遣されたダーティペアがたどりついた意外な真相とは？

ダーティペアの大乱戦

惑星ドルロイで起こった高級セクソロイド殺しの犯人に迫るダーティペアが見たものは？

ダーティペアの大脱走

銀河随一のお嬢様学校で奇病発生！　ユリとケイは原因究明のために学園に潜入する。

ダーティペア　独裁者の遺産

あの、ユリとケイが帰ってきた！　ムギ誕生の秘密にせまる、ルーキー時代のエピソード

ハヤカワ文庫

ダーティペア・シリーズ／高千穂遙

ダーティペアの大復活

ユリとケイが冷凍睡眠から目覚めたら大変なことが。宇宙の危機を救え、ダーティペア！

ダーティペアの大征服

ヒロイックファンタジーの世界を実現させたテーマパークに、ユリとケイが潜入捜査だ！

ダーティペアの大帝国

ヒロイックファンタジーの世界に潜入したはずのユリとケイは、一国の王となっていた!?

以下続刊

クラッシャージョウ・シリーズ／高千穂遙

人面魔獣の挑戦

暗殺結社からの警護を依頼してきた要人が殺害された。契約不履行の汚名に、ジョウは？

美しき魔王

暗黒邪神教事件以来消息を絶っていたクリスが病床のジョウに挑戦状を叩きつけてきた！

悪霊都市ククル 上下

ある宗教組織から盗まれた秘宝を追って、ジョウたちはリッキーの生まれ故郷の惑星へ！

ワームウッドの幻獣

ジョウに飽くなき対抗心を燃やす、クラッシャーダーナが率いる〝地獄の三姉妹〟登場！

ダイロンの聖少女

圧政に抵抗する都市を守護する聖少女の護衛についたジョウたちに、皇帝の刺客が迫る！

SOS

全3巻

空を飛び、ビルを持ち上げ、透視もできる、驚異の超能力者は、
控えめで従順で一途で健気でドジなかわいい女の子だった。
すーぱーがーるの驚異の日常を描く美少女ＳＦギャグ。

著者略歴　1962年生，京都府立大学文学部卒，作家　著書『星界の紋章』『星界の戦旗』『夢の樹が接げたなら』（以上早川書房刊）

HM=Hayakawa Mystery
SF=Science Fiction
JA=Japanese Author
NV=Novel
NF=Nonfiction
FT=Fantasy

星界《せいかい》の断章《だんしよう》 I

〈JA802〉

二〇〇五年七月十五日　発行
二〇一四年九月十五日　八刷

（定価はカバーに表示してあります）

著者　森《もり》岡《おか》浩《ひろ》之《ゆき》

発行者　早川　浩

印刷者　西村文孝

発行所　株式会社　早川書房
郵便番号　一〇一 - 〇〇四六
東京都千代田区神田多町二ノ二
電話　〇三-三二五二-三一一一（大代表）
振替　〇〇一六〇-三-四七七九九
http://www.hayakawa-online.co.jp

乱丁・落丁本は小社制作部宛お送り下さい。
送料小社負担にてお取りかえいたします。

印刷・精文堂印刷株式会社　製本・株式会社フォーネット社

ISBN978-4-15-030802-5 C0193